クリスティー文庫
44

バートラム・ホテルにて

アガサ・クリスティー

乾　信一郎訳

Agatha Christie®

AT BERTRAM'S HOTEL
by
Agatha Christie

Translated by
Shinichiro Inui
Published 2021 in Japan by
HAYAKAWA PUBLISHING, INC.
This book is published in Japan by
arrangement with
AGATHA CHRISTIE LIMITED
through TIMO ASSOCIATES, INC.

私の本を、科学的に読んでくれている
ハリイ・スミスに捧ぐ

バートラム・ホテルにて

登場人物

ジェーン・マープル……………………探偵ずきな独身の老婦人
エルヴァイラ・ブレイク………………若い娘
デリク・ラスコム大佐…………………エルヴァイラの後見人
ペニファザー……………………………牧師
ベス・セジウィック……………………女流冒険家
ラジスロース・マリノスキー…………レーサー
ハンフリーズ……………………………ホテルの支配人
ミス・ゴーリンジ………………………ホテルの受付
マイケル・ゴーマン……………………ホテルのドアマン
ヘンリー…………………………………ホテルの給仕頭
ローズ・シェルドン……………………ホテルのメイド
リチャード・エジャトン………………弁護士
フレッド・デイビー……………………主任警部
キャンブル………………………………警部

第一章

ウェスト・エンドの中心部には、ポケットのような閑静な裏通りがたくさんあるのだが、タクシーの運転手たちだけがその専門知識にたよってそこを通りぬけ、得意になってパーク・レーンやバークレー・スクエアや南オードリー街へと出てくるくらいのもので、ほとんど誰にも知られていない。

ハイド・パークから出ている、これといった目だたない通りへ入り、左へ右へ一、二度まがると静かな街路へ出る。その右側にバートラム・ホテルがある。バートラム・ホテルはずっと昔からそこにあった。戦争中にその右側の家々が全壊し、また少しはなれた左側の家も破壊されてしまったが、バートラム・ホテルだけはそっくりそのまま残った。そんなわけだから、不動産業者にいわせると傷だらけよごれだらけという状態をまぬがれなかったが、ほんのわずかな費用でもとの状態に修復された。一九五五年には、このホテルは一九三九年当時とそっくりになっていた――高い品格があって、地味で、また目だたないぜいたくさもあった。

バートラムはこんなホテルであったから、長い年月にわたって、高位の聖職者とか地方在住の爵位を持った未亡人とか、またはたいへんにお金のかかる社交界へ出るための花嫁学校の休暇中の若い娘さんとかいった人たちの愛顧を受けていた。（「ロンドンで若い女がひとりで泊まれるところって、ほんとに少のうございますけれどね、バートラムならまったく安心でございます。私たちも、もう何年もあそこに泊まることにしておりますの」）

もちろん、かつてはバートラムと同じようなホテルがほかにもたくさんあった。その中のいくつかはまだ残っているが、ほとんどすべてが変化の風を受けていた。新しいお客様の気に入るように、いやでも近代化されなければならなかった。バートラム・ホテルといえども変化をよぎなくされているわけだが、その変化を実に巧みにやっているので、ちょっと見たぐらいでは気がつかないほどである。

玄関の大きなスウィングドアに通じる上り段の前には、一見元帥ともみえる男が立っている。広くて男らしいその胸には、金モールと勲章の略章が飾られている。その態度身のこなしは、まさに完璧である。タクシーや自家用車からリューマチ気味で身のこなしの不自由な人が出てきたとすると、彼はまことにやさしい気のくばり方でそれを迎え、上り段に気をつけて案内し、音もなく動く玄関のスウィングドアを通って中へ導き入れる。

中にはいると、バートラム・ホテルにはじめての人だったら、まずびっくりする——もはや消滅した世界へ逆もどりしたのではないかと思う。時があともどりしている。まるでエドワード王朝時代の英国なのである。

もちろんセントラル・ヒーティングになってはいるのだが、おもてからはそれとわからないようになっている。昔からずっとそうであったように、大きな中央ラウンジにはすばらしい石炭の暖炉が二つある。暖炉のわきには、大きな真鍮の石炭入れが、まさにエドワード王朝時代のメイドが磨きあげた感じで光っていて、ちょうど手ごろな大きさの石炭がいっぱい入れてある。全体に、ゆたかな赤ビロードとフラシ天のような居心地のよさが感じられる。ひじかけいすも今の時代のものではない。床からかなり高くなっていて、リューマチ持ちの老婦人がいすから立ちあがる時に、へんにぶざまに身体をもがかせなくてもすむ。いすの座がひざともともとの中間までぐらいしかない現代風の高価なものとちがい、関節炎や座骨神経痛を患っているものによけいな苦痛を与えずにすむのである。そしてまた、いろいろな種類のいすがある。背もたれがまっすぐなもの、うしろへ傾いているもの、やせ型の人にも肥満型の人にも合うように、幅もいろいろなのがある。どんなサイズの人でも、バートラム・ホテルではじぶんにぐあいのいい快適ないすをみつけることができる。

今ちょうどお茶の時間なので、ラウンジは満員であった。といってもラウンジだけがお茶を飲む場所ではない。さらさ模様の応接室もひとつある。りっぱな革張りの大きないすがある喫煙室もひとつ（どういうわけか、紳士の使用に限られている）。さらに書き物をする個室がふたつ――特別の友人とここの静かな一隅で水入らずの話もできるし、もちろん書きたければ手紙を書いてもいい。このようなエドワード王朝時代のいろいろな楽しさのほかに、決して宣伝しているわけではないが、そんなところがほしい人々のためには、もっと別のかくれ場所もある。バアもカウンターがふたつあって、バーテンも二人いる。アメリカ人のバーテンはアメリカ人が本国の気分を味わえるようにバーボンやライ・ウィスキーさては各種カクテルを提供してくれるし、英国人のバーテンのほうは、シェリー酒やピムス・ナンバーワンを出してくれ、そして競馬場行きの目的でバートラム・ホテルに滞在している中年の人たちのためにアスコットやニューベリー競馬の出場馬について消息通な話もするのである。さらにまた、ぜひにという人たちのためには、廊下の片隅にひっそりとテレビ室ももうけてある。

しかし、午後のお茶を飲むのに最もいい場所は、やはり入口の大ラウンジである。年をとったご婦人方も、出入りの人たちを眺めて楽しみ、古い友人をみつけては、ずいぶんとあの人たちも年をとったものだなどとおもしろくなさそうに話し合ったりしている。また、アメリカからの観光客は、称号を持っている英国人たちが実際に伝統的な午後のお茶をはじめようとしているのを見て感心する。まったくのところ、この午後のお茶は、バートラム・ホテルの名物のひとつであった。

それはまさにすばらしいの一語につきるものであった。この儀式を主宰しているのがヘンリーで、大柄で堂々たる身体つき、男盛りの五十歳、慈愛に満ちて親しみがあって、態度は丁重、もはや消滅して久しい種類の人間。いわば給仕長のかがみだった。そのヘンリーの謹厳な指図で、すらりとした若者たちが実際の仕事を行なっている。紋章つきの銀製のトレイにジョージ王朝時代の銀製ティーポット。磁器は、ほんもののロッキンガムやダベンポートでないにしても、それらしくみえる。ブラインド・アールの器がまた特に好ましかった。紅茶は最上のインド、セイロン、ダージリン、ラプサンなどで、好きな食事もなんでも注文できたし……また、その注文はかなえられた！

さてこの日、十一月十七日、六十五歳、レスターシャ在住のセリナ・ヘイジー夫人はいかにも老婦人らしい賞味のしかたで、バターのたっぷりついたおいしいマフィンを食べていた。

しかし、夫人はマフィンに大いに夢中になっていたとはいえ、内側のスウィングドアが開いて新しい客がはいって来るたびにすかさず見上げることを忘れてはいなかった。というわけで、ラスコム大佐がはいって来たのを認めて、うなずきながらほほえみかけたのである。大佐はいかにも軍人らしく姿勢がよくて、首から競馬用の双眼鏡をぶらさげていた。年老いた女王のような夫人のことであるから、いとも尊大に手招きをし、ラスコム大佐は一分か二分のうちに夫人のところへやって来た。

「これはどうもセリナさん、なんでまたロンドンなぞへおいでですかな？」

「歯医者に来ましたんですよ」とセリナ夫人のことばはいささかはっきりしない。マフィンをほおばっているせいだ。「それで、せっかくここまで来ましたのでね、こんどは関節炎のほうもね、ハーレー街の例の人のところへ見せにいったんですけれどね。おわかりでしょう、わたしのいってる人のこと」

ハーレー街には各種各様の病気専門の有名な開業医が山ほどあるのだが、ラスコム大佐には夫人のいうのが誰のことかわかっていた。

「で、治療はききましたか？」

「ええ、まあどうやらね」とセリナ夫人はしょうことなしの様子で、「まったくあれは変わった人ですよ。わたしがまだその気になって心がまえもできていないのに、あなた、いきなりもうわたしの首根っこをつかまえて、まるでニワトリの首をひねるみたいにするんですからね」と夫人は首をそっと動かした。

「そいつは、痛かったでしょう？」

「あんなに、あなた、ぐいぐい首をねじまげられたら痛いにきまってるんですけれどね、何しろあんまりいきなりで、痛みを感じるひまもありませんのですよ」と夫人は首をそっと動かしつづけながら、「すっかりぐあいよくなりましてね。この何年か、右の肩越しにはふり向けなかったのが、あなた、できるようになったんですからね」

実際にやってみせたかと思うと、大声をあげた。「おや、あれはたしかジェーン・マープルばあさんじゃありませんかね。もうとっくに死んだと思っていたのに。百歳くらいに見えるわね」

ラスコム大佐はかくして冥界からよみがえったジェーン・マープルのほうへちらりと目をやったものの、別に大して興味を持ったわけでもなかった。というのは、バートラム・ホテルには大佐のいう忘れられた年寄りネコみたいなのが、いつもいるのである。

セリナ夫人は話のつづきをしていた。

「ロンドンで、今でもほんもののマフィンがいただけるとこって、ここだけしかありませんからね。ほんもののマフィンですよ。ごぞんじでしょう、わたしが去年アメリカへ参りました時、朝食のメニューにマフィンなるものがありましてね。まるでほんもののマフィンとは大ちがい。レーズンなんか入れたおやつ用のケーキなんですね。あなた、なんでこんなものをマフィンと呼ばなきゃならないのかしら？」

　夫人はバターたっぷりの最後のひと口を押しこんで、なんとなくあたりを見まわした。ヘンリーがたちまち現われた。大急ぎでもなければ、あわててでもない。いうなれば、いつのまにか、そこへ現われたというふうだった。

「何かもっとお持ちいたしましょうか、奥様？　何かケーキでも？」

「ケーキね？」とセリナ夫人は考えて、どうしようかと迷っている。

「てまえどもではたいへんけっこうなシード・ケーキを召しあがっていただいておりますが、これならおすすめできます、はい」

「シード・ケーキね？　もう何年もシード・ケーキなんて食べたことないけど。ほんもののシード・ケーキでしょうね？」

「それはもう、はい。てまえどもの料理人が長年にわたりましてそのレシピをつかっておるのでございますから。必ずやお気に召すと信じます」

ヘンリーは若い給仕の一人に向かってチラリと目で合図をし、その若者はさっそくシードケーキ探索へと出発していった。

「ラスコムさん、あなたニューベリー競馬へおいでになったんでしょ?」

「ええ。いやもうひどい寒さで、とうとう最後の二レースはあきらめて来ました。さんざんな日でしたな。ハリーの牝馬が全然だめでしてね」

「そうでしょうね。スワンヒルダはいかがでした?」

「四着でしたよ」とラスコムは立ちあがって、「どれ、部屋を見てこなくちゃ」

フロントのほうへとラウンジを横ぎっていった。歩いていきながら数々のテーブルとそれについている人たちを見ていった。まったくびっくりするほどたくさんの人たちがお茶を飲んでいる。まさに昔どおりである。一種の食事としてのお茶は、戦争以来すっかりすたれてしまった。しかし、バートラム・ホテルでは明らかにそうではないのである。いったい、この人たちはどういう人たちであったのだろう? 大聖堂評議員が二人に、チズルハンプトンの大聖堂長。さよう、ラウンジの一隅にはもう一対のゲートルばきの足がみえる。ほかでもない主教だ! ただの教区牧師などはめったにいない。〝バートラム・ホテルに泊まろうというからには、少なくとも大聖堂評議員でなくちゃな〟と大佐は考えるのである。聖職者でも、ただの兵隊の位ぐらいでは、お気の毒ながら、とてもである。とすると、一体全体セリナ・ヘイジーばあさんのような人が、どうしてこのホテルに泊まっていられるのだろう。一年にスズメの涙ほどの収入しかないはずなのに。また、ベリー老夫人とかサマセット在住のポスルスウェイト夫人やシビル・カー夫人など……いずれもみんな貧乏なはずなのだ。

こんなことを考えながら、ラスコム大佐はフロントのデスクへたどりついて、フロント係のミス・ゴーリンジにあいそよく迎えられた。ミス・ゴーリンジとは古い知り合いである。彼女はこのホテルのお得意さんの一人一人をよく知っていて、ちょうど王室の人たちのように、決してその顔を忘れない。少々意地悪そうにみえるけれど、なかなか堂々として威厳があった。縮れた黄色っぽい髪（たぶん旧式のコテを使っているのだろう）、黒い絹のワンピース、そして高々と持ち上げられた胸には大きな金のロケットとカメオのブローチが鎮座している。

「一四号室です。たしか、この前も一四号室でございましたね、ラスコム大佐。お気に召したとおっしゃって。あそこは静かでございます」

「いや、そういうことをどうやっていつもおぼえとられるんですかな、ゴーリンジさん」

「てまえどもでは、おなじみのお客様のお気に召すことを心がけておりますので」

「だいぶごぶさたしましたが、まったくちっともここは変わっとらんようですな……」

そこへ奥の私室からあいさつのためハンフリーズ氏が現われ、大佐はことばを切った。

このハンフリーズ氏は、はじめての人にはこれがバートラム氏かとよく思いちがいをされる。それではそのほんとのバートラム氏が誰なのかというと、そもそもそのバートラム氏なる人物がいたかどうか、今やあまりに昔のことで霧のようにもうろうとして判明しない。バートラム・ホテルは一八四〇年ごろにはたしかに存在したのだが、その過去の歴史をたどるほどの興味を持つような人もいなかった。たしかにあったという事実だけである。バートラムさんと呼ばれても、ハンフリーズ氏はそれを決して訂正することはない。ラスコム大佐はハンフリーズの名を知ってはいるのだけれど、ここの支配人なのか持ち主なのかは知らない。たぶん後者ではないかと想像しているだけのことである。

ハンフリーズ氏は年のころ五十ぐらい。たいへんに礼儀正しく、副大臣ぐらいの風格があった。どんな人に対しても、臨機応変の応対ぶりを示す。馬券屋のこと、クリケットのこと、外交政策の話もできれば、王室に関する逸話なども話すし、モーター・ショウのこともよく知っているし、また現在開演中の一番おもしろい演劇のことも知っているし……どんなに滞在期間が短くても、英国でこれだけは見物なさいという助言をアメリカ人にすることもできる。収入や趣味のいかんにかかわらず、適当な食事についての実に豊かな知識も持ち合わせている。万事こうではあるが、決してじぶんを安売りするようなことはない。おいそれと彼を利用しようと思ってもそうはいかないのである。ミス・ゴーリンジが万事心得ていて、小出しに効果的にその知識を小売りする。ハンフリーズ氏は少し間をおいて、ちょうど太陽のように地平線上に時々姿を現わして、相手のごきげんをうかがう。

今回その栄誉を得たのはラスコム大佐であった。二人は競馬についてのありきたりな話を少々交わしたが、ラスコム大佐は自分の疑問を一生けんめい考えていた。そして、それに答えてくれる人物がここにいるのだ。

「ねえハンフリーズ君、ここにいる古いご連中だが、いったいどう都合してここに滞在してるのかね？」

「ああ、そのことを気にしておられたのですか？」とハンフリーズ氏はおもしろそうに、「答えは簡単です。みなさん実はそのような資力やゆとりをお持ちではないのです。ただ……」

そこまでいって口をつぐんだ。

「ただ、みなさんのために特別安い料金を設けているとでもいうのかね？　そうかね？」

「まあそんなところです。それも、特別安い料金ということは、みなさんはたいていごぞんじないのでして、万一ご承知だとしても、安い料金はじぶんたちが古いお客だからと思っていらっしゃることでしょう」

「で、ほんとはそうじゃないというわけだね？」

「ラスコム大佐、わたしはホテルの経営をやっておるものです。現に損失になるようなまねはできませんですね」

「しかし、それでどういう得があるのかね？」

「これは雰囲気の問題でして……この国へやって来る外国のお方（特にアメリカ人、これはお金を持っておりますからな）は英国というところがどんなところかについて、ちょっと妙な考えを持っておられるものなんですね。と申しましても、年中大西洋を往復しているような大富豪のことを申しているのでないことはおわかりでございましょう。こういう人たちはサボイとかドーチェスターといった一流のホテルへ参ります。現代風な装飾、アメリカ風の食事、その他すべて本国にいるようなことを好むものです。ところが、ほんのたまにしか外国へ出ない人が大多数で、こういう人たちは、この英国について、まあディケンズの時代まではさかのぼらないにしても、『クランフォード』やへンリー・ジェームズを読んできますからね、じぶんの国とまるで同じではつまらないというわけですね。で、こういう人たちがあとで自国へ帰ると、こんなことを申しますね――ロンドンにはすてきなところがあるよ。バートラム・ホテルといってね。まるで百年も昔へもどったような感じなんだ。まさに昔の英国なんだな。それに、そこに泊まってる連中が！　今どきどこへ行ってもお目にかかれないような連中ばかり。年とった公爵夫人といった連中だよ。昔の英国風の料理がみんな出てね、昔風のすばらしいビーフステーキ・プディングなどもあるんだ！　ほんとに今ごろ食べられないようなものが出る……上等なサーロインとか骨つきのマトンとか、それから昔風の英国式の紅茶が出るし、すてきな英国流の朝食。もちろんいろんな普通のものも出るよ。それに、とにかくすごく居心地がいいんだ。しかも、ぽかぽかと暖かでね。まきをたく大きな暖炉があってね――」

ハンフリーズ氏は演技をやめて、ちょっとにやりに近い表情をした。

「なるほど」とラスコム大佐は感心して、「つまり、あの連中、落ちぶれた貴族とか、貧乏になりさがった地方名家とかいった人たちは、ここの舞台装置みたいなものにすぎんというわけだね？」

ハンフリーズ氏は、そのとおりといったふうにうなずいてみせて、

「どなたもこのことに思いおよばないのがふしぎなくらいのものです。申すまでもありませんが、このバートラム・ホテルは、いうならば既製のものでして。ただちょっとばかりお金のかかる復元をしたまでのことなんです。ここへおいでになるみなさんは、誰も気づかないものを自分だけがみつけ出したんだと思っていらっしゃいますね」

「その復元の費用はさぞ莫大にかかったろうね？」ラスコム大佐がいった。

「さようで。なにしろエドワード王朝時代風にみえなくてはならず、また一方では、このごろでは普通のことになっております現代的な設備もしなければなりませんのでね。私どものお古い連中……と申しては失礼かもしれませんが……この人たちが今世紀のはじめからちっとも変わっていない感じを持ってくれる必要がありますし、旅行客には時代ものの環境を感じてもらう一方で、生活に欠くことのできないもの、また自宅にいるような感じを持ってもらわなければなりませんからね！」

「少々むずかしいとは思わんかね？」ラスコム大佐が考えを述べた。

「いえ、それほどでも。たとえばセントラル・ヒーティングです。アメリカの人は、英国人よりも華氏で少なくとも十度は高くしてくれといいます、というよりする必要があります。で、私どもでは、まったくちがった寝室を二様に用意しておりまして、一方には英国人に、もう一方にはアメリカ人にはいっていただきます。どの部屋もみな同じように見えますが、実際にはちがったものがいっぱいあるのです……電気カミソリですとか、浴室にしましても、シャワーのあるものと、風呂おけのあるものとがございますし、またアメリカ風の朝食がよいというお方にはそのように……つまり、オートミールに冷やしたオレンジジュースその他……また、英国風の朝食がよいとおっしゃる方にはそのように」

「卵とベーコンというわけかね？」

「おっしゃるとおりでございます……が、ご注文以上にいろいろとございます。燻製のニシン、キドニーにベーコン、グラウスの冷肉、ヨーク・ハム、オクスフォードのママレードなど」

「ではわたしも明日の朝は、今のいろいろなやつにしようかな。家にいたんでは、もはや食えんものばかりだからね」

ハンフリーズはにこりとして、

「紳士方はたいてい卵とベーコンだけご注文になる方が多ございます。つまり、その、かつてのことを思い出せなくなったということなんでしょう」

「そう、そうだね……子供のころを思い出すよ……調理台がお皿でみしみしきしむほどでね。そう、まさにあれはぜいたくなくらしだったね」

「わたしどもでは、できる限りお客様のご注文ならなんでもお受けするようにしておりますので」

「シード・ケーキやマフィンも含めてね……そう、わかったわかった。つまり、その人それぞれの要求に応じるとね。なるほど……ちょうどマルクス主義みたいなもんだ」

「失礼ですが、なんとおっしゃいました？」

「いや、ちょっとそう思っただけだよ、ハンフリーズ君。大欲は無欲に似たりか」

ラスコム大佐はミス・ゴーリンジがさし出した鍵を受けとると歩きだした。ボーイがぱっととんで来て、エレベーターへと案内する。さきほどのセリナ・ヘイジー夫人のそばを通ると、今は友だちのジェーン何とかといっしょにすわっていた。

第二章

「それで、やっぱりあなた、今もあのセント・メアリ・ミードにお住まいなのね？」セリナ夫人がいっている。「ほんとに純朴ないい村ですものね。あの村のこといつも思い出してるのよ。昔と変わってないでしょうね？」

「ええ、まあね」とミス・マープルは、わが住居のあたりの様相を思い浮かべてみた。新しい住宅地。村の集会所の増築、中心街の外観の変わり方と現代風な商店の店がまえなど……ミス・マープルはため息をついて、「世の中の移り変わりは、やはり受け入れなければなりませんものね」

「進歩発展ね」とセリナ夫人がなんとなくいった。「わたしにはどうもそれが進歩発展とは思えないことがしばしばありますわ。このごろみなさんのやってらっしゃる気のきいた水道設備ですとかね。いろんなすてきな色彩なんかにして〝完全〟だなんていってるけど、実際に重宝なのかしらね？　お友だちのお宅なんかにうかがうたびに、トイレに注意書きなんかがあって、強く押してから、はなしてください——とか、左へひっぱってください——とか、手早くはなしてください——とかね。昔はどんなトイレでも、ハンドルをひっぱり上げるだけで、すぐにざっと水が流れるようになってましたよ……おや、メドナムの主教様ですよ」とセリナ夫人が話を途中で切った。そのわきをハンサムな中年の牧師が通っていった。「全然目が見えないんですよ。でも、それはそれは邪悪との戦いに強いお方なんですよ」

それから牧師さんの話などが出て、その合間合間にセリナ夫人の友人知己とのあいさつがはさまったが、彼女が誰それと思っていた当人とはちがうことが多かった。セリナ夫人とミス・マープルは、〝昔のこと〟も少々話し合った。もっとも、ミス・マープルの生い立ちはいうまでもなくセリナ夫人の生い立ちとはまったくちがっていたから、二人の思い出話は、セリナ夫人が未亡人になったばかりで生計の資にも事欠いて、二番目の息子が近くの飛行場に駐留していた間、セント・メアリ・ミードの村に小さい家を借りて住んでいた数年間のことに限られていた。

「ジェーン、あなたロンドンへいらっしゃると、いつもここにお泊まり？　ふしぎと、前には一度もお目にかかったことがありませんわね」

「いつもだなんて、そんな。こんなホテル、高くて泊まれなかったんですよ。それに、第一このところほとんどよそへ出かけなかったものですからね。そうしましたらね、わたしのたいへんにやさしい姪が、わたしをロンドンへ短期間ですけど、招待してくれたんです。ジョーンはなかなか親切な娘でしてね……と申しましてももう娘とはいえませんけれど」とミス・マープルは、もはやジョーンはかれこれ五十ではなかろうかと少々気がとがめながら思いおこしていた。「姪は絵描きでしてね。まあちょっと名のある画家なんですよ。ジョーン・ウエストといいましてね。少し前に展覧会なども開いたんですよ」

セリナ夫人は画家にはほとんど興味がないどころか、芸術関係のことにはすべて興味を持っていなかった。作家とか画家音楽家の類は利口で芸をする動物の一種だと思っていた。まあまあ気ままにやってくれるのはいいと思うのだが、いったいどうして芸術家というものは、ああいうことをしたがるものだろうと、ひそかにふしぎでしようがないのである。

「あの例の現代流の絵なんでしょう」とセリナ夫人はそっぽを見ながら、「あそこにシスリー・ロンガーストさんがいるわ……また髪を染めたりなんかして」

「ジョーンは、まさにその現代流の絵描きね」

これは、まったく見当ちがい。ジョーン・ウエストが現代風だったのは二十年も前のことで、若い画家たちからは完全に古いときめつけられているのである。

ミス・マープルはシスリー・ロンガースト夫人の髪をちょっとひと目見たあと、ジョーンの親切ぶりをふたたび思い出してまことに気分がよかった。ジョーンは自分の夫に向かって、こういったものだった。「年をとって貧しいジェーンおばさんに何かしてあげたいわね。家にばっかりひきこもって少しもよそへ出かけないでしょう。どうかしら一週間か二週間ボーンマスにでも行ってもらったら」

「そいつはいいじゃないか」とレイモンド・ウエストがいった。最近出した著作がよく売れているので、いささか気が大きいのである。

「この前の西インド諸島の旅行では、おばさんはけっこう楽しんでいたらしいからな。もっとも、殺人事件なんかにまきこまれたのは気の毒だったけど。ああいうことはおばさんのような老人にはまったくよくないね」

「でも、ああいうふうなこと、あのおばさんにはありがちなのよ」

レイモンドはこの年老いたおばのことがたいへん好きで、いつも彼女を喜ばそうと考えていて、おもしろそうな本などをよく送ってやっている。だが、時々そうしたもてなしを丁重にことわることがあるので、レイモンドのほうが驚かされる。おばはいつももらった本を〝とてもおもしろかった〟などといってるけれど、ほんとは読んでいないんじゃないかとさえ疑いたくもなるのであった。でも、おばの視力がだんだん落ちていることは、争えないことだろう。

ところが、この最後の点では、レイモンドのほうがあやまりなのである。ミス・マープルの視力は、この年にしてはりっぱなもので、今この瞬間においても、周囲でどんなことが起きているか、鋭い興味と関心とで何ひとつ見のがしてはいないのである。

ジョーンが丁重にボーンマスの一流ホテルで一、二週間過ごしたらと申し出たのに、ミス・マープルはためらいをみせて、つぶやくようにいったものだった。「ほんとにとてもあなたのご親切はありがたいんだけれどね、どうもその……」

「でもジェーンおばさん、あなたの身体のためなんですよ。たまには出かけるのもクスリですよ。旅に出ればきっと何か新しい考えが浮かんだり、新しいことへの興味なんかも出ると思うんですよ」

「そうね、そのとおりだわ。わたしもちょっと気分を変えにどこかへ出かけたいとは思ってます。けどね、どうも、ボーンマスはね」

ジョーンはちょっと驚いた。ボーンマスはおばのあこがれの土地だと思っていたのだ。

「じゃイーストボーン？　それともトーキーなら？」

「実はね、わたしがほんとに行きたいと思ってるとこはね……」とミス・マープルはいいよどんだ。

「はい？」

「こんなことというと、わたしのことをばかなやつだなんて思うでしょうね、きっと」

「そんなことないわ、おばさん、ぜったいに」（いったいどこへ行きたいっていうんだろう？）

「実は、わたしね、ロンドンの、バートラム・ホテルに行ってみたいんですけれどね……」

「バートラム・ホテルですか？」どこかで聞いたような名であった。

ミス・マープルの口から一度にことばの数々がとびだしてきた。

「一度泊まったことがあるんですよ……十四の時にね。おじさんやおばさんといっしょに。おじさんはトーマス、イーリーの大聖堂評議員でした。わたしね、その時のことが忘れられないの。あそこに泊まることができたらね、一週間でたくさん……二週間なんてお金がかかりすぎますからね」

「そんなことちっともかまわないの。もちろん、いらしてけっこうよ。おばさんがロンドンへ行きたいってこと、あたしのほうで思いつかなくちゃいけなかったんだわ……お買い物とかいろんなことね。じゃ、手配することにしましょう……もっとも、そのバートラム・ホテルがまだ今もあればよ。ずいぶんいろんなホテルがなくなりましたからね、戦争中に爆弾が落ちたり、廃業したりで」

「いえね、偶然のことだけれど、バートラム・ホテルがまだ今もやってることがわかったんですよ。アメリカ人のお友だちでね、ボストンのエイミー・マカリスターって人だけど、そのホテルから手紙をよこしたのよ。ご主人といっしょに泊まってるんですって」

「そんならいいわ。さっそく手配しましょう」といって、やさしくつけくわえた。「でも、ひょっとするとおばさんの知ってらっしゃるころとはずいぶん変わってしまってるかもしれませんよ。がっかりなさらないようにね」

ところが、バートラム・ホテルは変わっていなかった。そっくり昔のままであった。ほんとに奇蹟的に変わっていなかった——これはミス・マープルの感想である。実際、彼女自身ふしぎに思っていた……

ほんとにしてはあまりにもけっこうすぎる。ミス・マープルはいつもながらの明敏な判断力でよくわかるのだが、過去の思い出に昔のままの色あいで磨きをかけてみようと思っただけなのだ。彼女の人生の多くは、やむを得ないことだけれど、過去の楽しかったことを思いおこすことで費やされている。その思い出をおぼえているような人にでも出会うことができれば、それこそほんとに幸せである。それももはや今では容易なことではない——ミス・マープルは多くの同時代の人たちよりも長生きしているのだから。だが、彼女はそれでも思いおこす。ふしぎなくらい、生き生きと記憶がよみがえる……ジェーン・マープル、健康でぴちぴちしていた娘……なんて世間知らずな娘であったか……そして、あの不似合いな青年は、その名を……なんといったか、もう思い出すこともできない！ 彼女の母親は賢明にも二人の交際をつぼみのうちにぷっつりとつみ取ってしまった。彼女は後年その青年に出会った……彼はまったくくだらない男になっていた！ しかし、当時彼女は少なくとも一週間は泣き泣き眠る日がつづいたものだった！

このごろでは、もちろん……とミス・マープルは考える……このごろの、若い人たちはかわいそうなものだ。若い人たちにも母親はいるけれど、いい母親はまるでいないみたい……じぶんの娘をつまらない情事や私生児や早過ぎる不幸な結婚から守ってやれないような母親ばかり。ほんとに悲しむべきことである。

話し相手の声がミス・マープルの物思いを中断した。

「おや、ほんとかしら。あれは、いえ、たしかにあそこにいるのは、ベス・セジウィックよ！ あの人がこんなとこにいるなんて……」

ミス・マープルは、セリナ夫人があたりの様子について話しているのを半分ぐらいしか聞いていなかった。彼女とセリナ夫人とはまったくちがった交際社会にいるので、彼女はセリナ夫人が知っている、もしくは知っていると思っている知り合いや友人についての破廉恥なうわさ話など通じないのである。

だが、ベス・セジウィックはその限りでない。ベス・セジウィックという名は、英国中のほとんど誰もが知っている名であった。もう三十年以上も、ベス・セジウィックは、とんでもないへんなことをあれこれとするというので、新聞ネタにされてきている。戦争中の大部分をフランスのレジスタンス運動員として過ごし、ドイツ人を殺した印に彼女の銃には六個の刻み目がつけられているといわれていた。かつては大西洋単独横断飛行もやっている。ヨーロッパ横断騎乗旅行では、ヴァン湖までも達している。自動車レースに出たこともあり、火事の家から二人の子供を救出してきたこともあるし、あまりほめられない結婚、りっぱな結婚とりまぜて何度かの経験がある。そしてまた、ヨーロッパ第二のベスト・ドレッサーともいわれている。それからまた、原子力潜水艦の試運転の時、艦内にうまく潜入していたという話もある。

という次第で、ミス・マープルもたいそう興味をひかれてすわり直し、無遠慮にひとみをこらして見つめたのである。

いくらミス・マープルがこのバートラム・ホテルに期待をしていたにしても、ベス・

セジウィックを見かけるとは思ってもみなかった。豪華なナイトクラブとかトラック運転手のたまり場といったところなら、いずれもベス・セジウィックの関心の広さを示すにふさわしい。が、このひどくお上品な旧時代のホテルといったところとは、まったく合わない。

とはいうものの、現にここに彼女はいる……疑うべくもないことである。ベス・セジウィックの顔がファッション雑誌や大衆新聞に出ない月はない。その実物がここに現われて、何かいらいらせかせかした様子で煙草を吹かし、まるで今までに見たこともないといったびっくりした表情で前におかれた大きな紅茶のトレイをのぞきこんでいるのだ。彼女の注文したものは……ミス・マープルは目をすぼめてのぞいてみた……だいぶ遠いのだが……そう、ドーナツであった。まことにおもしろい。

ミス・マープルが見ていると、ベス・セジウィックは紅茶カップの受け皿の上に煙草を押しつぶして消すと、ドーナツをつまみあげて、大口開けてかぶりついた。こってりしたほんものの赤いイチゴジャムがどろりとあごへこぼれ落ちた。ベスは頭をうしろへ投げ出すようにして笑いだした。バートラム・ホテルのラウンジではここしばらく聞けなかった突拍子もない大笑いの声であった。

ヘンリーがすぐさまそばに現われ、小さなやわらかいナプキンをさし出した。ベスはそのナプキンを受け取ると、まるで小学生みたいな乱暴なしぐさであごをこすってから、大きな声をはりあげたのである。「こいつは、ほんもののドーナツってもんね。すごいわよ」

トレイの上にナプキンをぽんと放りだすと、彼女は立ちあがった。いつものことながら、まわり中の人たちの目が彼女に集まった。そんなことにはなれっこである。たぶん、それが好きでもあり、また、気にもならないのであろう。彼女、なかなか見るに値する存在である……きれいなというより、目だつ女性なのだ。ごくうすい色のつやつやしたプラチナブロンドの髪がすんなりと両肩へ垂れている。頭と顔の骨格は実に見事である。鼻はわずかにかぎ鼻で、目は深く、その色は純粋の灰色である。大きな口は、生まれながらの喜劇役者のものだ。着ている服がまた実に簡素なもので、男たちを悩ます。何かひどくごわごわの粗い布地で、まったく飾りひとつなく、しめ金具ひとつ、ただひとつないのである。だが、女性にはよくわかる。バートラム・ホテルに滞在中の田舎のお年寄り婦人にさえ、これが莫大な値段のものであることがわかるのである！

ベスはエレベーターのところへとラウンジを大またに横切っていく時に、セリナ夫人とミス・マープルのすぐわきを通り、セリナ夫人に向かって会釈をした。

「おやセリナさんね。クラフツ以来お目にかからなかったわね。ボルゾイ犬たちはどうしてるの？」

「ベス、あなたいったいこんなとこで何してらっしゃるの？」

「ただ泊まってるだけのことよ。あたしね、今、車でランズエンドからやって来たばかりなの。四時間と四十五分。悪くなかったわ」

「今に命をなくしちゃうから。それとも、ひとの命をとることになりますよ」

「そいつはごめんね」

「だけど、あなた、なんでこんなところに泊まってるの？」

ベス・セジウィックはちらりとあたりを見まわして、質問の要点を認めたらしく、皮肉な微笑を浮かべて、

「ぜひ一度ためしに泊まってみろとすすめてくれた人があってね。すすめるだけのことはあるわ。今もあたし、すごくすばらしいドーナッツをいただいたとこ」

「ここには、ほんもののマフィンだってあるんですよ」

「マフィンね」とセジウィックはちょっと考えて、「そう……」やっと意味がつかめたらしく、「ああ、マフィンね！」

うなずくとエレベーターのほうへ歩いていった。

「まったく変わった娘ね」とセリナ夫人がいう。ミス・マープルにとってもそうだが、

六十歳以下の女はみんな娘なのである。「あの人のこと、子供のころから知ってるの。誰にもどうしようもできやしないわ。十六の時にアイルランド人の馬丁と駆け落ちしちゃったのよ。家の人たちが、どうやら手おくれにならないうちに連れもどしたんですけどね……ひょっとするともう手おくれだったのかもしれないわ。ともかくその男には金を与えて身をひいてもらい、まあ無事にコーニストンという男と結婚させられたわけ……この人、彼女より三十も年上で道楽者で、彼女に夢中だったんだけど、長つづきはしなかった。彼女、ジョニー・セジウィックとあつあつになっちゃったのよ。ジョニーがもし障害競馬で首を折ってしまわなければ、長つづきしたのかもね。そのあと、アメリカ人のヨット持ちのリッジウェイ・ベッカーと結婚。三年前、離婚。うわさでは、自動車レーサーのポールなんとかって選手といっしょになってるって聞きましたけどね。正式に結婚してるんだかどうだか。アメリカ人と離婚したあと、彼女はもとのセジウィックをじぶんで名乗ってるのよ。へんな人たちとばかりつき合っていて、うわさですけど、麻薬なんかもやってるんですって……ほんとかどうか知りませんけどね……」

「そんなことしていて、幸せなのかしら」とミス・マープルがいった。

セリナ夫人はそのような疑問を持ったことがないらしく、ちょっと驚いた様子で、

「でも、すごくお金を持ってるってことよ。離婚手当やなんかで。でも、お金がすべて

じゃありませんけどね……」

「そのとおりよ、ほんと」

「そしてね、彼女、いつも男がいて……というより何人かの男を……引きつれてるのよ……」

「そう？」

「女もあの年になりますとね、ほしいのはただもう……いえ、でもね……」

セリナ夫人が口をつぐんだ。

「ええ、わたしだってそうは思わないわ」ミス・マープルがいった。

女の色情狂のことなんか何も知らない古風な年寄り夫人の意見に対して、軽く嘲笑される方もおありであろう。実際のところ、これはミス・マープルが使うようなことばではなかった。彼女ならば、こういうだろう……「男好きなのね」でも、セリナ夫人はミス・マープルがじぶんの意見を確認してくれたものと受け取った。

「あの人のまわりは、いつもいろんな男だらけなのよ」セリナ夫人が指摘した。

「あ、そう。でもね、あの人にとって男性は必要なものではなくて、一種の冒険なんじゃないのかしらね？」

ミス・マープルは考えた。〝男と密会するためにバートラム・ホテルなんかを使う女がいるのかしら?〟このホテルはそんな種類のホテルでないことは明確すぎるくらいである。でも、ベス・セジウィックのような気質の人は、だからこそ、ここを選んだのかもしれない。

ミス・マープルはため息をひとつつくと、部屋の隅で気品のあるチクタク音を立てているりっぱな大時計を見上げて、足のリューマチに気をつけながら立ちあがった。ゆっくりとエレベーターのほうへ歩く。セリナ夫人はあたりをちらりと見まわして、軍人らしい様子の老紳士が《スペクテーター》誌を読んでいるところをつかまえた。

「またお目にかかれてうれしいですわ……あの……アーリントン将軍でいらっしゃいますね?」

だがその老紳士はたいへん丁重にアーリントン将軍ではないことを申し立てた。セリナ夫人は失礼を詫びたが、決して取り乱しはしなかった。夫人はいささかおっちょこちょいで近眼ときているうえに、昔の友人知己と会うことを無上の楽しみにしているので、いつもこのようなまちがいをやっている。ほかの人も、厚いおおいをされて、薄暗い照明の下では、同じまちがいをする。でも、誰も怒りだすものはない……むしろみんな、このまちがいを楽しんでいるようでもあった。

エレベーターが降りてくるのを待ちながら、ミス・マープルはひとりでにこにこしていた。まったくセリナらしいわ！　誰でも知りあいだと思ってるんだから。とてもあんなまねは自分にはできない。この方面でたったひとつだけうまくできたのは、ハンサムできちんとしたウェスチェスターの主教様相手に、「おや、ロビー」と親しげに声をかけたくらいのもので、その主教様はまた同じように親しげに、そしてハンプシャーの牧師館にいた子供のころを思い出しながら応じてくれた。当時彼は「ジェニーおばちゃん、ワニになって。ワニになって、ぼくを食べちゃって」とさかんにせがんだものであった。

エレベーターが降りてきて、制服の中年男がドアを開けた。エレベーターから降りてきた客が、ほんの一分か二分前に上がっていったばかりのベス・セジウィックだったので、ミス・マープルはちょっとびっくりした。

そのベス・セジウィックがぴたりと動きを止めたので、ミス・マープルは驚きのあまり転ぶところだった。ベス・セジウィックがミス・マープルの肩越しにあんまりじっと向こうを見つめているので、彼女もふり返ってそちらを見た。

ドアマンがちょうど入口の二枚のスウィングドアを押し開けて、二人の女性がラウンジへはいるためにその戸をおさえてやっているところだった。一人は、気むずかしそうな感じの中年の女性で、少々できの悪いスミレの造花のついた帽子をかぶっており、もう一人は背が高く、飾りはないけれどスマートに服を着こなした、十七か十八ぐらいの、長いまっすぐな亜麻色の髪をした少女であった。

ベス・セジウィックは、はっと気を取り直したふうに、突然くるりとまわれ右をすると、もとのエレベーターへ逆もどりした。ミス・マープルがそのあとからはいると、彼女は向きなおってお詫びをいった。

「どうも失礼。ぶつかりそうになってしまったりして」声はやわらかく、親しみがあった。「あの、今、ちょっと忘れ物を思い出したもんですから……なんだか変ないい方ですけど……」

「二階のかたは?」エレベーター係がいった。ミス・マープルは微笑みながら、お詫びを受け入れるようにうなずいてみせ、エレベーターから降りると自分の部屋のほうへゆっくりと歩きだした。そして、これは彼女のくせなのだが、頭の中でごくつまらないくさぐさのことを楽しみながら思い返していた。

たとえば、セジウィック夫人がいったこと、あれはほんとうではない。夫人はじぶんの部屋へ上がっていったばかりだったのだから、そこで(さっきのことばに少しでも真実があるとして)〝忘れ物を思い出した〟のなら、それをさがしに下へおりて来たはずである。それとも、誰かに会うためか、誰かをさがすためであったろう?　だが、そうとすれば、エレベーターのドアが開いた時に彼女が見てびっくりし、そしてすぐさまくるりと向きを変えて再びエレベーターへもどったのは、彼女が見かけた誰かに会わないためであったのだ。

それはあの二人の新来の客であったのにちがいない。中年婦人と少女。母親と娘かな？　いえ、とミス・マープルは考える——あれは母親と娘ではないわ。

バートラム・ホテルのようなところでも、興味をひかれるおもしろいことが起きるものだわ、とミス・マープルは、楽しげに考えた……

第三章

「あの……こちらにラスコム大佐は……？」

スミレの造花のついた帽子をかぶった女性がフロントデスクでたずねた。ミス・ゴーリンジがいらっしゃいませといった態度で微笑を見せ、待ちかまえていたボーイがすぐさま駆け寄ったが、お使いに出る必要もなかった。ちょうどその時、ラスコム大佐がラウンジへはいって来ると、急ぎ足にデスクへとやって来たからだ。

「やあ、こんにちは、カーペンターさん」と大佐は丁寧に握手をしてから、少女のほうに向かって、「これはこれは、エルヴァイラさん」と少女の両手を情愛をこめて取ると、「どうもどうも、これはようこそ。いや、よかったよかった、さ、さ、まあ腰をおろしましょう」二人をいすへ案内して落ちつかせ、「どうもどうも」とくり返していった。

「いや、ようこそ」

この一生懸命さも、落ちつきのない態度も、いささか見えすいた感じだった。もはやこれ以上、よかったよかったを続けることもできかねる。二人の女性のほうは、そんなことにはおかまいなしであった。エルヴァイラは、たいへんやさしい微笑を見せている。カーペンター夫人のほうは意味なく小さな笑い声をたてながら、手袋のしわをのばしていた。

「旅行は楽しかったですかね？」

「ええ、ありがとう」エルヴァイラがいった。

「霧とか、そんなことは？」

「ええ、なんにも」

「わたしたちの飛行機、予定より五分も早く着きましたの」とカーペンター夫人がいった。

「あ、なるほど、なるほど。よかったよかった、それはよかった」と大佐は自分を元気づけて、「このホテルがあなた方の気に入ればいいんだが？」

「ええ、たいへんけっこうじゃございませんか」とカーペンター夫人が、あたりをちょっと見まわしながら、やさしくいった。「たいへん居心地がよさそうで」

「どうもしかし、少々時代おくれで」と大佐は何か申しわけなさそうに、「時勢おくれの人が多くてね。その……ダンスなどといったものもないようなありさまで」

「そうらしいわね」とエルヴァイラが同調した。

彼女は無表情な態度であたりを見まわしている。たしかに、バートラム・ホテルとダンスとを関連させて考えることには無理がある。

「どうも、時代おくれの人たちがここには多くてね」とラスコム大佐はもう一度くり返して、「もっと現代風なところをと思ったんだけれど。こういうことにはあまりなれていないものだから」

「たいへんけっこうですわ」とエルヴァイラが丁重にいった。

「まあ二晩だけのことだから」とラスコム大佐がつづける。「今晩はひとつショウでも見に行きますかね……ミュージカルなど……」何か正しくないことば遣いでもしているように、自信のないいい方であった。「〈娘たちよ、髪をほどこう〉というのなどどうかな？」

「まあすてき」とカーペンター夫人が大きな声をたてた。「ね、エルヴァイラさん、楽しみね？」

「ええ、うれしいわ」とエルヴァイラがいったが、声の調子は無表情だった。

「そのあとで夕食でも？　サボイあたりでどうです？」

カーペンター夫人が生き生きとうれしそうな声をあげた。ラスコム大佐はちらりとエルヴァイラの様子を盗み見て、少し元気づけられたようだった。エルヴァイラもよろこんでくれている、と大佐は思う。しかし、カーペンター夫人の前では丁重な賛意を表するだけで、それ以上の気持ちを表わすようなことはしないようにしているのにちがいない。「といってもエルヴァイラには罪はない」と大佐は心の中で思った。

大佐はカーペンター夫人に向かって、

「部屋のほうをごらんになるとよろしいでしょう……たぶん不都合はないようになっているとは思うが……」

「あら、きっと大丈夫でしょう」

「何か気に入らないところでもあれば、さっそく変更させます。このホテルの人たちは、よくわたしのことを知ってますのでね」

デスクを受け持っているミス・ゴーリンジもこころよく歓迎の様子であった。部屋は二階の、浴室でつながっている二八号と二九号室であった。

「わたしは二階へ行ってお荷物を開けるなどいたしますから」とカーペンター夫人がいう。「エルヴァイラさんはラスコム大佐と少し世間話でもなさっててください」

よく気がきくものだ、とラスコム大佐は思う。もっとも、ちょっとばかり見えすいてはいるが。ともかく一応これで引っこみがつく。とはいえ、エルヴァイラといったいどんな世間話をしたらよいものか、大佐には見当がつかなかった。たいへん行儀のいい娘だが、大佐は若い娘との話になれていない。大佐の妻は出産の時に死んで、その時生まれた男の子は妻のほうの家で育てられ、大佐の家は姉が切り盛りしてくれていた。その息子も結婚してケニヤで暮らしており、孫息子たちが十一歳と五歳と二歳半で、この前やって来た時には、サッカーや、宇宙科学や電車の話をしたり、大佐がお馬になってやったりして、けっこう楽しんでいた。そんなことはなんでもない！　だが、若い娘はどうも！

何か飲み物でもとエルヴァイラにきいてみる。大佐のつもりでは、レモン・ビターかジンジャーエールかそれともオレンジエードでもと思っていたのだったが、エルヴァイラはその思わくを越えていた。

「ありがとう。あたしね、ジン・アンド・ベルモットをいただきたいわ」

ラスコム大佐はちょっとふしぎそうに彼女の顔を見ていた。彼女の年齢は？　十六か？　十七かな？　そんな年ごろの娘は、ジン・アンド・ベルモットなど飲むのかな。でも、考えてみると、エルヴァイラは、いうなれば社交上の標準時を正確に心得ているのだ。大佐はジン・アンド・ベルモットとドライ・シェリーを注文した。

大佐はからせきをひとつしてから、きいた。

「イタリアはどうでした？」

「とてもよかったわ。ありがとう」

「ええと、あなたが滞在していた、なんとかいいましたっけね、伯爵夫人の家は、堅苦しい家じゃなかったですかな？」

「夫人はだいぶきびしいお方でした。でも、あたし、気にしないことにしてましたの」

この答えにはちょっとどうにでもとれるような意味があるのではなかろうかと、大佐は彼女の顔を見ていた。

大佐はちょっと口ごもりながらも、やっと前よりはだいぶ自然な態度になっていった。

「わたしはあなたの後見人で名づけ親なのに、お互いまだよく知り合っていないのは、どうもね。しかし、わたしのような、その、時代おくれの人間にはね……若い娘さんがいったいどんなことが好きなのか……少なくとも、その、なんですよ、若い娘さんがどんなことを求めているのか……いっこうにわからんものでね。学校がひとつ終わるとまた学校といったぐあいで……わたしの時代には花嫁学校などといっておったけれど。でも今は、すべてもっともっときびしいのかな。進路とか、就職というのかな？　そのうちそのことでよく話し合いをしなけりゃいけない。何か特にやりたいといったことはないかな？」

「あたしね、秘書の勉強でもしてみたいんですけど」とエルヴァイラがなんとはなしの感じでいった。

「ああ、秘書になりたいというわけ?」

「いえ、ぜひなりたいってわけでも――」

「あ、なるほど……それでは……」

「やはりはじめはそんなところから始めなきゃいけないんでしょう」とエルヴァイラが説明した。

ラスコム大佐は何だかじぶんの出る幕がなくなったような、へんな気持ちになった。

「わたしのいとこたち、つまりメルフォードの家なんだけれど、みんなといっしょに暮らせるかな? もしいやなら……」

「いえ、暮らせると思います。ナンシーとは仲よしですし。いとこのミルドレッドだって、いい人なんですもの」

「じゃ、よろしいね?」

「ええ大丈夫です、今のところ」

もはやラスコム大佐はこのことについてはどういっていいかわからなかった。さて、次にはなんの話をしようかと考えていると、エルヴァイラのほうから話しかけてきた。

そのことばは率直簡明であった。

「あたしには、お金があるんですか？」

こんどもラスコム大佐は答える前にちょっと間をおいて、じっとエルヴァイラを見つめていた。それから、こういった。

「ええ。相当多額のお金がありますよ。といっても、受けとるのはあなたが二十一歳に達した時のことだけれど」

「そのお金、今は誰が持ってるの？」

大佐は微笑を含んで、「あなたのために信託財産にしてあって、毎年その収益の中からあなたの生活費と教育費が出されているわけです」

「そして、あなたがその財産管理人なの？」

「その一人です。三人、管理人がおりましてね」

「もし、あたしが死んだら、どうなるの？」

「何をいうんです、エルヴァイラさん、死ぬなんて、ばかばかしい！」

「そう願いたいわ……でも、誰にもわからないでしょ？　つい先週、旅客機が落ちて全員死亡したことだってあるし」

「そんなこと、やたらとあるもんじゃありません」とラスコム大佐が力を入れていった。

「でも、絶対にないとはいえないでしょ」エルヴァイラがいう。「あたしが死んだら、いったい誰があたしのお金をもらうのかなって、ちょっと考えてみたんです」

「そんなこと考えたこともないな」と大佐が腹立たしそうにいった。「どうしてそんなこときくんです？」

「ちょっとおもしろいと思って」とエルヴァイラは何か考えるように、「あたしを殺すと得をする人がいるのかしらってね」

「なんてことを、エルヴァイラさん、まったくもって意味のない話だ。なんであなたがそんなことを考えたりするのか、わからんな、どうも」

「ただ考えただけなの。だって、物事がどうなるのか知りたいんですもの」

「あなたね、まさか例のマフィアとかなんとか、そういうのを考えとるんじゃなかろうね？」

「とんでもないわ。あんなのばかばかしくって。あたしが結婚したら、あたしの財産は誰に行くの？」

「あなたのご主人に行くことになると思いますね。でも、そんなこと何も……」

「今のお話、たしかなの？」

「いえ、たしかとはいいかねます。それは財産信託の中の条文によることです。しかし、まだ結婚もしていないのに、なぜそんなことを心配するんです?」

エルヴァイラは答えなかった。何か物思いに耽っているようだった。やがてその夢中の状態からぬけ出すと、大佐に向かって、

「あなたね、あたしの母にお会いになったことある?」

「時々ね。あまりしばしばではありません」

「今、どこにいるの?」

「ええと、外国ですな」

「外国のどこ?」

「フランスか……それともポルトガルか。よく私にもわからない」

「母はあたしに会いたいっていったことある?」

エルヴァイラの美しく澄んだ目がラスコム大佐の目を見つめる。大佐はなんと答えていいかわからなかった。今、本当のことをいうべきだろうか? それとも、いいかげんにごまかすべきか? または、まるきりのうそをいうか? たいへんに複雑な問題について、かくも単純な質問をする少女に対して、どういったらいいものなのか。大佐は、ぐあい悪そうに、いった。

「わたしにはわからんのです」

エルヴァイラの視線がラスコムをさぐるように見つめている。大佐はまったく落ちつかなくなってしまった。答えがまずかった。エルヴァイラは不審に思っているにちがいない……いや、明白に不信を抱いている。誰だってそうだろう。

大佐がいった。「といっても、決してその……どうも説明するのがむずかしいが。あなたのお母さんなる人は、つまり、その、一般の人とはだいぶちがうところがあって……」

エルヴァイラは強くうなずいて、

「わかってるわ。新聞で母のことはいつも読んでます。何か特別なんですね、母って？ほんと、すばらしい人ですね」

「そう」と大佐が同調して、「まったくそのとおり。すばらしい人です」とちょっと話を切ってから、つづけた。「しかし、すばらしい人というものは、時としてその……」とまたことばをとぎらせて、「すばらしい人を母として持つのは、必ずしも幸せなことではない。これは真実として受け取ってもらいたい」

「あなた、あんまりほんとのことは話したがらないみたい。そうでしょ？　でも、今のお話はほんとだと思うわ」

二人とも、外の世界に通じる大きな真鍮張りのスウィングドアのほうを見つめていた。

突然そのドアが乱暴に押し開けられた――このバートラム・ホテルでは乱暴なことなどはまことに珍しい――そして、若い男が一人どかどかと踏みこんできて、まっすぐフロントのデスクへと向かった。男は黒い革のジャケットを着ていた。この若者の生き生きとした感じと対照的に、バートラム・ホテルはまるで博物館のような雰囲気であった。そこにいる人たちは、過去の時代の遺物に積もったほこりであった。男はミス・ゴーリンジに向かってかがみこんだ。

「セジウィック夫人はここに泊まってるんだね？」

さすがのミス・ゴーリンジも、おあいそ笑いどころではなかった。その目が冷たく光った。

「はい」といってから、明らかに不承不承、電話へ手をのばして、「ご面会でしょうか……？」

「いや。ちょっとメモを渡してもらいたいだけなんだ」

若い男は革ジャケットのポケットからそのメモを取りだすと、マホガニーのカウンターの上に押しやった。

「このホテルにまちがいないか、確かめたかっただけなんだ」

あたりを見まわしながらの声の調子には、まだ少し疑問の様子があったが、向きなおると出入口へともどり始めた。ラウンジに腰かけている人たちを何気なく見まわしながら。その目がラスコム大佐とエルヴァイラにも同じように向けられ、ラスコムは突然わけのわからない怒りをおぼえ、心の中で思った。〃なんたることか。エルヴァイラは美しい娘だぞ。わしが若いころには、美しい女の子といえば見逃しはしなかったもんだ。まわりがこんな古ぼけた化石みたいな連中ばかりなのに〃だが、若い男は美しい女の子などに目をくれているひまなどないといったふうである。男はデスクへとって返すと、ミス・ゴーリンジの注意をひくためか、少し声を大きくして、

「ここの電話番号は？　一一二九だったかな？」

「いえ、三九二五です」ミス・ゴーリンジがいった。

「リージェント地区？」

「いえ、メイフェアです」

若い男はうなずいた。そして、大またに急ぎ足でラウンジを横切り、ドアから姿を消した。はいって来た時と同じように、爆発的な勢いでドアがゆれていた。

みんながほっと大きなため息をついているようだった――中断された話をまた始めるのに困っている様子である。

「いやどうも」とラスコム大佐はいうべきことばがないのか、取ってつけたように、

「いやどうも！　このごろの若い者ときたらまったく……」

エルヴァイラはにこにこ笑って、

「今の人、ごぞんじじゃない？　あの人どんな人かごぞんじでしょ？」声に尊敬の気持が表われていた。教えるように、「ラジスロース・マリノスキーよ」

「ああ、あれが」とラスコム大佐にも、その名はおぼろげながらおなじみがあった。

「レーサーの」

「ええ、二年間、世界タイトル保持者だったのよ。一年前にひどい衝突事故を起こして、あちこち骨折したんですって。でも、またレースに出てるらしいわね」ときき耳をたてて、「ほら、やっぱりレーシングカーを運転してるわ」

エンジンのうなりが、おもての通りからバートラム・ホテルを貫いた。ラジスロース・マリノスキーはエルヴァイラにとってあこがれのスターの一人なんだな、とラスコム大佐は感じた。〝まあしかし、ポップ・シンガーとか流行歌手とか、例の髪を長くしたビートルズとか何とかいった連中に夢中になるよりはましだろう〟と思う。ラスコム大佐の今の若い者についての考えは時代おくれであった。

スウィングドアがまた開いた。エルヴァイラもラスコム大佐も何か期待めいた気持ちで、そちらを見たが、もはやバートラム・ホテルはもとの姿へ立ちもどっていた。はいって来たのは、年をとった白髪頭の牧師にすぎなかった。ちょっと立ちどまって、いったいここはどこなんだ、どうしてじぶんはこんなところへ来てるのかな、といわんばかりのとまどったふうであたりを見まわしている。大聖堂評議員をつとめているペニファザー牧師にとって、こんなことは珍しいことではなかった。よく列車の中などで、こういうことがある。いったいどこからじぶんはやって来たのか、どこへ何しに行くのか、思い出せなくなるのである！　通りを歩いている時にもそんなことがあるし、評議会に出席中でもそんなことがある。かつて、じぶんの聖堂の祭壇で、もう説教をすませたのかこれから説教をするのかわからなくなったこともあった。

「あのお年寄りには、おぼえがあるんだが」とラスコム大佐は、のぞいて見るようにしながら、「ええと、誰だったかな？　ここにはよく泊まりに来る人だが。アバークロンビー？　助祭長のアバークロンビー……いや、アバークロンビーではないけれど、アバークロンビーと似た人だ」

エルヴァイラはペニファザー牧師をちらりと見て、興味なさそうだった。レーサーとくらべたら、まったく魅力なしである。もっともエルヴァイラはどんな種類の聖職者にも別に興味を感じない。ただ、イタリアにいた時、枢機卿にはほのかな感激をおぼえたものだったが、それは見た目が色彩ゆたかで美しかったからなのだ。

ペニファザー牧師の表情が明るくなって、やれやれよかったといったふうにひとりでうなずいた。じぶんがどこにいるのか、わかったのだ。いうまでもなく、バートラム・ホテルである。ここに一晩泊まって、それから……それから、どこへ行くことになっていたんだっけ？ チャドミンスター？ いやいや、今そのチャドミンスターからやって来たばかりだ。これから行くのは……それもわかっている……ルツェルンでの会議だ。牧師はにこやかにフロントのデスクへ向かって歩きだし、ミス・ゴーリンジがそれをやさしく迎えた。

「これはようこそ、ペニファザー先生。たいへんお元気そうで」

「いや、ありがとう、ありがとう……いや先週ひどく風邪をひきましてな。もうよくなりましたがね。わしの部屋はとってありましょうな。ええと、手紙をさし上げましたっけね？」

ミス・ゴーリンジは、彼を安心させた。

「はい先生、お手紙もちょうだいいたしました。一九号室がとってあります、この前お泊まりになったお部屋です」

「それはありがたい、どうもありがとう。なにしろ……ええと、四日ばかり泊まりたいのでしてね。実はルツェルンへ行きますので、一晩は留守をしますが、部屋はそのままとっておいていただきたい。荷物はここへおいといて、スイスへは小さいカバンひとつ持って出かけますので。そういうことで、さしつかえはないでしょうな？」

ミス・ゴーリンジは再び牧師の安心のいくように、

「はい万事大丈夫でございます。お手紙にもそのようにはっきりお書きになっておりましたよ」

ほかの人だったら〝はっきり〟などということばは使わないだろう。〝たっぷり〟といったほうがいい。長々と詳細に書かれていたのだから。

気がかりになることはすべて解消、ペニファザー牧師はほっと安堵のため息をつくと、荷物といっしょに一九号室へと案内されていった。

二八号室では、カーペンター夫人がスミレの帽子をぬぎ、ベッドの枕のところで、夜着を丁寧にととのえていた。エルヴァイラがはいって来たので、目を上げて、

「あなたの荷物を出すの、お手伝いしましょうか？」

「いいえ、いいの」とエルヴァイラが丁重にいう。「出すほどの荷物もないんだもの」

「寝室はどちらのほうにします？　両方の部屋の間に浴室があるわ。お荷物は向こうの部屋に入れさせましたけど。こちらの部屋は少しうるさいように思うわ」

「それはどうもご親切に」とエルヴァイラは無表情な声でいった。

「ほんとに手伝わなくてもいいの？」

「ええ、ほんとにいいのよ。あたし、お風呂にはいろうかな」

「それがいいわね。あなたが先に？　わたしは、あれこれ片づけものをするから」

エルヴァイラはこっくりとうなずいてみせた。次の部屋になっている浴室へはいって行き、ドアを閉め、とめ金をおろした。それからじぶんの部屋へはいると、スーツケースを開けて、二、三のものをベッドのうえへ放り出した。そして服をぬぎ、ガウンをひっかけて浴室へはいり、蛇口をひねった。じぶんの部屋へとって返すと、ベッドの電話に近いところへ腰をおろした。人がやって来ないか、ちょっと耳を傾けてから受話器を手に取った。

「こちら二九号室。リージェントの一一二九番にお願いします」

第四章

ロンドン警視庁内で、会議がひとつ進行中であった。会議は非公式なものとして開かれていた。テーブルをかこんで六、七人が楽なかっこうで腰をおろしていた。そして彼ら各々がそれぞれじぶんの仕事の分野で重要な地位にある人たちである。これら法の守護者たちの注目を集めている問題は、この二、三年来で驚異的な重大性を持ってきたある件についてであった。それは犯罪の一部門に関するもので、その成功が圧倒的な不安をかきたてていた。大規模な強盗事件が増加してきているのである。銀行強盗、給料強奪、郵便託送中の宝石類の盗難、列車強盗など。一ヵ月足らずの間に、またも大胆きわまりない強奪事件が発生し、それがまた見事に成功する。

副総監のロナルド・グレイブズ卿がテーブルの上座について、会議を主宰している。この人はいつも、何かいうよりも聞き役のほうが多かった。このような場合、公式の報告書などは提出されていない。そういったものは、捜査課の日常のものである。この席は高級幹部による協議会で、各件を少しずつちがった見地から見た人たちの間で、それぞれの考えを出し合おうというわけである。ロナルド・グレイブズ卿の目がこの小さな集まりをゆっくりと見まわしていって、やがて、末席にいる男に向かってひとつうなずいた。

「ところで、おやじさん、ひとつきみのまずい冗談でも聞かせてもらうかね」

おやじさんと呼ばれた男は、主任警部のフレッド・デイビーである。定年退職もあまり先のことでなく、また実際よりもずっと老《ふ》けてみえる。というわけで、あだ名が〝おやじさん〟なのであった。気持ちのいい、開けっぴろげな感じの風采で、その見かけとやさしい親切そうな態度とは裏腹に、どうしてなかなかもってやさしいどころか、ごまかしにくいということを知って犯罪者は驚かされるのである。

「そうだ、おやじさんの見解をひとつ聞かせてもらいたいな」と別の主任警部がいった。

「これは大きいですな」とデイビー主任警部が深くため息をつきながらいう。「そう、これは大きい。さらに大きくなるかもしれないな」

「大きいというのは、数のことですかね？」

「ええ、そうですな」

キツネのようなとんがり顔に鋭い目つきをしたコムストックが口を出した。

「それがやつらに有利だというわけ？」

「ともいえるし、そうでないともいえる」とおやじさんがいう。「それが命取りになりかねない。けれど、いまのところ、残念ながら、やつらはうまく統制を保ってる」

金髪でやせ型、何か夢を見ているような目つきのアンドリューズ警視が、考え考えいった。

「ぼくは、一般の人が思ってるよりはるかに大きさという問題は重要だと思ってるんだが。仮に一人の小さな仕事だとしてみる。うまくやり、また手ごろな大きさの仕事であれば、充分に成功する。枝をのばし、仕事を大きくし、人員もふやすとなると、突如として仕事の大きさが手に負えなくなって、失敗への道をたどる。大がかりなチェーン・ストアと同じだ。産業界の一大王国みたいなものだ。これは大きければ成功する。大きくないとうまく運営できない。何事にも手ごろというものがある。手ごろであればうまくいく」

「ところで、こんどの件だが、どれくらいの大きさだと思うかね？」ロナルド卿がほえるようにいった。

「はじめにわれわれが考えたよりさらに大きいと思います」コムストック主任警部がいった。

こんどはこわい顔つきのマクニル警部がいう。

「だんだん大きくなってると、ぼくも思うな。おやじさんのいうとおりだと思います。どんどん大きくなってる」

「そのほうがいいかもしれんよ」とデイビー主任警部。「どんどん早く大きくなると、次には始末におえなくなる」

「副総監」とマクニル警部。「問題は、いつ、誰をひっぱるかだと思いますが？」

「ひっぱろうと思えば一ダースやそこらのやつはすぐひっぱって来られる」とコムストック主任警部。「ハリスの仲間が関係してることはわかってるしね。ルートン通りにかっこうの小さなかくれ家がある。エプサムのガレージ、それからメイドンヘッドの居酒屋、グレート・ノース・ロード近くの農家などもだ」

「ひっぱって来るだけの値打ちのある連中かね？」

「それほどのものとは思えません。みんな小ものばかり。くさりの中のただのつなぎの輪ですな。自動車をまたたく間に改装する場所とか、連絡場所として評判のいい居酒屋とか、変装をする場所としての古着屋とか、イーストエンドあたりの舞台衣裳屋など、みなたいへん役に立つ。この連中は、みな金で買われてる。たっぷり金をもらってはいるが、じぶんたちがほんとに何をやってるのかは気がついていない！」

こんどは夢を見てるようなアンドリューズ警視がいう。

「われわれはなかなか頭のいいやつらと対抗してる。われわれはまだやつらのそばまで攻めこんでいない。われわれが知ってるのは、やつらの手先にすぎない。さっきもいったように、ハリスの仲間が一枚かんでいること、マークスの仲間も金づるとしてからんでいる。外国とのつながりはウィーバーがやっているが、こいつはしかし、ただの仲介にすぎない。われわれは、実際にこの連中について何もつかんでいないのだ。われわれとしては、この連中がお互いになんらかの連絡を持っており、またほかのちがった部門の連中ともつながりをつけていることは知っているのだが、さて、それを実際にどういうふうにやっているかはわかっていない。われわれはやつらを監視し尾行しているが、やつらはちゃんとそれを知っている。どこかに大きな中心になる情報交換場所があるんだな。われわれがつかまなくてはならんのは、その企画者なんだ」

コムストックがいう。

「どうもすごく大きな組織のようだな。たしかにどこかに作戦本部のようなものがあるという点には同意見だ。それぞれの仕事を企画し、細分化し、さらにまたそれを完全にまとめるといったことをやってる場所だ。どこかで、誰かが全体の構想をして、郵便行嚢作戦とか給料強奪作戦といった青写真を作成する。われわれとしてはこの連中を押さえなくちゃいけない」

「おそらく、その連中はこの国にいるのじゃないんだろう」おやじさんが静かにいった。

「うん。まったくそのとおりだと思う。やつら、どこかの氷の家《イグルー》にいるのかもしれないし、モロッコのテントか、それともスイスの農家にいるのかもしれんしね」

「ぼくにはどうもそんなすぐれた企画者がいるとは信じられんですね」とマクニルが首を横にふりながら、「お話としちゃ、おもしろいでしょうがね。もちろん、ボスがいることはいるでしょうが、〝犯罪の名人〟がいるなどとは信じられないですね。背後にたいへん頭のいいちょっとした幹部会みたいなのがあるぐらいのもんでしょう。会長のようなのが一人いて、ここで中心的な計画をたてる。うまいことやってきているし、また常に技術の革新もはかっている。しかし、やはり……」

「なんだね？」とロナルド卿がはげますように口をはさんだ。

「どんなに緊密にぴったりといっている仲間でも、その中には必ずクズがいるもんです。これをぼくは〝ロシア式そり原理〟と呼んでるんですが。われわれの追及がきびしくなるたびに、やつらはそのクズを放り出す。できるだけいいクズを放り出すんですね」

「そんな大胆なことをするだろうか？　危険すぎるんじゃないか？」

「そのそりから放り出されるやつが、じぶんでも放り出されたことに気づかないようなふうにしてやるんですね。放り出されたのではなくて、じぶんがそりから落ちたんだと、そいつは思ってる。だから、おとなしくしていたほうが身のためだと思って、じっとおとなしくしている。もちろん、そのほうが身のためです。やつらは腐るほど金を持ってるんですから、金の出し惜しみはしない。放り出されたやつに家族でもあれば、そいつが刑務所にいる間はめんどうをみてやる。また脱走計画などもたててやることでしょう」

「そんなめんどうみていたらたまったもんじゃないな」とコムストック主任警部がいった。

そこでロナルド卿が、

「どうも、こうしてくり返し推測ばかりやっていてもしようがないように思う。みんなだいたい同じようなことをいってるようだしね」

マクニル警部が笑って、

「で、副総監としては、われわれにどういうことを要望されるわけでしょうか？」

「うん……」とロナルド卿はちょっと考えてから、「われわれの意見は主要な点ではみな一致している」とゆっくりいい出した。「また、どういうことをやるべきかという主要な方策の点でも一致している。そこで、わたしは、これは少し小さなことに目をつけて歩いたら収穫があるのじゃないかと思うんだ。……あまり問題にもならんようなこと、普通の捜査の道から少しはずれているようなことなんかだ。ちょっとはっきり説明しにくいが、ちょうど、先年のカルバー事件の時にやったような仕事だな。あの時はインクのしみだった。おぼえとるかね？　ネズミの穴のまわりにインクのしみがあった。いったいなんで、ネズミの穴の中にインクをひとびんもぶちまけたのかね？　そのこと自体は重大なことではなかった。答えを出すのがむずかしかったが、その答えをみつけた時、これが大した手がかりになった。つまりまあ、私がいいたいのは、ざっとそんなようなことなんだがね。何か妙でおかしなこと、何か普通よりもちょっとへんだなと思われることに出会ったら、かまわずいってみるがいい。つまらんことだが、心にひっかかって、どうもわけがわからんことやなんかだ。そう、おやじさんは、うなずいてくれてるね」

「まったくそのとおりです」とデイビー主任警部がいった。「さてそれじゃ、みんなに何か材料を出してもらうことにしようじゃないか。ちょっとへんな帽子をかぶってる男、なんてのでものがさずにね」

すぐには反応が表われなかった。みんな確信がなくとまどった様子だった。

「じゃ、わたしがまず口火を切ろう」とおやじさんが話しだした。「まったくおかしな話ですが、聞くだけなら損にはならんだろう。ロンドン・メトロポリタン銀行の強盗。

カーモリ街支店。ご記憶かな？　自動車のナンバー、色、製造会社の全リスト。一般市民にも呼びかけて情報提供を求め、その反応もありました。どんな反応だったか！　約百五十もの、まちがった情報でしたね！　それを最後には付近で目撃された約七台の自動車にまでしぼりましたが、その七台ともが強盗事件に関係ありそうだということになりました」

「うん、つづけて」とロナルド卿がいう。

「そのうちの一、二台がどうも腑に落ちないところがありました。ナンバーがどうやら取り替えられている様子なんですね。そのことは、別に大したことじゃないんです。よくあることなんで。たいがい、しまいにはわかります。一例を申しましょう。モーリス・オクスフォード、黒のサルーン型、ナンバーは、ＣＭＧ２５６、見習い中の警官からの報告でした。彼がいうには、この車は判事のラドグローブ氏が運転していたというんですね」

おやじさんはみんなを見まわした。みんな話を聞いてはいたが、大して興味も示していなかった。

「またまちがいをやってるな、と思いましたね。ラドグローブ判事はかなり目だつ人で、とんでもない醜男だし。しかし、それはラドグローブ判事ではなかった。というのはその問題の時刻には、まちがいなく法廷に出ていたんですからね。判事の車はモーリス・オクスフォードでしたが、ナンバーはCMG256ではないんです」みんなを見まわし、「いや、そんなことは別になんでもないじゃないかというんでしょう。しかし、そのナンバーは何番だったか、ごぞんじですかね？　CMG265です。似てるでしょう？　車のナンバーをおぼえようとする時、誰でもよくやるようなまちがいですな」

「失礼だが、わたしにはどうも意味がよくわからんのだが……」ロナルド卿がいった。

「いや、別に意味がわかるとかなんとかいうことではないのでして」とデイビー主任警部。「ただ……問題のほんとのナンバーときわめてよく似ているというだけのことなんです。そうでしょう？　CMGの265と256。問題の色のモーリス・オクスフォードで、ナンバーが一つの数字だけちがっていて、その車の持ち主と非常によく似た人物が運転していたというだけの、偶然にすぎんのかもしれません」

「ということは……」

「ただ一つの数字だけのちがい。最近よくいう〝意図的なまちがい〟ですな。まあ、そんなふうにしかみえないですね」

「デイビー君、失礼だが、わたしにはやはりよくわからんのだがね」

「いや、別にわかっていただくほどのことじゃないんでして。CMG265ナンバーのモーリス・オクスフォードが、銀行強盗二分三十秒後に、同じ街路を走っていた。その車には、判事のラドグローブ氏が乗っていたのを見習い警官がみとめている」

「というと、デイビー君、それはほんとにラドグローブ判事だったと、きみはいいたいのかね？　やめてくれよ」

「いえ、それがラドグローブ判事で、判事が銀行強盗の仲間だなどとは申しておりません。判事はポンド街のバートラム・ホテルに宿泊中で、事件発生時には法廷に出ていたんですからね。証拠は完全無欠です。車のナンバーと製造元と、それから人物を確認した見習い警官が老ラドグローブ氏を以前からよく見て知っていたという、この偶然の一致は、何か意味があるとすべきでしょう。ところが、どうも意味はなさそうだ。まことに残念というわけですな」

コムストック主任警部が大いに気負ったふうで口を切った。

「それとちょっと似たことが、例のブライトンでの宝石事件に関連して、あるね。ある老海軍将官かなんかだがね。名前は今忘れてしまった。ある婦人が、その将官が事件の現場にたしかにいたと自信をもって確言するんですな」

「だが、そこにいたわけではない？」

「ええ、その夜その将官はロンドンにいて、海軍関係の夕食会かなにかに出席していたということです」

「宿は、クラブか何かだね？」

「いえ、ホテルに泊まってました……今、おやじさんの話にあった、そのバートラムとかいうホテルでしたな、たしか。なかなか落ちついた静かなところで。陸海軍関係のおいぼれ連中がよく行くところらしいです」

「バートラム・ホテルか」とデイビー主任警部が考えこむようにいった。

第五章

1

ミス・マープルは早く目をさました、といっても早く目をさますのはいつものことだ。ベッドがよかったのだ。まことに気持ちよく眠れた。

ぱたぱたと窓のところへ行くと、カーテンをひいて、少し青白いようなロンドンの陽光を入れた。それなのに電灯を消そうとしない。彼女にあてがわれたこの寝室はまことにけっこうな、またたいへんにバートラム・ホテル流の部屋である。バラ模様の壁紙、よく磨きのかかったマホガニーの大きな衣裳ダンス……それとそろいの化粧台。背もたれのまっすぐないすが二脚、床からちょうどいいぐあいの高さの安楽いすが一脚。となりの浴室へは連絡ドアで通じていて、この浴室の壁紙はバラ模様で、現代風だけれど衛生的すぎて冷たい感じを与えないようにしてある。

ミス・マープルはベッドへとって返すと、枕をなおして時計を見る。七時半。それから、いつも持ち歩いている小型の祈禱書を取りあげて、その日の分に当てられている一ページ半をいつものように読んだ。それからこんどは、編み物を手にすると編みにかかる。はじめはのろい。というのは、起きたてのころにはリューマチの指がかたくなっているからだ。が、間もなくスピードが出てきて、痛い指の硬直も消え去る。

「また新しい日ね」とミス・マープルはひとりごとをいって、いつものおだやかなよろこび方で、今日へのあいさつをする。また新しい日……何が起こるかわからない新しい日。

身体を楽にして、彼女は編み物をやめ、頭の中をあれこれとりとめのない考えが流れ過ぎるのに任せる……セリナ・ヘイジー……セント・メアリ・ミードで持っていた彼女の小さな家はとてもきれいな家だった……今の住人はあの家にいやな緑色の屋根なんかくっつけてしまった……マフィンか……バターがやたらに多すぎたわ……でも、とてもおいしいものね……それに昔風のシード・ケーキまで出るなんて！　何もかも、ほとんど昔のままのようだなんて、ほんとに思いもよらなかった……といっても、やはり〝時〟は停止してなんかいるわけがない……それで、こんなふうに時を停止させたようにするには、ほんとにたいへんなお金がかかってるにちがいないわ……そこらあたりにプラスチックの一片だってないんですものね！……でも、ホテルとしてはそれだけの費用を償えるだけのことがあるのだろう、と彼女は想像する。時代おくれも美しくなる……今、みんながどんなに古くさいバラを求め、ブレンドした紅茶を軽蔑してるかをみるがいい！……まったくここは現実とは思えないところだ……べつに、思えなくたっていいでしょう？……彼女がかつてここに滞在してから五十年……いや、六十年近くにもなる。そして、彼女にはこれがほんとのことだとは思えない、というのは今はもうすっかり現代に馴れっこになってしまっているからなのだ……とにかく、すべてがたいへん興味のある問題を提供していることはたしか……この雰囲気とそれからこの人たち……ミス・マープルは編み物をもっと遠くへと押しやった。

「ポケットのような隠れ場所だわ」と彼女は声を出していった。「どうもポケットらしい……とてもさがすのがむずかしい……」

　それが昨晩なんとなく妙に落ちつかない気持ちになったことの原因なのだろうか？あの、何か食いちがっているような感じ……

　年寄りばかり……彼女が五十年前に滞在したころの記憶とほとんど変わっていない。そのころは、ごく自然であった……だが、今はあまり自然ではない。今の老人たちは昔の老人とはちがってきている……昔の老人たちはもはや戦う気力もなくなった家庭的な気苦労で、疲れ衰えた様子をしていたものだった……それが何々委員会などを駆けまわって有能ぶりをみせ、忙しそうにしているかと思うと、髪をリンドウ色の青に染めたり、かつらをつけたり、またその手は彼女の記憶にあるようなのではなくて、しなやかで細い……よく洗浄が行き届きすぎて荒れてさえいる……

それからまた……いや、そんなわけで、この人たちはほんものとは見えない。だが、問題は、やはりこの人たちはほんものだということだ。セリナ・ヘイジーもほんものである。あの隅にいたわりとハンサムな老軍人もほんもの……一度会ったことがあるが、その名を思い出せない……それから、主教（ロビーはいい人だった！）は死んだ。

ミス・マープルは小さな時計にちらりと目をやる。八時半。朝食の時間だ。

ホテルがくれた注意書を見てみる。大きなきれいな活字なので、眼鏡をかけなくてもよい。

食事は〈ルームサービス〉へ電話で注文するか、または〈客室係〉とラベルの貼られている呼鈴を押せばいいことになっている。

ミス・マープルは、このあとのほうのをやった。〈ルームサービス〉へ電話するのはどうもまごついていけない。

結果は上々であった。待つ間もなくドアにノックがあって、満点の感じのメイドが現われた。このほんもののメイドは、ほんものらしくないかっこうをしていた――ラベンダー色のプリント縞のある服を着て、制帽までちゃんと頭にのせている。洗濯したてのものだ。微笑を浮かべ、ほっぺたが赤く、なんとも素朴な顔をしている。(こんな子を、どこでみつけたのだろう?)

ミス・マープルは朝食を注文した。紅茶、ポーチド・エッグに焼きたてのパン。まことに気のきいたメイドで、オートミールとかオレンジジュースなどはいかがとはおくびにも出さなかった。

五分後には朝食が来た。使いごこちのいいトレイにふっくらした形のティーポット、濃い感じのミルク、熱い湯を入れた銀製のポット。トーストの上に、見事な形のポーチド・エッグがふたつのせてあり、そのゆでぐあいもほどよかった――ブリキの筒で型をとったこちこちの小さいやつではない。それにバターの丸い大きなひとかたまり。ママレードにハチミツにイチゴジャム。おいしそうなパン――中身が紙のような、固いのではない――焼きたてのパン特有のにおいがする(世界で一番おいしそうなにおい!)。それにリンゴとナシとバナナもある。

ミス・マープルは慎重に、だが自信をもってナイフを入れた。期待どおりだった。濃い黄味が流れでた。りっぱな卵!

みんなほやほやの温かさである。ほんものの朝食、じぶんでこういう朝食をこしらえたいと思うとおりの朝食が、手を下さずにできているのだ！　ちょうど彼女が……いや、女王様のようにというのではない……りっぱだけれど決して不当に高くないホテルに泊まっている中年婦人に対して給仕されるように、運ばれてきている。まったくのところ、一九〇九年にもどった感じである。ミス・マープルはメイドにたいへんけっこうにできているとほめことばを与えたが、それに対してメイドはにっこりして、

「はい奥様、料理長が朝食にはたいへんやかましいものですから」

ミス・マープルは鑑定するように彼女を見ていた。バートラム・ホテルにはほんとにびっくりするようなものができている。ほんものの、メイドなんて。彼女はそっとじぶんの左腕をつねってみた。

「ここはもう長いことつとめてるの？」ときいてみた。

「三年と少しでございます」

「その前は？」

「イーストボーンのあるホテルにおりました。とても現代風で新式だったんですけれど……でも、わたしはここのような古風なところが好きなんでございます」

ミス・マープルは紅茶を一口すすった。長いこと忘れていた歌の文句が自然に出て来

て、思わず口ずさんでいた。

　ああ、そなたはこれまで
　どこにどうしておられたやら……

　メイドはちょっとびっくりしてミス・マープルを見ていた。

「古い歌をちょっと思い出したもんだから」と彼女は言いわけするみたいにいった。「ひところ、とてもはやった歌なのよ」

　もう一度彼女は低くうたった。「ああ、そなたはこれまで、どこにどうしておられたやら……」

「あなたも知ってるでしょう？」ミス・マープルがきく。

「あの……」とメイドは申しわけなさそうな様子をした。

「あなたには、あんまり昔のことすぎますね」とミス・マープル、「ここみたいなところにいると、いろいろなことを思い出しますよ」

「さようでございますね、こちらにお泊まりのご婦人のみなさまが、そう思われるようでございます」

「みなさんがここへみえるのは、そんなこともあってのことね、きっと」

メイドは帰っていった。追憶に耽っておしゃべりをするおばあさんには馴れている様子だった。

ミス・マープルは朝食をすませ、ゆったりとした様子で立ちあがった。彼女はすでに楽しい朝の買い物の計画をたてていた。でも、あまりよけいには歩きまわれない……疲れすぎてはいけない。今日は、そう、まずオクスフォード街ぐらいかしら。そして、明日はナイツブリッジ街。たのしげな計画をミス・マープルはたてていた。

彼女が部屋から出てきたのはもう十時ごろであった。完全武装である——帽子、手袋、こうもりがさ（今は晴れてるが用心のため）、ハンドバッグ、それに一番スマートなショッピング・バッグ……

廊下のひとつおいてとなりのドアが急に開いて、誰かがのぞいた。ベス・セジウィックだった。すぐ部屋へひっこむと、ドアをぴしゃりと閉めた。

ミス・マープルは階段を降りながら、今のはどういうことなんだろうと考える。彼女は朝はエレベーターよりも階段のほうが好きである。そのほうが身体がしなやかになる。階段を降りる彼女の足がしだいにおそくなって……立ちどまってしまった。

2

ラスコム大佐が自室を出て廊下を歩いていると、階段のとっつきの部屋のドアが開いて、セジウィック夫人が声をかけた。

「やれやれやっとだわ！　あなたのこと、じりじりして待ちに待ってたのに。いつでも飛びかかれるようにね。どこか話のできるところがある？　うるさい年寄りネコたちのじゃまがはいらないようなところ」

「うん、そうだね、ベス、たしかあそこの中二階に書き物部屋があるんだが、あそこなら」

「この部屋のほうがいいわ。早くして。メイドにあたしたちのこと、へんに思われるといけないから」

ちょっと気が進まない様子でラスコムは敷居をまたぐと、ドアをぴったりと閉めきった。

「きみがここに泊まっていいようなんて、ベス、まったく思いがけなかったな」

「そりゃそうでしょうとも」

「というのは……エルヴァイラをここへ連れて来るんじゃなかったということだよ。ぼくはエルヴァイラを連れて来てるんだ、知ってるかね?」

「知ってるわ。昨夜あなたといっしょのところを見かけたの」

「まさかきみがここにいるとは思わなかったよ。きみにはまったく不似合いな場所だからな」

「何が不似合いなのよ」とベス・セジウィックが冷ややかにいった。「ロンドン中でこんなにずばぬけて快適なホテルってないわよ。どうして、あたしが泊まってはいけないの?」

「つまりその、ぼくとしてはまったく思いがけなかったんで……その……」

ベスはラスコムを見て笑いだした。彼女は出かけるばかりの支度をしていた。仕立てのいい黒っぽいスーツに、明るいエメラルド・グリーンのシャツ。陽気で活気にあふれている感じである。その彼女のそばにいると、ラスコム大佐はいかにも年をとって、色あせてみえる。

「ねえ、デリク、何もそんなに心配そうな顔しなくてもいいわよ。あなたがね、母親と娘の涙の対面の場を演出しようとしてること、あたし、怒るつもりはないんだから。こんなことってよくあることなのよ……思いもよらないところで、お互いがひょっこり出会うなんてこと。でも、あなたね、デリク、エルヴァイラはないんとしてもここから連れ出してもらいたいわ。すぐ……今日にでも、どこかへ連れてって」

「うん、そうするところだよ。ここには一晩か二晩泊まるだけのことなんだ。ショウを見にいったり、そんなとこだ。明日、メルフォードのところへ行くことになってる」

「かわいそうに、そいつはさぞ退屈なことでしょう」

ラスコムは気になるとみえて、ベスを見つめながら、「そんなに退屈するだろうかね?」

ベスはラスコムをあわれむように、

「まあ、イタリアで窮屈な思いをさせられていたあとだから、そうでないかもしれないわ。かえっておもしろいと思うかもしれない」

ラスコムは一生けんめい勇気を出して、

「いいかね、ベス、きみがこのホテルにいたんで、ぼくはほんとに驚いてるんだが、しかしね、これは、ある意味……ひょっとすれば、ひょっとするかもしれない……つまり、これがひとつのチャンスになるかもしれないということだ……しかし、きみがどんなふうに思っているか……またあの娘がどう思っているか……それはぼくにはわからんけれどね」

「いったい、何をいおうとしてるの、デリク？」

「つまり、きみはあの娘の母親だってことだ」

「もちろん、あたしはあの子の母親よ。あの子はあたしの娘。だけど、いったいその事実が、これまで一度だってあたしたちにとっていいことだったことがある？　これからだって？」

「それはわからない。ぼくが思うに……どうやら彼女、感づいているようなんだ」

「どうしてそんなことがわかるの？」ベス・セジウィックがきびしい調子でいった。

「昨日彼女がいったことばからだ。今、お母さん、つまりきみはどこにいて、どんなことしてるのかときくんだ」

ベス・セジウィックは部屋を横ぎって窓のところへ行った。そこに立って窓ガラスをコツコツ叩いていたが、

「あなたって、とてもやさしいわ、デリク。あなたのそのアイディアもとてもいいと思う。でも、それ、うまくいきっこない。うまくいかないどころか、危険かもしれない」

「おいおいベス、危険だって？」

「そうそうそう、危険。あたしが危険。あたしってずっと危険なことばかりしてきたんだから」

「そりゃたしかにきみのこれまでの行状はそうだけれど」

「それはあたしの問題よ」とベス・セジウィックがいった。「危険にぶつかっていくってこと、あたしの習慣みたいなものになってる。習慣っていうより、中毒かもしれない。ちょうど麻薬みたいな。ヘロイン常習者に、ほんの小さなひとかたまりのヘロインが人生を明るい色にして生きがいをおぼえさせるようなものね。ま、それはそれでいいわ。ひょっとすると、それがあたしの墓場になるかもしれない。いえ、あたしは麻薬なんか一度もやったことない……そんな必要なかったもの……危険が、あたしの麻薬だったのよ。でも、あたしみたいなことをして暮らしている人間は、ほかの人にとっては禍いのもとになるかもしれない。ね、デリク、がんこなこといわないで。あの子をあたしから遠いところへ連れてって。あの子にとって、あたしは少しもいいとこなし。ただの禍いよ。できれば、この同じホテルにあたしが泊まってることも、あの子には知らせないで。メルフォードのうちへ電話して、今日のうちに、あの子を連れてって。急なことが起きたとかなんとかごまかして……」

ラスコム大佐は決心しかねて、ひげをいじりながら、

「どうもね、きみのやってることはまちがいのような気がするな」とため息をついた。

「彼女は、きみがどこにいるかときいてる。外国にいると答えておいたんだが」

「じゃ、十二時間以内に外国へ行く。そうすればうまく話が合うじゃない」

ベスはラスコム大佐に歩みよると、あごの先にキスをして、まるでこれからかくれんぼの鬼をするみたいに、くるりと向こうをむかせて、ドアを開け、ちょっとうしろから押して突き出してしまった。うしろでドアが閉まるのと同時に、ラスコム大佐は階段から角をまがっていく老婦人の姿を見かけた。その老婦人は何やらぶつぶつとひとりごとをいいながら、ハンドバッグの中をのぞいていた。「おやおや、あたしとしたことが、お部屋のほうにおき忘れてきてしまったようだわ。いやですね、まったく」

その老婦人はラスコム大佐のわきを大佐にはほとんど気もつかないような様子で通っていった。が、大佐が階段を降り始めると、ミス・マープルは、自室のドアのわきに立ちどまって、じっと大佐に鋭い視線を向けた。それからベス・セジウィックの部屋のほうを見た。「なるほど、あの人が待っていたのは、あの男の人だったんだわね」とミス・マープルはひとりごとをいった。「なんでかしらね」

3

ペニファザー牧師は朝食で元気をつけて、ラウンジをゆっくりと横ぎり、フロントのデスクに鍵をあずけるのも忘れず、スウィングドアを押しておもてへ出ると、こういう時のためにいるアイルランド人のドアマンが丁重にタクシーへと送りこんでくれた。

「どちらまでまいりましょうか？」

「おっと、そうだね」とペニファザー牧師ははたと困った様子で、「さて、待ってくださいよ……ええと、どこへ出かけるんだったかな？」

ペニファザー牧師とドアマンとが、このやっかいな問題について討議をしている間、ポンド街の交通は、しばし渋滞してしまった。

やがてやっとペニファザー牧師の頭に突然のひらめきがあって、タクシーは大英博物館へ向けて走りだしていた。

舗道に残されたドアマンは大きな笑みを浮かべていたが、ほかに客もなさそうなので、少しぶらぶらと歩きながら、口笛でふるいメロディを吹いていた。

バートラム・ホテル一階の窓の一つがぱっと開けられたが、ドアマンは、その窓から声をかけられるまでふり向こうともしなかった。

「こんなところにいたのね、ミッキー。なんでまたこんなとこに来てるの？」

ドアマンはびっくりしてふり向くと……しげしげと相手を見つめた。

セジウィック夫人が窓から顔を出していた。

「あたしのこと、知らないことはないでしょう？」夫人が問い詰めるようにいった。

ドアマンの顔に、わかったという輝きがぱっと表われた。

「やあ、あのベシーじゃないか！ ほんとかね！ いやまったくしばらくだね、ベシー」

「あたしのことベシーだなんて呼ぶの、あなただけなのよ。いやな思い出の名よ。この何年か、あなた何やってたの？」

「あれやこれやとね」とミッキーは控え目にいった。「きみみたいに、こっちはニュースに出ることもないしね。君のことは、ときどき新聞で見てるよ」

ベス・セジウィックは笑って、「それはそうと、あなたってあたしより年とったみたい。あんまりお酒が過ぎるからよ。ずっと前からそうだったんだから」

「きみが年をとらないのは、お金があるからだよ」

「あなたにはお金があってもだめ。お金があったら、もっとお酒を飲んで、完全にだめになるわ。ええ、きっとそうにきまってる！ どうして、あなたこんなとこにいることになったの？ それが知りたいわ。まったく、こんなとこにどうやって仕事みつけたの？」

「仕事がほしくてね。幸い、こんなものがあったもんだからね……」と胸に飾った勲章の列を軽くたたいてみせた。

「あ、なるほど」とちょっと思いにふけるように、「みんなほんものだったわね？」

「そうだよ、ほんものだ。ほんものでないとでもいうのか？」

「いいえ、あたしあなたを信用してるもの。あなたって前から勇敢だったものね。前かDらりっぱな戦士だったわ。そうね、軍隊があなたには合ってたのね。きっとそうね」

「軍隊も戦時中はいいけどね、平和になるとだめだよ」

「で、この仕事についたってわけね。まったく思いがけなかったわ、あたし……」とベスが途中でやめた。

「思いがけなくて、どうした？」

「どうもしないけど。こんなに何年もたってからあなたに会うなんて、なんだか変な気がする」

「おれのほうは忘れていなかったよ。ベシー、ぼくはきみのことを忘れたことなどない。まったく、きみはかわいい娘だったからな。ほんとにかわいい少女だった」

「大バカ娘だったわよ、そのころのあたしは」とセジウィック夫人がいった。

「今となってみれば、たしかにそうだったってことだな。きみにはあまり分別がなかった。分別があれば、このおれなんかとはつき合わなかったにちがいない。きみは乗馬が上手だったな。あの雌馬のことおぼえてるかね……何て名前だっけね、あれは？……あ、モリー・オフリンだ。まったくあいつはたちの悪いやつだったね」

「あの馬に乗れるのはあんただけだったわね」

「なんとかしておれを振りおとそうとしたもんだった。どうしても振りおとせないとわかると、あいつもあきらめたんだよ。それからってもの、すばらしい馬になった。だけど、馬といえば、きみの乗馬姿勢は、あのかいわいで右に出る女はいなかったな。実にりっぱな乗馬姿だったし、手綱さばきもあざやかだった。馬をおそれるってことがみじんもなかった！　そして、あれ以来、きみはものをおそれるってことがないようだね。飛行機でもレーシングカーでも」

ベス・セジウィックは笑った。

「あたし、手紙類を片づけなくちゃ」

窓から首をひっこめた。

ミッキーは柵から身を乗り出して、「おれはあのボリーゴーランでのことが忘れられないんだ」と意味ありげにいった。「きみに手紙を書こうと思ったこともたびたびあった……」

ベス・セジウィックの声は荒々しかった。

「それはいったいどういう意味、ミック・ゴーマン？」

「おれは忘れていないってことがいいたかっただけなんだ……すべてをね。君にも、同じように思い出してもらいたかっただけさ」

ベス・セジウィックの声は荒っぽい調子のままで、

「あんたのいってることがあたしの想像どおりだとしたら、ちょっとあんたにいっておきたいことがあるわ。あんたが何か面倒を起こすようだったら、ネズミを射ち殺すみたいにあんたを射つわよ。あたしは、前にも何人も人を射ち殺したことがあるんだから……」

「どこかよその国でならそんなことも……」

「よその国であろうと、ここであろうと、あたしには同じことと」

「いやまったく、きみならそんなこと平気でできるだろうな！」と声に感嘆の調子をこめて、「ボリーゴーランでは……」

「ボリーゴーランではね」とベスがそれをさえぎって、「口どめ料としてちゃんとしたお金を払ってあるはずよ。あんたはその金を受け取ってる。もっと取ってやろうなんて気は起こさないほうがいい」

「日曜新聞のいいネタになるからね……」

「あたしのいったことわかってるでしょう」

「ああ」と笑って、「本気じゃないんだよ。ただの冗談。かわいいベシーを傷つけるようなことは、絶対にしやしないよ。おれはちゃんと口にふたをしてる」

「それを忘れないように」セジウィック夫人がいった。

ベスは窓を閉めきってしまった。目の前の机の上をじっと見つめる。そこには吸取紙の上に、書きかけの手紙がのっていた。その手紙を取りあげると、ちょっと見て、くしゃくしゃにまるめて紙屑かごへ放りこんだ。そして急に席を立つと部屋から出ていった。出ていく時、じぶんのまわりには目もくれなかった。

バートラム・ホテルの小さい方の書き物部屋は、人がいても、人がいないように見えることがよくある。窓のところに備品のそろった書き物デスクが二つ、それと部屋の右手には雑誌類をのせたテーブルが一つ、左手には暖炉のほうへ向けて背もたれの非常に高い安楽いすが二脚おいてある。この安楽いすは、陸海軍の老紳士諸公にとっては、お茶の時間まで気持ちよく居眠りをむさぼるのに、まことに絶好の場所であった。誰か手紙など書きにはいって来ても、まず彼らに気づく人はない。朝のうちはこの二脚の安楽いすは、あまり利用者がない。

ところが、たまたまこの朝は、両方のいすともに人がいたのである。一方には老婦人が、もう一方には若い女が。その若い女のほうが立ちあがった。今、セジウィック夫人が出ていったドアのほうをちょっと突っ立ったままぼんやり見ていたが、やがてそのドアのほうへゆっくり歩きはじめた。エルヴァイラ・ブレイクの顔は真っ青であった。

それから五分ほどもたってから、老婦人のほうが動いた。ミス・マープルは、いつも身なりをととのえて階下へおりて来るとちょっとひと休みするのだが、それがもうこれで充分という気持ちになったのである。そろそろ外出してロンドンのおもしろみを味わう時間である。ピカデリーまで歩いていって、それから9番のバスに乗ってケンジントン・ハイ・ストリートまで行くか、それともボンド街まで歩いて25番バスに乗ってマーシャル・アンド・スネルグロブへ行くか、それともまた、25番バスに乗って反対方向へ行けば、たしかアーミー・アンド・ネイビーへ行けるはずだ。スウィングドアを通りぬけながら、ミス・マープルは心の中でこれらの楽しみを味わっていた。アイルランド人のドアマンが、もう持ち場へもどっていて、彼女のかわりに決心をつけてくれた。

「奥さま、タクシーでございますね」まるでもうきまったことのようにいった。

「タクシーはいらないわ。このすぐ近くで25番バスに乗れるから……それにパーク・レーンからの2番バスもあるし」

「バスはおよしになったほうがよろしいんじゃないでしょうか」とドアマンが強くいう。「お年を召していらっしゃるお方には、バスの乗り降りは危のうございます。バスが走りだす時や止まる時、そしてまた動きだす時、運転がまったく乱暴ですからね、よろけて倒れてしまいます。このごろのバスの運転手ときたらまったく無茶ですから。今、わたしがタクシーを呼びますから。タクシーですと、どこへおいでになるにも女王様みたいでよろしゅうございます」

ミス・マープルは考えていたが、けっきょく折れた。

「それではまあ、タクシーにしたほうがよさそうね」

ドアマンは口笛を吹く必要もなかった。指をひとつパチンと鳴らすだけで、タクシーが一台魔法みたいに現われた。ミス・マープルは至れりつくせりの丁重さでタクシーに乗せられたが、その時ひょいと行先をきめた。ほんもののすばらしいリンネル・シーツを提供してくれるロビンソン・アンド・クリーバーの店である。彼女はドアマンがいってくれたように、まるで女王様みたいにすてきないい気分でタクシーに乗っていた。リンネル・シーツや、リンネルの枕カバーなど。また、洗いものをしている時に気になるようなバナナとかイチジクとか芸当をしている犬とかその他の絵のついていないふきんとかコップふきなどのことで、彼女は頭の中をいっぱいにして楽しんでいた。

4

セジウィック夫人がフロントのデスクへやって来た。

「ハンフリーズさんは、事務所？」

「はい、さようでございます」ミス・ゴーリンジは驚いてしまったようだ。

セジウィック夫人はデスクの背後を通って、ドアをノックし、返事も待たずに中へはいって行った。

ハンフリーズ氏もあっけにとられて見上げた。

「いったい……」

「あのマイケル・ゴーマンという男を雇ったのは誰なの？」

ハンフリーズ氏は少々せきこんで、

「パーフィットがやめまして……ひと月前に自動車事故を起こしたもんですから。急にその代わりが必要になりまして。あの男はたしかなように思われましたし、履歴も申しぶんなく……元軍人で……軍歴も優秀で……最優秀というほどではありませんが……そのほうがかえっていい場合もありますので……何かあの男に不都合なことでも?」

「不都合もいいとこ。ここにいてもらいたくない男です」

「どうしてもとおっしゃるんでしたら」とハンフリーズがゆっくりいった。「やめるように申しますが……」

「いいえ」こんどはセジウィック夫人がゆっくりいった。「いいえ……今からでは遅すぎます……もう忘れてください」

第六章

1

「エルヴァイラ」

「こんにちは、ブリジット」

エルヴァイラ・ブレイクはオンズロー・スクエア一八〇番の家の玄関ドアを押し開けて入っていった。窓から彼女が来るのを見ていた友だちのブリジットが、とんできてドアを開けてくれたのだった。

「二階へ行きましょ」エルヴァイラがいった。

「ええ、それがいいわ。ママにじゃまされるといけないわね」

二人の少女はブリジットの母親を出しぬこうと階段を駆けあがっていった。母親が寝室から階段の踊り場へ出てきたけれど、間に合わなかった。

「あなたにはお母さんがいないからほんといいわ」とブリジットは息をきらせながらエルヴァイラを寝室へ入れて、ドアをぴったり閉めた。「というのはね、うちのママったら、すごく甘いんだけど、でもね、いろんなことをきくからたまんないのよ！　朝も昼も晩もよ。〝どこへ行くの、誰と会うの？　あの、その人たち、ヨークシャにいるいとこたちと同じ名なんだけれど、ちがう人たちかい？〟なんてね、つまらないことばっかりきくの」

「きっと、なんにも心配することがないせいなのよ」とエルヴァイラは気のないことをいって、「ねえブリジット、あたしすごく重大なことしなきゃならないんだけどね、ぜひあなたに助けてもらいたいの」

「うん、あたしにできることならね。いったいなんなの……男の子？」

「ううん、そうじゃない、ほんとよ」

ブリジットはちょっとがっかりしたようだ。

「あたしね、アイルランドへ二十四時間かもう少しくらい、行ってこなくちゃならないの。それでね、あなたにあたしのこと、かばっていてもらいたいのよ」

「アイルランドなんかへ？　どうして？」

「今は、それをみんな話していられないの。時間がないから。あたし、後見人のラスコム大佐と一時半にプルニエでお昼をいっしょにすることになってるもんだから」

「カーペンターさんは？」

「デブナムでまいてきちゃった」

ブリジットはくすくす笑った。

「そしてね、お昼たべたあとで、みんなあたしのこと、メルフォードの家へ連れて行くつもりなのよ。あたし二十一になるまでそこでいっしょに暮らすんですって」

「いやね！」

「でも、なんとかやっていくわ。いとこのミルドレッドなんか、すごくだましやすいんだから。あたし、講義やなんか聞くために出かけなくちゃならないことになってるのよ。〈今日《こんにち》の世界〉なんてとこがあってね、講義を聞かされたり、博物館だとか美術館や教会やなんかにも連れていかれるの。問題は、あたしが行ってなくちゃならないとこに行ってなくても、誰にもわからないってこと！　どうにでもできるのよ、やろうと思えばね」

「そうね」とブリジットがくすくす笑った。「あたしたち、イタリアにいる時だってうまくやったじゃない？　ね？　あそこのおいぼれマカロニ先生、自分じゃすごくきびしいつもりでいたけどね。あたしたちが何やってたか、ちっともごぞんじなかったでしよ」


二人の少女はうまく成功したいたずらのことを思い出して、笑いあった。

「でも、きちんと計画をたてることがやっぱりたいせつよ」エルヴァイラがいう。

「それにすごく上手な嘘もね」とブリジット、「ギドーから何かいってきた？」

「ええ、長い手紙をくれたわ。ジネブラなんて名前で、女友だちみたいにして。だけど、ねえブリジット、ちょっとあなたのおしゃべりのほうストップして。あたしたち、することがいっぱいあって、時間はたった一時間半しかないのよ。とにかく、まずあたしのいうこと聞いてね。明日、あたし歯医者に行く日なのよ。その歯医者へ電話して……あなたがここから電話してくれてもいいわね、今日は行けませんからってことわることなんか、なんでもないでしょ。それから、お昼ごろにあなたがあなたのお母さんのふりをして、メルフォードの家へ電話をかけるのよ――歯医者が次の日も来なさいといってますから、一晩こちらにお泊めしますってね」

「そんならうまくいきそうね。どうもご親切にありがとうなんて感謝されちゃうわ。でも、次の日にあなたが帰ってこられなかったらどうするの？」

「そしたら、あなたにまた電話してもらえばいいわよ」

ブリジットは少し不安そうであった。

「それまでに、いろいろ考えとけばいいのよ」とエルヴァイラがじれったそうにいった。

「今、あたしが心配なのは、お金なのよ。あなたも、お金なんか持ってないわね？」エルヴァイラがあまり望みをかけないふうにいった。

「たった二ポンドぐらい」

「それじゃしようがないわ。航空券を買わなくちゃならないんだもの。あたし旅客機の時間表を見たのよ。わずか二時間ぐらいで行けるの。ただね、向こうでどれくらい時間がかかるか、それが問題なの」

「いったい、あなた、何をしようっていうの、その話はできないの？」

「それは話せないわ。でも、すごく、すごく重大なことなの」

エルヴァイラの声の調子がいつもとひどくちがっているので、ブリジットはびっくりして見つめながら、

「そんなにたいへんなことなの、エルヴァイラ？」

「そうなの」

「誰にも知られたくないこと？」

「そう、そんなようなことなの。とても、ものすごく秘密なこと。あることがね、ほんとにほんとなのか、そうでないのか、あたしが確かめなきゃならないのよ。お金のこと

なんだけどね。あたしが頭にきちゃうのはね、あたしがすごくお金持ちだってことなの。あたしの後見人がそういったわ。なのに、あたしにくれるのは、けちけちの服代ぐらいでしょ。そんなお金、すぐになくなっちゃう」

「あのあなたの後見人の……そのなんとか大佐からはお金借りられないの？」

「それは全然だめ。いろんなこときかれちゃうし、なんでそんなお金がいるか知りたがるにきまってるもの」

「そうね、きかれちゃうわね。まったく、どうしてみんなあんなにいろいろなことをききたがるのかしらね。誰かがあたしに電話してくるでしょ、そうすると、ママは、今の誰なんて、ぜったいきくのよね。まったくママに関係ないと思うんだけど」

エルヴァイラも相槌を打ったが、心はほかのほうへ向いていた。

「ねえブリジット、あなた、何か質に入れたことある？」

「ないわ。どうやるのか知らないもん」

「別にたいしたことじゃないと思うわ」とエルヴァイラがいった。「あの、ほら、宝石店みたいな店でもって、ドアの上んとこに三個の球をあげてあるとこ、あれがそうなんでしょ？」

「でも、あたし質屋さんに持っていってお金になるようなもの、なんにも持ってないわよ」ブリジットがいった。

「あなたのお母さん、どこかに宝石なんか持ってない？」

「ママなんかに、助けてっていえないわ、あたし」

「ううん、そうじゃないのよ……でもね、何かちょっと盗むんだったらできるでしょ」

「わあ、そんなことだめよ」とブリジットはぎょっとしていった。

「だめかしら？　あなたのいうとおりかもしれないわね。でも、お母さんは気づきはしないと思うんだけどな。気がつく前に返しておけばいいでしょ。……あ、いいことがあるわ。ボラードのところへ行きましょ」

「何よ、そのボラードって人？」

「あたしの家に出入りしてる宝石商よ。あたしいつも時計の修繕やなんかをそこへ持っていってるの。あたし六つの時から、この人知ってるのよ。ね、ブリジット、今これからすぐそこへ行こう。時間がぎりぎりだわ」

「じゃ裏口から出たほうがいいわよ」とブリジット、「そしたら、ママにどこへ行くのなんてきかれなくてすむわ」

ボンド街の老舗ボラード・アンド・ホイットレーのおもてで、二人の少女は最後の打ちあわせをしていた。

「ねえブリジット、ほんとにちゃんとのみこんでるわね？」

「たぶん」とブリジットはあまりうれしそうでない声だった。

「まずね」とエルヴァイラが、「あたしたちの時計を合わせておきましょ」

ブリジットが少し明るい顔になった。このおなじみの文句が元気をつけるのに役立ったらしい。二人は、厳粛な顔つきで時計を合わせた。ブリジットのほうが一分ほど調整した。

「きっちり二十五分過ぎがゼロ時なのよ」とエルヴァイラがいった。「これであたしには充分時間があることになる。必要以上にたっぷりかもしれないけど、でも、それはそれでいいわ」

「でもね、もしかして……」とブリジットがいいかけた。

「もしかしてなんなのよ？」

「つまりね、もしかして、ほんとにあたしが車にひかれちゃったら？」

「ひかれっこないわ」とエルヴァイラがいった。「あなたって、すごく足が速いでしょ。それにね、ロンドンの車は急停車するのになれてるもの。大丈夫よ」

ブリジットはそれでも納得のいかない顔をしている。

「ねえブリジット、あたしをがっかりさせないで？」

「いいわよ、がっかりなんかさせない」とブリジットがいった。

「ならいいけど」エルヴァイラがいった。

ブリジットはボンド街を向こう側へ横ぎっていき、エルヴァイラは老舗のボラード・アンド・ホイットレー宝石時計店のドアを押してはいっていった。店内はきれいで物静かな雰囲気である。フロックコートを着たりっぱな男が進み出て、エルヴァイラにどんなご用でございましょうときいた。

「ボラードさんに会いたいんですけど？」

「ボラードですね。そちら様は？」

「エルヴァイラ・ブレイクよ」

りっぱな男が見えなくなると、エルヴァイラはカウンターのほうへ近づいていった——そこには厚板ガラスの下に、ブローチや指輪やブレスレットなどがそれぞれの宝石を引きたてるような色あいのビロードの上に飾られている。まもなくボラード氏が姿をみせた。この店の経営者で、六十いくつかの初老の男である。彼はエルヴァイラをこころよく迎えた。

「ああブレイクさん、ロンドンへおいでになってましたか。ようこそいらっしゃいました。ところで、何かご用で？」

エルヴァイラはきれいな小さい夜会用の腕時計を取り出し、「この時計、正確に動かないの。なんとかしてくださる？」

「ええ、もう、そんなことはわけありません」とボラード氏は時計を受け取ると、「どちらへお届けいたしましょうか？」

エルヴァイラが住所を教えて、

「それからね、もうひとつお願い……あたしの後見人のラスコム大佐、ごぞんじだわね……」

「ええ、もちろん存じあげております」

「その彼がね、あたしにクリスマスプレゼントには何がいいかってきくの。そして、こちらのお店へ行っていろいろ見てくるといいだろうっていうのよ。彼もね、あたしといっしょに来ようかっていったけど、まずあたしだけ先に行って見てきたほうがいいわっていって来たの……だって、こんなことってちょっとぐあい悪いことがあるでしょ？お値段やなんかのことがあって……」

「いや、たしかにそのようなこともありますな」とボラード氏は父親みたいににこやかに、「で、どういうものをお考えでしょうか、お嬢さま？　ブローチでしょうか、それともブレスレットか、指輪など……？」

「あたしね、ブローチのほうがいろいろ使いやすいと思うんですけど……でも、迷ってるの。いろいろ見せてくださる？」とエルヴァイラはねだるようにボラード氏を見上げた。ボラード氏も同感といったふうににっこりして、

「ええ、どうぞどうぞ。あまり急いで決めてしまわれましては、楽しみがございませんからな」

それからの五分間というものは、たいへん気持ちよく過ぎた。ボラード氏にとっては別に手間のかかることでもない。あっちのケースこっちのケースからあれこれと品物を持ってきて、エルヴァイラの前にひろげられているビロードの上にはブローチやブレスレットなどが山になった。エルヴァイラは時々わきの鏡を見て、ブローチやペンダントなどのぐあいを見てみた。そして最後に、それでもまだちょっと決しかねるようにして、美しい小さなブレスレット一個、ダイヤ飾りの小さな腕時計一個、それにブローチ二個を選び出した。

「この品々の控えをこしらえておきましょう」とボラード氏がいう。「この次ラスコム大佐がロンドンへおみえになりました時に、こちらへおいでいただいて、あなた様へさしあげるものを、大佐ご自身でお決めになればよろしゅうございますからな」

「そうね、そうしてくだされぱいちばんいいわ。そうすれば、じぶんであたしへのプレ

ゼントを選んだ気持ちがするでしょうしね？」美しく青く澄んだ目が宝石商をじっと見上げる。その同じ青い目がそれよりも一瞬早く、今がちょうど打ちあわせの二十五分過ぎであることを認めていた。

店の外で、車のブレーキのきしむ音と女の大きな悲鳴があがった。店内のみんなの目が期せずしてボンド街へ向かって開いている窓へ向いた。エルヴァイラの手が目の前のカウンターから男仕立てのこぎれいなスーツのポケットへと動いたけれど、それはまことに素早くまたひそやかだったから、たとえ見ている人がいたとしても、ほとんどわからないくらいであった。

「やれやれ」と通りのほうをのぞいていたボラード氏がこちら向きになって、「いやどうもあぶなく事故になるところでしたな。まったくばかな娘だ！　通りをあんなふうに突っきるなんて」

エルヴァイラはもうドアのほうへと歩いていた。じぶんの腕時計を見ながら大げさな声をあげた。

「あら、ここで時間をとりすぎちゃったわ。田舎へ帰る列車に間にあわなくなっちゃう。どうも、ボラードさん、いろいろありがとう。それからあの四つの品々忘れないようにね？」

次の瞬間、もうドアの外へ出ていた。急ぎ足に左へまがり、さらにもう一度左折して、靴屋の前のアーケードのところで立ちどまった。そこへ、ブリジットが息をきらせてやって来た。

「ああ、こわかった」とブリジット。「殺されちゃうかと思ったわ。それにストッキングに穴をこしらえちゃった」

「そんなことどうだっていいの」とエルヴァイラは友だちをせきたてて急がせ、別の角を右へまがりながら、「さ、早く」

「今の……さっきの……あれでよかった？」

エルヴァイラはポケットへ手を突っこむと、ダイヤとサファイア入りのブレスレットをとり出して手のひらにのせてみせた。

「わあエルヴァイラったら、とうとうやったのね！」

「それでね、ブリジット、あたしたちでねらいをつけておいた例の質屋へ、あなたが行ってくるのよ。これでいくら借りられるか試すのよ。百ポンド貸してっていうのよ」

「でもね……あの、もしかしたら……その、つまりね……これ、盗難品のリストにのってないかしら？」

「ばかね。そんなに早くリストにのるわけないじゃない？　盗まれたほうだって、まだ気がついてないわよ」

「でもねエルヴァイラ、これがなくなってることに気づいたら、店の人たちは……きっとあれよ、あなたが取ったって思うわよ」

「そう思うかもね……なくなってることにすぐ気がつけば」

「そしたら、警察へ届けて、そして……」

ブリジットは途中でいうのをやめた。というのは、エルヴァイラがゆっくりと首を横にふっていたからだ――エルヴァイラの亜麻色の髪が右へ左へゆれ、唇の隅にはなぞのような微笑が浮かんでいた。

「警察へなんか届けやしないわよ。このあたしが取ったということがはっきりしたら、よけいに届けないわ」

「だって……そんな……？」

「前にも話したでしょ、あたしは二十一歳になったらすごくお金持ちになるのよ。あの店から宝石やなんかいっぱい買ってやれるわ。悪い評判なんか立てっこないわよ。ね、早く行ってお金を借りて来て。そしたら、エール・リンガス航空会社へ行って航空券の予約もしといて……あたしは、プルニエまでタクシーをとばさなきゃ。もう約束の時間より十分もおくれてるのよ。あしたの朝十時半に、またあなたのとこへ行くわ」

「ねえエルヴァイラ、あんまり冒険しないでよね」とブリジットがうめくようにいった。

だが、エルヴァイラはもうタクシーをよびとめていた。

2

ミス・マープルはロビンソン・アンド・クリーバーの店でたいそうごきげんな時間を過ごしていた。高価だけれどきわめて心地よいシーツが買えたばかりでなく——彼女はリンネル・シーツの生地とそのさわやかさが好きなのだ——赤い縁どりのある良質のガラス磨きの布も買うことができた。この節、ほんとにいいガラス磨きなどは、なかなか入手困難だ。ほんとにいいもののかわりに、飾りもののテーブルクロスなどを出される——ラディッシュとかロブスターとかエッフェル塔とかトラファルガー・スクエアとかの絵柄か、さもなければレモンやオレンジなどの模様を散らしたやつである。彼女はセント・メアリ・ミードのじぶんの住所を教えて、こんどはアーミー・アンド・ネイビーストアへ行くのに都合のよいバスをみつけた。

アーミー・アンド・ネイビーは遠く過ぎたその昔、ミス・マープルのおばさんが行きつけのところであった。いうまでもなく、今はもう昔とはだいぶ様子がちがっている。ミス・マープルはその昔のヘレンおばのことを思いおこす——ここの食料品売場で特別な顔見知りの係をみつけて、いすに悠然と腰をおろしていたおばのことを。ボンネットをかぶり、おばのいう〝黒のポプリン〟マントをはおっていたおば。それから、誰も急いだりする人のいない中で長いことかかって、買いこんで貯えておく食料品類を考えつく限り考えるのである。クリスマスの用意はいうまでもなく、はるか先の復活祭の用意までもするのであった。若かったジェーンがいささかじれったくなってもじもじしはじめると、気分変えにガラス器売場でも見ていらっしゃいといわれたものだった。

ヘレンおばは買い物を終えると、こんどは顔見知りの店員の母親のこと、奥さんのこと、それから二番目の坊やのことや身体障害者の義理の妹のことなどを長々と聞きにかかるのであった。かくて、心から気分よく午前中を過ごすと、ヘレンおばはそのころの冗談まじりのいい方でこういったものであった。「さてと、小娘さんは、お昼などいかがでございますかね?」そこで、エレベーターで四階へ上って昼食をとり、その昼食のしめくくりは必ずストロベリー・アイスであった。そのあと、コーヒーとチョコレート・クリームを半ポンド買って、四輪馬車でマチネを見に行った。

もちろん、アーミー・アンド・ネイビーは、そのころ以来何度かの改装が行なわれている。実際のところ、昔と今とでは見ちがえるほど変わっている。よりはでに、明るくなっている。ミス・マープルは過去のほうに暖かな微笑を投げてはいるものの、現在の快適さに反対するものでもない。店にはまだレストランが残っているので、彼女はそこへお昼を食べに出かけていった。

何にしようかと彼女は念入りにメニューを読みながら、ひょいと部屋の向こうを見て、ちょっと眉根をあげた。まったくなんという偶然の出会いだろう！　前日までは一度も会ったことのなかった女性が、そこにいるのだ――もっとも、新聞写真でなら数多くお目にかかっている……カーレースで、バーミューダ諸島で、または自家用飛行機や車のわきに立っている彼女を。昨日、はじめて、彼女はこの女性自身を見かけたのだった。そして今、よくこんなことはあるものだが、偶然にもまた、妙なところで出会うことになった。どうもしかし、ベス・セジウィックとアーミー・アンド・ネイビーの昼食とはうまく結びつかない。ソーホーあたりの安食堂から出てくるベス・セジウィックとか、ダイヤの頭飾りをつけ夜会服を着た彼女がコベント・ガーデン・オペラ・ハウスあたりから出てきたのであったら、ミス・マープルも別に驚かなかったろう。だが、アーミー・アンド・ネイビーにいるとは思いがけなかった。アーミー・アンド・ネイビーといえば、ミス・マープルの頭の中では今も昔も陸海軍の軍人とその奥さんたち娘たち、おばさんやらおばあさんたちと結びついている。にもかかわらず、ベス・セジウィックは現にそこにいる——いつものようにスマートな様子で、エメラルド色のシャツに黒のスーツを着て、一人の男と昼食をとっている。男は若くて、やせ形、タカのような顔つきで、黒い革のジャケットを着ていた。二人は前かがみに額を寄せ合って、何かしきりに話し合っていて、食べものをフォークにつっかけたまま、じぶんたちが何を食べているかも忘れているようなふうであった。

密会なのだろうか？　そう、たぶん密会だろう。男は彼女よりも十五か二十も若い……でも、ベス・セジウィックはなかなか魅力的な女性である。

ミス・マープルはつくづくその若者を見てから、これはいうところの〝ハンサムな男の子〟にちがいないと思う。そしてまた同時に、こういう男の子はあまり好きでないとも思った。「ちょうどあのハリー・ラッセルみたい」とミス・マープルは心の中でいっていた。いつものように過去から見本をすくいあげているのである。「ひとつもいいことなしの男。何か彼とかかわりあった女の人で、いいことのあったためしがない男」「あの人はわたしの忠告などは取りあげないでしょうけどね」とミス・マープルは考える。「でも、忠告してあげたいものだわ」だが、他人の恋愛ざたなど、彼女にとって重大事ではないし、ベス・セジウィックはじぶんの恋愛ざたならば絶対にうまく処理できるのであろう。

ミス・マープルはひとつため息をつくと、昼食を食べてから、文房具売場へ行こうと考えた。

好奇心、またはミス・マープル自身は、他人の事に〝興味を持つ〟ということばのほうが好きなのだが、これはまさに彼女の特徴のひとつなのである。

わざと手袋をテーブルの上においたままにして、彼女は立ちあがるとレジへ向けて、セジウィック夫人のテーブルのわきを通るような道順をとって行った。勘定を払ってから、彼女は手袋がないことに〝気づいて〟その手袋を取りに引き返した……そのもどり道で、あいにくなことに、ハンドバッグを取り落としてしまった。ハンドバッグの口が開いてしまって、いろいろこまごましたものがそこらに散らばった。それを拾ってあげようと、ウェイトレスが駆けつけたが、ミス・マープルはすっかりおろおろしてしまって、こんどは小銭や鍵類を取り落としてしまったのである。

彼女のこうした見せかけでは大した収穫はなかったが、まったくのむだでもなかった――おもしろいことには、彼女の好奇心のまとである二人の人物は、あれこれ物を取り落とすようなぶざまな老婦人にはほんのちらりと目を向けたにすぎなかったのである。

ミス・マープルは、下りのエレベーターを待つ間に、さきほど耳にはさんだきれぎれのことばを暗誦していた。

「天気予報はどうなの？」

「大丈夫、霧などなし」

「ルツェルン行きは大丈夫ね？」

「ええ。九時四十分発の飛行機です」

彼女が最初の時に耳に入れたことばは、これだけだった。その次に引き返した時に聞いた会話は少し長かった。

ベス・セジウィックは怒った調子で、

「いったい、昨日はバートラム・ホテルなどへ、何しにやって来たの。あそこへは近づくなっていっといたはずよ」

「なに、大丈夫。ただ、あなたが泊まってるかどうかききに行っただけだし、それに、ぼくたちが親しい友だちだってことは、みんなが知ってることだし……」

「そんな話じゃないのよ。あたしならバートラムは、変じゃないけど……あんたはだめよ。まるで目だっちゃう。みんながあんたのことじろじろ見てたわよ」

「見るやつには見させときゃいいんだ」

「あんた、ほんとにばかよ。なんで行ったのよ……なんで？　どういうわけで？　わけがあったから行ったんでしょ……つまり……」

「おちついてくれよ、ベス」

「あんたって、大うそつきだわ！」

ミス・マープルが聞いたのはこれだけであった。おもしろい、と思った。

第七章

十一月十九日の夕方、ペニファザー牧師は文芸会館《アシニーアム》（学者や文学者が多く集まるロンドンのクラブ）で早い夕食をすませると、一、二の友人たちとあいさつを交わし、〈死海文書〉の年代についての決定的な点で、激しいが楽しい討論をたたかわせていたが、さて時計を見て、ルツェルン行きの飛行機に乗る時間だと気がついた。ホールを通りぬける時に、もう一人の友人、東洋アフリカ研究学部のホイッティカー博士にあいさつされた。博士は上機嫌で、こういった。

「どうだね、ちかごろは、ペニファザー君？　だいぶ会わなかったな。こんどの会議は、どうだったかね？　何かおもしろい問題でもあったかね？」

「ああ、何かあるだろう」

「今、帰ったところじゃないのかい？」

「いやいや、これから行くところだ。今夜の、飛行機でね」

「あ、そう」ホイッティカー博士はちょっとわけがわからないといった顔で、「しかし、ともかく会議は今日だと思っていたがね」

「いやいや、明日、十九日だよ」

ペニファザー牧師はドアからおもてへと出ていったが、友人の博士はそのあとを見送りながら、こういっていた──

「でもきみ、今日が十九日だよ、そうだろう？」

だが、ペニファザー牧師はもう聞こえない距離まで行っていた。牧師はペルメルでタクシーを拾って、ケンジントンのエアターミナルへと走らせた。今夜はかなり乗客が混んでいた。受付のデスクで、やっと牧師の順番がまわって来た。牧師は航空券やパスポートやその他搭乗に必要なものを差しだした。それらの書類にスタンプを押そうとして、デスクの女性事務員は急に手をとめて、

「失礼ですけれど、このチケットはおまちがいのように思いますけど」

「ちがってる？　いやいや、それでいいんですよ。第百何便でしたかな……めがねがないと読めないいんだが……ルツェルン行きの第百何便かですよ」

「あの、日付のことなんでございます。この切符の日付は十八日水曜日になっておりますので」

「いや、まことにそのとおり。つまりその、今日が十八日の水曜日ですよ」

「あいすみませんけれど、今日は十九日でございます」

「十九日！」ペニファザー牧師はめんくらってしまった。小さな手帳を取り出すと、けんめいにページをめくりはじめた。しまいに、やっとわかったらしい。たしかに今日は十九日であった。牧師が乗るはずの飛行機は昨日出ていたのである。

「すると……つまり、これは……つまり、ルツェルンでの会議は今日というわけになる」


牧師はひどくあわててしまって、カウンター越しに目をすえていたが、ほかに旅客は大勢いるし、牧師さんとその当惑ぶりなどは、ひじで押しのけられてしまった。無効のチケットを手にして、牧師はぼんやり突っ立っていた。どうしたらよいか、できそうなことをあれこれと頭に思い浮かべてみる。チケットを取り替えてもらえないものだろうか？　だが、それももうむだかな……むだだな……今、何時だろう？　九時になろうとしているところか？　もう会議はすでに終わっている――今朝の十時に始まっているのだから。いうまでもなく、文芸会館でホイッティカーがいったのは、このことであった。ホイッティカーはペニファザー牧師が会議から帰ってきたところだと思ったのだ。

「いやこれはどうも、どうも」とペニファザー牧師は心の中でいっていた。「何というこれは、へまなことをやらかしたものか！」牧師はふさぎこんでふらふらとクロムウェル・ロードへと出てきた。にぎやかな時でさえ、ここはあまり陽気なところではない。手にバッグをぶらさげ、心にはあれこれの当惑を抱きながら、通りをゆっくり歩いていた。この日のまちがいをした理由についていろいろと考えつくしたところで、牧師は元気なく頭をふりながら、

「さてと」と心の中でいった。「さて、ところでと……もはや九時を過ぎていると、そうだ、とすると、何か食べておいたほうがよさそうだな」

おかしなことには、空腹をおぼえない。

わびしげにクロムウェル・ロードをぶらぶらと歩いて、しまいにインドカレーを食べさせる小さなレストランにおちついた。ほんとなら腹がへっているはずなのにあまり空腹をおぼえないようだけれど、食事でもすれば元気が出るだろう。そのあとで、宿をさがさなくてはならない……いや、しかし、その必要はないんだ。ホテルはきまっている！ そうだった。バートラム・ホテルに宿泊中で、四日間部屋をとってある。これは運がよかった。たいそう運がよかった！ じぶんの部屋がある。じぶんを待っている部屋があるのだ。フロントへ行って、部屋の鍵を受け取りさえすればいいではないか……ここでまたもうひとつ、ひょいと思いついたことがあった。ポケットの中に、何かずっ

しり重いものがあるぞ？

ポケットへ手を突っこむと、ホテルの鍵が出てきた。うっかり屋のお客がうっかりポケットに入れたまま持っていってしまわない用心に、がっしりと大型にできている鍵である。

「一九号か」とペニファザー牧師は、それとわかってうれしそうに口にした。「うん、そうだったな。ホテルの部屋さがしをしなくてすむとはありがたい。この節、どこのホテルもたいへん混んでいるというからな。そうそう、文芸会館で今晩、エドマンド君なども そんな話をしていたっけ。部屋さがしにえらい苦労をしたとか」

あらかじめ、こんどの旅行でホテルの予約をしておいたのは、われながらよかった、などと思いながらペニファザー牧師はカレー料理はそのままにして、勘定を払うことは忘れずに、ふたたびクロムウェル・ロードへと出てきた。

ほんとならルツェルンで食事などしながら、いろいろと興味ある問題などについておしゃべりをしているころなのに、このまま帰るのも何か少しぐあいが悪い気がする。映画館が目についた。

〈ジェリコの砦〉

これはなかなかよさそうな題名ではないか。聖書の話を忠実に映画化しているとすれば、一見の価値がありそうである。

牧師は切符を買うと、暗がりの中へころがりこんだ。映画はおもしろかったが、聖書の話とはなんの関係もないようであった。ヨシュア（モーゼのあとをついでイスラエルの民をひきいた指導者）さえも出てこないのである。ジェリコの砦というのはどうやらある婦人の結婚の誓いを象徴的にいったものらしかった。何度かの失敗のあげく、美しいスターは長年ひそかに恋していた無骨だけれど強い男と出会って、二人でどんな試練にも耐えるような砦を築きあげようということになるお話。この映画は特に初老の聖職者の心に訴えるように作られたものではなかったが、ペニファザー牧師はたいへんにおもしろいと思った。よく見る種類の映画とはちがって、人生のなんたるかを教えられたような気がした。映画は終わり、電灯がつき、国歌の演奏があって、ペニファザー牧師はロンドンの光の下へことこと出てきた。夕方の失敗は少し慰められた気持ちであった。

たいへん気持ちのいい夜であったが、牧師ははじめ反対方向へ行くバスに乗りこんだあげく、歩いてバートラム・ホテルへ帰ってきた。牧師がホテルへ帰ってきたのは真夜中で、真夜中のバートラム・ホテルはたいへん行儀正しく一人残らず寝についている様相を呈している。エレベーターは上の階でとまっていたので、ペニファザー牧師は階段を歩いて上った。じぶんの部屋へ来ると鍵穴に鍵をさし入れてドアを開け、中へはいった！

なんたることであろうか、幻覚でも起こしたのだろうか？　だが、いったい誰が……

どうして……腕がふりあげられるのを見たときはすでにおそく……

頭の中でガイ・フォークスの花火のような星がとび散るのをおぼえた……

第八章

1

〈アイリッシュ・メイル〉号は夜の中を突っ走っていた。というより、もっと正確にいうなら、早朝の暗やみを走っていた。

時々そのディーゼル機関車が、まるで死神の警告のような異様な警笛を鳴らした。時速八十マイルを優に超すスピードで走っていた。時刻どおりに走っていた。

すると、突然ブレーキがきいて、スピードが落ちてきた。車輪がブレーキと嚙み合って高いきしみ音を立てる。スピードがしだいにおそくなる……車掌が窓から首を出してみると、前方の信号が赤になっているのが見え、列車はやがて完全に停止した。目をさました乗客もいる。ほとんどは目をさまさなかった。

急に列車の速度がおそくなったのに、何事かと、初老の婦人がドアを開けて通路をのぞいて見た。通路の少し先の、線路へのドアがひとつ開いている。初老白髪の牧師さんが、線路の路盤から上ってくるところだった。様子を見に線路へおりていたのが、上ってきたのだろうと婦人は思った。朝の空気はひどく冷たかった。通路の向こうのほうにいた人が、「ただの信号のせいだ」といった。初老の婦人はじぶんの客室へひっこむと、もう一度眠りにかかった。

線路のずっと向こうでランタンをふっていた男が、信号塔のあたりから列車に向けて走ってきた。機関車から機関助手がおりて来た。すでに列車からおりていた車掌が、そこへやって来る。ランタンを持った男もやって来て、息をきらしながら、

「前方に大事故……貨車脱線……」とあえぐようにいった。

じぶんの席から顔をのぞかせていた機関手が、みんなのところへおりて来た。列車の後部では、線路への土手を登ってきた六人の男が、開けられていた最後尾の客車のドアから車内へと乗りこんで来た。あちこちの客車から集まった六人の乗客が、このものたちといっしょになった。あらかじめよく手はずをととのえていたらしく、彼らはいとも手早く郵便車両を占領して、列車からその一両だけを切り離しにかかった。

ヘルメットをかぶった二人の男が、その車両の前後に、護衛に立った。鉄道の制服を着た男が、停止している列車の通路を通りながら、乗客たちに大きな声

で説明して歩いた——

「前方に障害物があります。十分間ほど遅れる予定で……それ以上長びくことはなさそうです……」親しみのあるいい方で、また信頼できる感じでもあった。

機関車のわきでは、機関手と機関助手がぴったりさるぐつわをかまされ、しばりあげられ、地面にころがされていた。ランタンを持った男が大声で、

「こっちは、万事オーケーだぞ」とどなった。

車掌も同じくさるぐつわをかまされ、しばられて土手に寝かされていた。

強盗団は郵便車両の中で、仕事をしていた。もう二人の人間がしばりあげられて床にころがされていた。特殊郵便行嚢が次々と放り出され、土手で待っていたほかの連中に渡される。

一般客室のほうでは、乗客たちがぶつぶつと、鉄道も昔のようではなくなったなどと話し合っていた。

やがて、乗客たちがまた眠りにつきはじめたころ、暗やみの中から大きな排気音がひびいて来た。

「おや、ジェット機でも来たんでしょうかね?」と一人の婦人がつぶやいた。

「いや、あれはレーシングカーですよ」

排気音のうなりは遠のいていった……

2

九マイル先のベッダムトン自動車道路を、夜間輸送のトラックの列が流れるように北へと走っていた。大きな白いレーシングカーがそのわきを稲妻のように追いぬいていった。

十分後、そのレーシングカーは自動車道路からわきへ出ていった。

B道路の角にあるガレージには、〈本日休業〉の札がさがっていた。だが、その大きな扉が開かれると、白いレーシングカーがまっすぐ走りこんできて、そのあとから扉がまたぴったり閉められた。三人の男が電光のような敏捷さで仕事にかかった。新しいナンバープレートが取りつけられた。運転していた男はジャケットと帽子をかえた。前には白い羊革のジャケットを着ていた。こんどは黒革のである。ふたたびおもてへ車を出す。男が出ていった三分後に、牧師の運転する古いモーリス・オクスフォードがガタガタと道に現われ、まがりくねった田舎道をあちこちとまがりながら進んでいった。

一台のステーションワゴンが田舎道を走ってきたが、古いモーリス・オクスフォードが生垣のわきに立往生して、そばに初老の男が立っているのを見ると、速度を落として停車した。

ステーションワゴンを運転していた男が顔を出して、

「故障かね？　手伝おうか？」

「それはありがたい。ライトがだめになりましてね」

二人のドライバーは近づくと——耳をすましてから、「大丈夫、誰もいない」種々の高価なアメリカンタイプのスーツケースが、モーリス・オクスフォードからステーションワゴンへと積みかえられた。

一、二マイル先でステーションワゴンは荒れて使われていないデコボコ道へとまがっていったが、その道は、広壮豪華な邸宅への裏道になっていた。もとは馬小屋の前庭であったらしいところに、大型の白いメルセデス・ベンツがおいてあった。ステーションワゴンを運転してきた男は、ベンツのトランクを鍵で開けると、荷物をそのトランクへ移して、じぶんはステーションワゴンで走り去った。

近くの農家の庭でニワトリがやかましくさわぎたてた。

第九章

1

エルヴァイラ・ブレイクは空を見上げてみて、今朝は上天気だとみてとると、電話ボックスへはいっていった。オンズロー・スクエアのブリジットに電話をかけた。電話がつながったのにほっとして、

「もしもし、ブリジット？」

「まあ、エルヴァイラね？」ブリジットの声は落ちつきがなかった。

「そう。どうだった、あれ、うまくいった？」

「それが、うまくないの。ひどいことになっちゃった。あなたのいとこのメルフォード夫人から、うちのママへ昨日の午後電話があってね」

「え、あたしのことで？」

「そう。あたしね、お昼ごろそのいとこの人に電話した時にはうまくやったつもりだったのよ。ところがね、向こうではあなたの歯のことをえらく心配したわけよ。つまりね、あなたの歯がほんとにどうかしたのかと思ったらしいのよ。はれものができたとかなんとかね。そこで、その人が直接歯医者さんに電話したら、もちろん、あなたがぜんぜん歯医者さんに行ってないことがわかったわけ。で、うちのママへ電話したら、あいにく、ちょうど電話のそばにママがいたわけよ。だから、先に電話に出られなかったのよ。そしてね、ママは、そんなことなんにも知らないし、またあなたがうちに泊まってないってこともいったわけよ。ねえ、あたしどうしていいかわからなくなっちゃって」

「で、どうしたの？」

「なんにも知らないふりしちゃった。あなたがウィンブルドンの友だちかなんかのところへ行くっていってたようだったなんて、いっといたけど」

「なんでウィンブルドンなんていったの？」

「ひょいと思いついただけなのよ」

エルヴァイラはため息をついて、「まあいいわ、なんとかでっちあげをやらなくちゃ。昔の家庭教師のおばあさんがウィンブルドンにいるとかなんとかね。このさわぎで、またよけいめんどうなことになっちゃったわ。ミルドレッドが警察へ電話するとかなんとか、そんなばかなまねをしてくれなきゃいいんだけど?」

「あなた、これからそっちへ行くの?」

「ううん、夕方になってから。それまでにまず、しておかなくちゃならないことがいっぱいあるのよ」

「アイルランドには行ってきたのね。うまくいったの?」

「あたしの知りたかったことが、わかったわ」

「何か、あなたの声、おもしろくなさそうよ」

「あたし、おもしろくない気持ちなんだもの」

「ねえエルヴァイラ、あたしに何かしてあげられるようなことない? なんでもやるけど?」

「誰にも何もしてもらえっこないこと……あたしがじぶんでやらなきゃ、できないことなの。あたしね、ほんとでなければいいと願っていたことがあったんだけど、でもやっぱりほんとだったの。どうしたらいいのか、わからないのよ」

「何か危険なこと?」

「メロドラマみたいなこといわないで、ブリジット。気をつけてさえいればいいの、あたし。すごく気をつけなくちゃいけないけど」

け」

「じゃ、やっぱり危険が迫ってるんじゃない」

エルヴァイラはちょっと間をおいてからいった。「あたし、少し考えすぎていただけ」

「ねえエルヴァイラ、あのブレスレットはどうするつもり？」

「あ、あれは大丈夫よ。ある人からお金を都合してもらうことができたんでね、あそこへ行って……なんていったっけ……質請けすればいいのよ。あとは、ボラードへ品物を返せばいいわ」

「お店の人、それで文句いわないかしら？……ううん、ママ、クリーニング屋さんなの。そんなシーツなんか受け取ったおぼえないっていうのよ、クリーニング屋さんは。はい、ママ、ええ、そういってやるわ。じゃ、それでいいわ」

電話の向こうでは、エルヴァイラがニヤリとして受話器をおいた。財布を開けると中のお金を調べ、必要なだけの硬貨を選び出してじぶんの前に並べ、電話の申し込みをした。申し込みの番号につながると、必要なだけの硬貨を入れてAボタンを押し、やや低目の、せきこんだような声で、

「あ、ミルドレッドね。ええ、あたし。……ほんとにごめんなさい……ええ、知ってる……そうしようと思って……あのほらオールド・ミスのマディさん、あの人なのよ……

ええ、はがきを書いたんだけど、ポストに入れるの忘れちゃってたの。まだ、ポケットにはいってるわ……あの人病気で寝ていてね、誰も世話してあげる人がいないのよ。それで、あの人がどういうぐあいなのか、ちょっと寄ってみたの。ええ、ブリジットのところへ行こうと思ってたんだけど、これで予定がくるっちゃって……そちらへことづけがあったっていうことだけど、あたしにはなんのことかわからないわ。どこかで話がこんがらかったんじゃないかしら……ええ、帰ったらよくお話しするわ……ええ、今日の午後。いいえ、マディさんのこと世話してくれる看護婦が来るまで待ってるだけ……ほんとの看護婦じゃないけど、看護助手っていうか何か、そんな人よ。ううん、病院へはいるのをきらってるのよ……だけど、ミルドレッド、ほんとにごめんなさい、ほんとにごめんなさいね」エルヴァイラは受話器をおくと、いかにもやりきれないといったふうにため息をつきながら、ひとりつぶやいていた——「うそなんかつきたくはないけど、しようがないわ」

　電話ボックスから出て来たエルヴァイラが最初に目をひかれたのは、新聞スタンドの大きなビラの文字だった。**大列車強盗——〈アイリッシュ・メイル〉号、強盗団に襲わる**

2

　ボラード氏がお客の相手をしていると、店のドアが開いた。目をあげて見ると、わがエルヴァイラ・ブレイクがはいって来るところであった。

「いえ、いいの」と進み出てきた店員に向かって、「ボラードさんの手があくまで、待っていますから」


　やがて、ボラード氏が相手をしていたお客の用がすむと、エルヴァイラはそのあいた席へと移って、

「おはよう、ボラードさん」

「あいすみません、お嬢さまの時計はまだすっかり直っておりませんのですが」ボラード氏がいった。

「時計のことじゃないの」とエルヴァイラがいった。「あたし、おわびに来たんです。たいへんなことしちゃったんです」とエルヴァイラはバッグを開けると小箱を取り出した。その小箱からサファイアとダイヤのブレスレットをひっぱり出して、「あなたもおぼえていらっしゃるでしょ、あたしが時計の修繕を頼みに来て、クリスマスの贈物をあ

れこれ見ていた時、おもてのほうで事故があったでしょう。誰かが車にひかれたんでしたっけ、ひかれそうになったんでしたっけ。その時、ちょうどあたしこのブレスレットを手に持っていたんだと思うの。そしてなんの気なしにポケットへ入れていたのね。今朝、それに気づいたんです。で、すぐお返しにとんで来たってわけなんです。ほんとにすみません。ボラードさん、あたしどうしてこんなばかなことしたのか、じぶんでもわからないんです」

「いやなに、よろしいんですよ、エルヴァイラさん」とボラード氏がゆっくりといった。「誰かに盗まれたんだと思われたことでしょうね」

エルヴァイラの美しく澄んだ目がボラード氏の目と合った。

「紛失していることには気がついておりましたんですが……さっそくお持ちいただいて、どうもありがとうございました」

「気がついた時には、ほんとにどうしようかと思ったわ。どうもボラードさん、ありがとう、なんにもうるさいことおっしゃらなくて」

「まあいろんなおかしなまちがいが起こるものでございますよ」とボラード氏はものわかりのいいおじさんのような態度で、「このことはもうこれ以上は何も考えないことにいたしましょう。しかし、どうぞもう二度となさらないように」と陽気な冗談でも話しているように笑ってみせた。

「ええもう、これからは充分に気をつけますわ」

とエルヴァイラはにっこりしてみせ、店を出てきた。

「どうもわからないな」とボラード氏はひとりごとをいっていた。「まったくわからんな……」

そばに立っていた店の幹部の一人が寄ってきて、

「やっぱり、あの人が取っていたんですな？」

「そう。まさにそうだったんだ」とボラード氏。

「しかし、返しにきましたね」

「そう、返しにきた。まったく予想外だったよ」

「返しにくるとは思っていなかったと？」

「そう。あの人が取っていたとすれば、返しにはこないと思っていたな」

「あの人の話はほんとだと思いますかね？」と幹部氏が不審そうにきく、「つまり、なんの気なしにポケットへ入れたなどという話が？」

「あり得ることだろうね」とボラード氏が慎重に答える。

「でなければ、病的な盗癖でしょうな」

「そう、病的な盗癖かもしれないな。しかし、どうも故意のようにも思われる……しかし、だとすると、どうしてこんなにすぐ返しにきたのかな？　どうもおかしい……」

「警察へ届けなくてよかったですね。私が届けようなどと申しましたのは愚かでした」

「いや、いいんだ。きみは私よりもまだ経験が浅いんだからね。こういうような場合には、届けないほうがよろしい」といってから、ひとりごとのようにつけくわえた。「でも、これはおもしろいことだな。たいへんにおもしろい。いったいあのお嬢さんはいくつになったのだろう？　十七か、十八だろうか。何かよほど困ったことになっているんじゃないか」

「たしか、あの人にはそのうち大金がころがりこむことになっている、といっておられたようですが」

「財産相続人であれば金がころがりこむのはあたりまえだろう」とボラード、「しかし、十七歳ではそのお金に手をつけることができない。おかしなことだけれどね、大きな財産をつぐ人を無一文同様にしておくなんてね。あんまりりこうな考えじゃないな。それはともかく、こんどの事件の真相は、結局わかるまいな」

とボラード氏はブレスレットをショーケースのもとの場所へもどして、ふたを閉めた。

第十章

エジャトン・フォーブズ・アンド・ウィルバロー法律事務所は、ブルムズベリの一角、いまだ世の変化の風を受けていないところにある。その真鍮の看板も古びて、やっと読めるかどうか。この事務所は百年以上もつづいていて、英国の地主階級の相当な部分の人たちがその顧客であった。もはや事務所にはフォーブズやウィルバローを名乗る人はいなくなっている。その代わりにアトキンソン父子に、ウェールズ人のロイド氏にスコットランド人のマッカリスター氏が加わっている。しかし、初代エジャトンの子孫のエジャトンだけはまだ残っている。このエジャトンは五十二歳で、いくつかの家の法律顧問をしているのだが、みなそれぞれの時代にこの人の祖父、叔父、父といった人たちから相談助言を受けてきている。

さて今、エジャトンは一階のりっぱなじぶんのオフィスで、大きなマホガニーのデスクに向かって腰をすえ、ひどく打ちしおれた依頼人に親切だが強い調子で話をしていた。

このリチャード・エジャトンは背が高くハンサムで、黒い髪のびんのあたりには少し白いものが見えてはいるが、実に鋭い灰色の目をしている。彼の助言はいつもりっぱだけれど、遠慮してものをいうことはまずない。

「あなたのおっしゃることには、まったく根拠がないですね、フレディ」こんな調子である。「こういう手紙を書いておられる以上、しようがありませんよ」

「するとつまり、どうしても……」とフレディなる人がしょげ返ってぼそぼそといった。

「ええ、まあだめでしょうね。ただひとつの望みといえば、法廷外で話をつけることですね。そうしても、刑事犯として起訴を免れないかもしれないです」

「それはしかし、少しひどすぎるな、リチャード」

エジャトンのデスクの上で小さなブザーの音がした。眉根にしわをよせて受話器をとりあげ、

「じゃまをしてはいけないといっておいたはずだが」

電話の向こうでぼそぼそという声。エジャトンがいった。「ああ、そう……わかった、お待ち願うようにいっておきたまえ」

受話器をおくと、ふたたび打ちしおれた様子の依頼人に向かって、

「よろしいですか、フレディ。わたしは法律のことを知っている。あなたはごぞんじな

い。あなたはたいへん困った問題をかかえている。その困った問題から、なんとかあなたをぬけ出させるよう最善の努力をしますが、それには多少お金がかかる。まず、一万二千ポンドで話がつくかどうか」

「一万二千ポンドですか！」とあわれなフレディはびっくりして、「そんな！　そんな金はないですよ」

「なければ、作ることですな。なんとか方法はあるもんです。女がこれで手を打つようだったら、あなたは運がいい。しかし、法廷で争うとなると、もっと多くのお金がかかることになる」

「この弁護士め！」フレディがいった。「サメみたいだ、弁護士なんてみんなそうだ！」

彼は立ちあがって、「まあ、ひとつきみのそのくそ最善をつくしてくれたまえ、リチャード」

彼は首をふりふり出ていった。リチャード・エジャトンはフレディとその事件のことはもう頭から追いだしてしまって、次の依頼人のことを考えていた。口の中でこういっていた。「エルヴァイラ・ブレイク嬢か。どういう娘になってるかな？……」と受話器を取りあげて、「フレデリック卿は帰られた。ブレイク嬢をお通ししてくれたまえ」

待っている間にエジャトンはデスク・メモにちょっとした計算をしていた。あれから、もう何年になるだろう？……エルヴァイラは十五歳か、いや十七歳か……もっと上かな。時のたつのは早い。「コーニストンの娘で」と彼は考えをめぐらせる。「ベスの娘。どちらに似ているんだろうな？」

ドアが開けられ、事務員がエルヴァイラ・ブレイクさんですと知らせると、一人の少女が部屋へはいって来た。エジャトンは席を立つと彼女のほうへ進み出てきた。全体の様子は、両親のどちらにも似ていないな、と思う。すらりと背が高く、淡い金髪というのはベスに似ているが、ベスのような生気溢れる感じはない。むしろ古風な感じさえあるが、今の服の流行の傾向がひだの多い小さめの胴着なので、古風ときめつけるわけにもいくまい。

「やあ、どうもどうも」とエジャトンはエルヴァイラと握手をしながら、「いや、これは驚いたな。この前あなたに会ったのは、あなたが十一歳の時だった。ま、どうぞおかけなさい」といすを引き、エルヴァイラはそれに腰をおろした。

エルヴァイラはちょっと落ちつかない様子で、「はじめにお手紙さしあげればよかったんですけど。ちゃんと文書で面会のお約束をして。でも、あたし急に決心しましたし、ちょうど今ロンドンに来ているものですから、チャンスでもありましたし」

「ロンドンにはどういうご用件で？」

「歯の治療なんです」

「いや歯というやつは、かないませんな。ゆりかご時代から墓場まで、これには悩まされますね。しかし、その歯に私は感謝しなきゃなりませんな、そのおかげであなたに会えることになったんですから。ところでと、あなたはイタリアに行っておられたんでしたね、例の、教育の仕上げのために。このごろではどこのお嬢さんもそういうところへ行かれるようだけれども」

「ええ」とエルヴァイラがいった。「マルチネリ伯爵夫人のところなんです。でも、もうそこは終わりました。今はケントのメルフォード家に住んでいるんですけど、それも何かやりたいことがきまるまでなんです」

「そう、何か気に入ることがみつかるといいですね。大学とか、そういうところは考えていないんですか？」

「ええ。あたしは大学へ行くほどの頭がありませんから」と次のことばの前にちょっと間をおいて、「あの、あたしがしたいってことに、あなたはなんでも賛成してくださるのかしら？」

エジャトンの鋭い目がきびしくなった。

「わたしはね、あなたのお父さんの遺言による後見人であり、財産管理人の一人です。ですから、あなたはどのような時にでも私のところへ相談においでになる完全な権利があるわけです」

「どうも、ありがとう」とエルヴァイラは丁寧にいった。エジャトンがきく、

「何かお困りのことでもありますか？」

「いいえ、困っていることではないんです。でも、あたし、なんにも知らないでしょう。誰もあたしにいろいろなことを話してくれないんですもの。いちいち聞くのもいやでしょう」

エジャトンはじっと彼女を見つめながら、

「つまり、あなたご自身に関することについてですね？」

「ええ、あなたならごぞんじだと思うんですけど、デリクおじさんなどは……」とエルヴァイラはちょっといいよどんだ。

「デリク・ラスコムのことですね？」

「ええ。あたし、あの人のことずっとおじさんと呼んでるんです」

「なるほど」

「あの人、とても親切にしてくださいます。でも、なんでも話してくださるような方じ

ゃないんです。事務的なことをしてくださるんですけど、それがあたしの気に入らないような場合、ちょっと困ったという顔をなさいます。もちろん、いろんな人のいうことも聞いています……女の人たちのいうことですけれど。マルチネリ伯爵夫人とか。あたしが学校へ行く手続きとか卒業する時のいろんなことはよくしてくださるんです」

「すると、あなたが行きたいと思っていたのはそんな学校じゃなかったというわけですか？」

「いいえ、そうじゃないんです。学校はいいんです。学校はまあ誰でも行くような学校でしたから」

「なるほど」

「でも、あたしはじぶん自身のこと、なんにも知らないんです。つまり、あたしにはお金があるのか、あればどれくらいなのか、そして、そのお金がほしい時にはどうしたらいいのかというようなこと」

「そうしますと」とエジャトンはたいへん魅力的な微笑をみせて、「事務的な話がしたいとおっしゃるわけですね。そうですね？　ごもっともです。それではと……今、おいくつでしたかね？　十六……十七？」

「もうすぐ二十です」

「やあ、とてもそうとは思えないですな」

「これはね」とエルヴァイラが説明する。「あたし、ずうっと、守られて来たでしょう。ある意味でけっこうかもしれないけど、とてもやりきれない気がします」

「まったくですね、ちょっと時代おくれのやり方ですね」とエジャトンも同意した。

「しかし、そういうやり方はいかにもデリク・ラスコムの好みですね」

「たいへんいい人なんですけど、何か本心を語れない気がするんです」

「ええ、そうであろうとわたしにも思える。ところで、エルヴァイラさん、あなたはごじぶんのことについて、どんなことをごぞんじですか？　家族関係など？」

「あたしが知ってるのは、父があたしの五歳の時に死んで、母はあたしが二つぐらいの時にある人といっしょに父のもとを逃げ出したってことです。あたし、母の記憶はぜんぜんありません。父のことも、ほとんど記憶にないんです。父はとても年をとっていて、よくいすの上に足をのせてました。よくきたないことばでどなってましたわ。こわい父だなと思ったものでした。父が死んだあと、あたしははじめ、おばでしたか、父のいとこでしたか、そんな人のところにいっしょに住んでました。そのおばのような人が死ぬと、こんどはデリクおじさんとその妹のところにいっしょに住むことになったんです。そして、その妹の人が死ぬと、あたしはイタリアへまいりました。こんどは、デリクおじさんのいとこのメルフォードの家にあたしがいっしょに住むようにしてくれたんです。このいとこの人たちは、たいへん親切でいい人で、あたしと同じくらいの年ごろの娘さんが二人います」

「こんどの家は、楽しいですか？」

「わからないわ。まだほとんどいっしょにいたことないんです。みんな、なんだか退屈な人たちばかり。あたしが知りたいのは、いったい、あたしにはどれくらいのお金があるかということなんです」

「つまり、財産報告がほしいというわけですね？」

「ええ。お金があることは、知ってます。そのお金ですけど、たくさんなんでしょうか？」

エジャトンは真剣になって、

「ええ、あなたには莫大な金がある。あなたのお父さんはたいへんなお金持ちでした。その一人っ子があなたです。お父さんが亡くなられた時、その称号と地位身分はいとこへ譲られましたが、お父さんはそのいとこがきらいで、莫大なその財産全部を娘の、つまりあなた、エルヴァイラに残したのです。あなたはたいへんなお金持ちです、というか、あなたが二十一になったらたいへんなお金持ちになることになっているのです」

「じゃ、今はお金持ちじゃないんですね？」

「いや、今でもお金持ちですけれどね、そのお金は、あなたが二十一歳になるか、それとも結婚するまでは自由に処分することはできないことになっている。それまでは、このお金はあなたの財産管理人たちの手にあるわけです。それはラスコムと、このわたしと、もう一人の男です」とちょっと微笑をみせながら、「わたしどもはそれを勝手に使ったりなどはしておりません。そっくりそのままにしてあります。実際には、この資本を投資してかなり増やしてもいます」

「どれくらいの金額なんですか？」

「あなたが二十一歳になるか結婚をされた場合、ごく大ざっぱな計算ですが、六十万か七十万ポンドがあなたのものになります」

「それはすごいわ」とエルヴァイラが驚いた。

「ええ、たしかに莫大ですね。誰もあなたにこの金額のことを話さなかったのは、このようにあまりにも巨額であったせいでしょう」

エジャトンはエルヴァイラがこの話をじっと考えているのを、見守っている。たいへんにおもしろいお嬢さんだな、と思う。とても幼いお嬢さんにみえるけれど、決してそれだけの少女ではない。それだけどころか、それよりうんとりっぱである。エジャトン

はちょっと皮肉な微笑を浮かべながら、

「どうです、ご満足ですかな？」

エルヴァイラは突然笑顔をみせると、

「当然よ。満足でないなんていえないでしょ？」

「ギャンブルに勝つよりましですね」エジャトンが意見を述べた。

エルヴァイラはうなずいてみせたが、頭の中ではほかのことを考えていた。そして、突然に質問をした。

「もしあたしが死んだら、誰がこの財産を受けつぐの？」

「現在の状況では、あなたに最も近い親族の人ですね」

「つまり……今のあたしは、まだ正式の遺言書を作ることはできないんでしょう、そうですね？　二十一歳になるまではね。あたし、誰かからそんなことときいたんですけど」

「そのとおりですね」

「ちょっとこれはめんどうね。もしあたしが結婚して、そのあとで死んだとすると、あたしの夫が財産をつぐことになるんでしょうね？」

「そうです」

「そしてね、もしあたしが結婚していなければ、あたしの母が最も近い親族ということで、財産をつぐことになりますね。あたしには親戚が少ないんですもの……あたし、じぶんの母さえも知らないんですからね。母ってどんな人なんです？」

「お母さんは実にりっぱな方です」とエジャトンは手短かにいった。「誰もこれに異論はないと思います」

「母はあたしに会いたいって思ったことはないんでしょうか？」

「思われたことはあるでしょうね……おそらく、思われたにちがいない。しかし、あることで、あの人は自分自身たいへんに困った問題にはまりこんだりしていて、そのため、あなたをじぶんからまったく離して育てたほうがいいと考えられたのかと思います」

「ほんとに母がそう考えていたとお思いになるの？」

「いや、そうはいいきれませんね」

エルヴァイラは立ちあがって、

「どうもありがとう。いろんなお話をしてくださってありがとう」

「これまでに、もっといろいろなことをあなたにお話ししておくべきでした」エジャトンがいった。

「なんにも知らないなんて、ずいぶん屈辱的なものですからね」とエルヴァイラがいった。「デリクおじさんは、あたしのこと、まだ子供だと思ってるんですね」

「あの人も、もはや若くはないんで。彼もわたしもそうだけれど、相当年をとっている。わたしどもは、その年をとっている立場からものをいっているということを、考慮に入れておいていただきたい」

エルヴァイラはちょっとの間、じっとエジャトンを見つめたまま立っていたが、「では、あなたは、あたしのことを子供だなんて考えていらっしゃらないでしょうね?」と鋭い調子でいって、つけくわえた。「あなたはデリクおじさんよりは若い女のことをよくごぞんじのように思います。デリクおじさんは妹さんと暮らしたことがあるだけなんですもの」と手をさしのべて、たいへんかわいらしい様子をして、「ほんとにどうもありがとう。たいせつなお仕事のおじゃまをしてしまったんじゃないでしょうか」といって、出ていった。

エルヴァイラの閉めたドアをエジャトンは見守っていたが、口をとがらせるとちょっと口笛を鳴らし、首をふりながら席へもどると、ペンを取りあげて何か考えこむ様子でコツコツとデスクを叩いていた。何かの書類を手もとへ引きよせたが、またもとへ押しもどし、こんどは電話を取りあげた。

「あ、コーデルさん、ラスコム大佐にかけてください。はじめにクラブにかけてみて、それからシュロップシャの住所のほうへ」

受話器をおく。もう一度書類を手もとへ引きよせて読みはじめたが、読んでいることには頭が向かない。やがてブザーが鳴った。

「ラスコム大佐がお出になりました」

「つないでくれ。もしもしデリク、こちらリチャード・エジャトンです。元気ですか？　あなたのごぞんじのある人が、今訪ねて来たところなんですがね。あなたの被後見人です」

「エルヴァイラですか？」デリク・ラスコムはひどくびっくりした様子だった。

「ええ」

「しかし、いったいまた……なんでいったい、あなたのところへなんぞ行ったんですかね？　何か困った問題じゃないでしょうね？」

「いや、そうじゃないです。逆に、彼女はたいへんに……ごきげんでしたが。財産状態が知りたいというわけでした」

「まさか、あなたその話をなさったんじゃないでしょうな？」とラスコム大佐があわてていった。

「もちろん話しましたよ。何もかくす理由はないでしょう？」

「いや、一少女に、あのような巨額の金が手に入ることを知らしめるのは、少々賢明でないような気がしますね」

「われわれがいわなくても、誰かがいうにきまってますよ。彼女にも心がまえが必要だと私は思いますね。お金というものは、ひとつの重荷ですからね」

「ええ。しかし、まだ彼女は子供みたいなものですからね」

「それに確信がおありでしょうか？」

「それはどういうことでしょう？　もちろん、彼女は子供ですよ」

「わたしにはそうとは思えませんな。ボーイフレンドは誰です？」

「なんですって？」

「彼女のボーイフレンドは誰か、ときいたんです。この裏にはボーイフレンドがおりますよ。そうじゃないでしょうか？」

「いませんね、そんなものは。なんでそんなことを考えられたのです？」

「別に彼女が何かいったわけではないのですがね。しかし、わたしにも経験があります。ボーイフレンドがいることに、あなたもいまにお気づきになることと思いますね」

「いや、それは、はっきりあなたのまちがいですな。あの子は非常に気をつけて育てられてきているし、学校もみな厳格なところばかりで、社交教育もイタリアのたいへん高級なところで受けておるのですからね。もし、そのボーイフレンドのようなものができたら、さっそくわたしに報告があるはずです。そりゃね。一人や二人、愉快な若い男と会ったりしたことはあるでしょうがね、あなたのおっしゃるようなそんな種類の男は、おりませんね」

「いや、わたしの見たところでは、ボーイフレンドがおりますね……それも、おそらく好ましくないのが」

「しかし、その根拠は？　いったいあなたに、若い娘の何がおわかりなんですかね？」

「よく心得てますよ」とエジャトンがそっけなくいった。「去年は三人も若い女の依頼人があり、そのうちの二人は裁判所指定の後見人の監督を受けることになり、もう一人は両親を無理やり脅すようにして、めちゃくちゃな結婚をしてしまいました。若い娘たちは昔のように充分世話をされているとはいえませんね。こんな状態ですからね、なかなかそれは世話をするのはむずかしいでしょうが……」

「しかし、申しあげておきますがね、エルヴァイラは充分注意して世話をしてあります」

「若い女性のたくらみというものは、まったく推測を超えたものがありますよ！　どうか、しっかり彼女から目をはなさないようにしていただきたい。何をたくらんでいるのか、少し探ってごらんになるがいい」

「ばかな。あれはまだまだ、ただのかわいい少女にすぎませんよ」

「その、ただかわいいだけの少女について、あなたはあまりにも知らなさすぎますよ！　お忘れじゃないでしょうが、彼女の母が駆け落ちをして騒ぎを起こしたのは、今のエルヴァイラよりも若い時のことですからね。彼女の父のコーニストンにしても、まったく英国中でも最低の道楽者でしたからね」

「ひどいことをいいますね、きみは、まったくひどいことを」

「これはあなたへの警告ですよ。わたしがもっとも気になるのは、いろいろな彼女の質問の中のひとつですがね。いったい、どうしてああも気にして知りたがっているんでしょうな、じぶんが死んだら誰がじぶんの財産をつぐかということを？」

「それはまた奇妙ですね、わたしにも同じ質問をしましたよ」

「そうですか？　どうしてじぶんが早死にするなどと考えるようになったのでしょうかね？　それからまた、母親のこともききましたよ」

「ベスがエルヴァイラと会ってくれればいいと思うんだが」とラスコム大佐の声にはいかにも心配そうな調子があった。

「そのことを、彼女に……ベスに、お話しになったことがありましょうか？」

「ええ、まあ……ええ、話しました。偶然、ベスに会ったものですからね。今、わたしと同じホテルに滞在中なんです。ぜひエルヴァイラと会うような手はずをしなさいとすすめておきましたがね」

「なんといいました、彼女？」エジャトンが熱心にきいた。

「頭からきっぱりと拒否されました。じぶんは、娘が知り合っていいような安全な人間じゃないというようなことでしたね」

「見方によっては、そのとおりかもしれませんね」エジャトンがいう、「ベスは例のレーサーと関係があるんでしょう？」

「そういううわさですな」

「わたしもそういううわさを聞いています。うわさどおりとは思わないですがね、ありそうなことですね。思いどおりにふるまう人ですからね。ベスの友だちには、よくアクの強いのがおりますからね！　とにかくたいへんな女性ですな、まったく。たいへんな女だ」

「じぶん自身が最悪の敵というわけですな」とデリク・ラスコムがぶっきらぼうにいった。

「まさにそのとおりですね」とエジャトン、「やあどうも、たいへんおじゃましました。裏にいる好ましからざる人物には、ご注意願いたいものです。あとになってなぜ教えてくれなかったなどとはいわせませんよ」

受話器をおくと、もう一度書類を手もとに引きよせたが、こんどは、充分にその仕事に集中できた。

第十一章

ペニファザー牧師の家政婦マクレイ夫人は、今晩の牧師の帰宅にそなえてドーバー・カレイを一尾買いこんでおいた。いいドーバー・カレイにはいろいろとぐあいのいいことがある。まず、無事に牧師が帰宅してから、グリルかフライパンで調理すればよいこと。必要なら次の日までもとっておけること。ペニファザー牧師はドーバー・カレイが好きであること、そしてもし電話とか電報で、牧師が今晩はどこかよそにいるということにでもなれば、マクレイ夫人自身もドーバー・カレイが好きであること。というわけで、牧師の帰宅の準備はととのっていた。ドーバー・カレイのあとにはパンケーキが出ることになっている。カレイはキッチンの調理台にのっており、パンケーキの材料はボールに入れてある。万事準備完了だった。真鍮器具は光り、銀器も輝き、毛筋ほどのほこりひとつなかった。ただひとつだけたりないものがある。ペニファザー牧師その人である。

牧師はロンドンから六時三十分着の列車で帰る予定になっている。七時になっても、牧師は帰ってこなかった。きっと列車が遅れたのにちがいない。七時半、まだ帰らない。マクレイ夫人はがっかりしてため息をついた。またいつものことになりそうだなという予感が夫人にはした。八時になったが、牧師は帰ってこない。マクレイ夫人はいらいらして、長いため息をついた。今にきっと電話がかかってくるだろうが、もはや電話すらかかってこない可能性もある。牧師は手紙を書いたのかもしれない。きっと書いたにちがいないのだが、おそらくそれを投函することを忘れてしまったのだろう。

「おやおや!」マクレイ夫人がいった。

九時に夫人はじぶんのためのパンケーキを三枚こしらえた。カレイはたいせつに冷蔵庫にしまいこんだ。「いったい、今ごろ先生はどこへ行ってらっしゃるのかしらね」夫人はひとりごとをいった。今までの経験からして、牧師はどこへ行っていてもおかしくない。ひょっとしたら、まちがいに気がついて、夫人がベッドにはいる前に電報かそれとも電話をかけてくるかもしれない。「十一時までは起きて待ちましょう、けれどそれ以上はお待ちしませんよ」マクレイ夫人はいった。十時半が夫人の就寝時刻で、それを十一時まで延ばすことはじぶんの義務だと心得ているが、もし十一時になっても何事もなく、牧師から音さたがなければ、家の戸じまりをしてベッドへはいることにしている。心配をしているというわけではない。こういうことは前にも何度かあった。別にどうする方法もない。ただ何かの知らせを待つばかりである。いろいろな可能性がある。ペニファザー牧師のことであるから、列車をまちがえて乗りこんで、英国の北のはずれか南のはずれに行くまで気がつかずにいるのかもしれないし、それとも日時をまちがえてまだロンドンにいて、まだ明日までは帰宅しなくてもいいと思っているのかもしれない。こんど出かけた外国での会議で、友人もしくは友人たちに出会って、すすめられて週末まで滞在することになったのかもしれない。それをマクレイ夫人に知らせようとは思いながらも、すっかり忘れているのかもしれない。というわけで、前にもいったとおり、夫人は心配はしていないのである。明後日には、牧師の旧友シモンズ助祭長が泊まりがけで来ることになっている。ペニファザー牧師はそういうことは忘れない。とすると、牧師自身か牧師からの電報が明日になれば来ることであろうし、おそくとも明後日には帰宅するか手紙が来るであろう。

だが、その明後日の朝になっても、牧師からはまったく音さたがなかった。ここに至って、マクレイ夫人も心配を始めた。午前九時から午後一時までの間、彼女はあれこれ決しかねた様子で電話を見ていた。マクレイ夫人は、電話についてひとつの確固とした考えを持っている。電話は使用するし、その便利さも認めてはいるのであるが、電話が好きではなかった。買い物の一部は電話ですますのだが、どちらかといえばじぶんで出かけていくほうが好きである。というのは、商人というものは買う時に見ていないと必ずごまかそうとするものだという信念のためである。とはいっても電話は家事をこなすうえでは、やはり便利である。まれにだが、夫人は近くに住んでいる親戚や友人たちに電話をかけることがある。少し遠いところとか、ロンドンへ電話をかけるとなると、ひどく気になる。これは恥ずべきお金の浪費である。とはいうものの、夫人はこの問題に直面して沈思黙考を始めていた。

牧師からなんの音さたもない新しい日がまた明けるに至って、ついに夫人も行動開始を決意した。牧師がロンドンのどこに滞在しているか、夫人は知っている。バートラム・ホテルだ。古風ないいところである。だから、電話をかけて二、三の問い合わせをしてみてもいいだろう。ホテルではペニファザー牧師がどこにいるかわかっているにちがいない。あのホテルはただありきたりのホテルとはちがう。ミス・ゴーリンジへつないでもらうことにしよう。ミス・ゴーリンジなら思いやりもあり、またてきぱきと事を処理してくれる。ひょっとすると、牧師は十二時三十分の列車で帰ってくるかもしれない。とすると、もう間もなくここへ着くころでもある。

　だが、その間もなくも過ぎてしまったが、牧師は帰ってこなかった。マクレイ夫人は深呼吸をひとつすると勇気をふるいおこして、ロンドンへの通話を申しこんだ。唇をかみ、しっかり耳に押しつけた受話器をぐっと握りしめていた。

「バートラム・ホテルです」という声がした。

「すみませんけど、ゴーリンジさんをお願いしたいんですけれど」マクレイ夫人がいった。

「少々お待ちください。そちら様は？」

「こちらはペニファザー牧師の家政婦のマクレイですけれど」

「お待ちください」

　間もなく、ミス・ゴーリンジの落ちついた、てきぱきした声が聞こえてきた。

「ゴーリンジですけれど、そちら様はペニファザー先生の家政婦のお方とおっしゃいましたね？」

「そうなんです。マクレイです」

「はい、わかりました。どんなご用でしょうか、マクレイさん？」

「ペニファザー先生はまだそちらにご滞在でございましょうか？」

「それは、よくお電話してくださいました」ミス・ゴーリンジがいった。「実は、こちらでもどうしたものかと迷っていたところなんですけれど」

「ペニファザー先生に何かあったんでしょうか？　事故かなにかにあわれたんでしょうか？」

「いえいえ、そうではございません。でも、先生はルツェルンから金曜か土曜にはこちらへお帰りの予定でおりました」

「ええ……そうですけれど」

「でも、お帰りがないんです。と申しましても別に意外なことではございません。先生はお部屋を昨日まで予約しておられたんです。昨日も先生はお帰りにならず、またなんのことづけもございませんし、お荷物もそのままになっております。お荷物の大部分が。そのお荷物をこちらではどうしたものかと思っているところなんですけれど、なにぶんにも」とミス・ゴーリンジは早口につづけた。「先生はごぞんじのとおり、その……ときどき物忘れをなさることがございますのでね」

「ほんとにそうなんですよ！」

「それで、わたくしどももといたしましては、ちょっと困っているところなんです。わたくしどもの部屋はみな予約でいっぱいでございましてね、先生の部屋も実はほかのお客様のご予約がございます。そちらで先生の行先の見当などございませんかしら？」

マクレイ夫人はにがにがしそうにいった。

「あのお方ときたら、まったくどこにおられるのか見当がつきません！」とこんどは気をしずめて、「どうも、ゴーリンジさん、ありがとうございました」

「何かこちらでお手伝いできることでも……」とミス・ゴーリンジは親切にいってくれた。

「まあ、今に何か連絡がございましょう」とマクレイ夫人はもう一度お礼をいって電話を切った。

夫人はどうしていいかわからない様子で、電話のそばにすわりこんでいた。ペニファザー牧師の身の安全を心配しているわけではない。事故にでもあっていたら、今までにちゃんと知らせがあったにちがいない。そのことは心配ない。だいたいペニファザー牧師はいわゆる事故などにあいやすい人ではない。牧師は、マクレイ夫人のことばでいえば〝そそっかしい人〟である。そして、このそそっかしい人というものは、特別な天の摂理によって常に守護されているようである。注意も考えもなしに往来激烈な交差点を横断しても、こういう人は無事なものなのだ。ペニファザー牧師が病院でうめき声をあげながら寝かされている光景などは、夫人にはとうてい想像することもできない。牧師はどこかにちゃんといて、まったく無邪気に友だちかなんかとくだらないおしゃべりなどを楽しそうにしているにちがいない。ひょっとすると、まだ外国に行ったままでいるのかもしれない。困るのは今夜助祭長のシモンズさんがやって来るというのに、そのシモンズ助祭長を迎える主人がいないことである。牧師がどこにいるかもわからないのに、シモンズ助祭長におひきとり願うわけにもいかない。どうもたいへんに困ったことだけれど、だいたい困ったことの中にも、明るい希望がひとつぐらいはあるものである。その明るい点というのは、シモンズ助祭長である。シモンズ助祭長ならどうしたらいいかごぞんじであろう。夫人はこの件を助祭長におまかせすることにした。

シモンズ助祭長は、夫人の雇主とはまったく正反対の人である。じぶんがどこへ行くのか、何をするのか、またどうしたらいいのかをきちんと心得ていて、それを実行する。頼りになる聖職者だ。シモンズ助祭長が到着すると、マクレイ夫人の説明とおわびと困惑が待っていたが、助祭長は毅然たるものであった。少しも驚かなかった。

「心配はいりませんよ、マクレイさん」と助祭長は、夫人が用意してくれた食事の席につきながら、いつものやさしい調子で、「なに、すぐあの物忘れ屋先生はみつかりますよ。チェスタートンの例の話を聞いたことがありますかね？　作家のG・K・チェスタートンですよ。ある時、先生、講演旅行に出かけたのはよかったが、奥さんに電報をよこしましてね、〝イマ　エキニイル　ボクノユクサキハドコカ〟」

助祭長は笑った。マクレイ夫人はお義理に少しにこりとした。夫人にはそんなにおかしな話とは思えない。ペニファザー牧師がちょうどこんなことをやりそうだからだ。「ああこれは」とシモンズ助祭長が賞讃の声を発した。「あなたのつくられる仔牛のカツレツはすばらしいですよ！　まさに名料理人だな、あなたは。ここの先生があなたの腕に気づいていればいいんだが」

仔牛のカツレツのあとには、黒イチゴソースのかかった小さなスポンジプディングが出た。これがシモンズ助祭長の好きなデザートだということを、マクレイ夫人はおぼえていたのだ。それからよき助祭長は、行先不明の友人の探査に熱中しはじめた。精力的にあちこちへ電話をかける。電話代などはまったく考えていないらしく、マクレイ夫人は気が気でなかったが、といっても反対ではない。なんとしてもご主人を探しださなくてはならないのだから。

まず念のため牧師の妹へ電話をしてみたが、これは例によって兄さんの出入りのことにはまったく無関心で、どこへ行ってるのか行くかもしれないかなど、見当もつかないというので、助祭長はさらに網をひろげることになった。もう一度バートラム・ホテルへ電話して、詳細な事情をできる限りきくことにした。牧師がホテルを出たのは、まちがいなく十九日の夕方早くだった。荷物はＢＥＡ航空のバッグひとつだけで、あとの荷物はホテルの自室に残し、これはちゃんと保管されている。牧師は、ルツェルンでの何かの会議に出席のために出かけるのだといっていた。牧師はホテルから空港へまっすぐ行ったのではない。牧師の顔をよく知っている玄関のドアマンが、牧師をタクシーに乗せて、牧師がいったとおりに文芸会館までとタクシーに指示したという。これがバートラム・ホテルでペニファザー牧師が目撃された最後であった。あ、それからもうひとつ、こまかなことだが……牧師は部屋の鍵をおいていくのを忘れて、持っていってしまった。こんなことは今まではじめてのことではなかったが。

シモンズ助祭長は次の電話をする前に、しばらく考えこんでいた。ロンドンの空港へ電話してみようか、これは時間を食うこと疑いなし、何か近道はないものか。会議に出席したことはほぼ確実と思われる著名なヘブライ語学者のワイスガーテン博士へ電話してみる。

ワイスガーテン博士は在宅であった。電話の相手が誰であるかわかると、博士はたちまち流れるような雄弁になって、ルツェルンでの会議で読みあげられた二つの報告に対する非難の批評を始めた。

「まったく不健全きわまりないよ、あのホガロフというのは、まったくなっとらん。いったい、どうしてあのような報告を書いたのかまったく気が知れないね。ああいうのは、まったく学者でもなんでもないな。きみ、この男がどんなことをいったと思うかね?」

助祭長はため息をついて、強硬手段に出た。さもなければ、それこそひと晩中、ルッェルン会議での学者たちへの不満を聞かされるおそれがあったからだ。やっとのことで、ワイスガーテン博士は個人的な話のほうへとひきつけられた。

「なに、ペニファザー? ペニファザー君か? 彼もあの会議に来ていなくちゃならんわけだったがね。どうして、来ておらなかったのかな。出席するといっとったんだがね。つい一週間前に文芸会館で会った時にはそういっとったんだよ」

「すると、会議には全然顔を出さなかったというわけですね?」

「そういうことだ。顔を出さなくちゃならんかったのだがね」

「顔を出さなかったわけが、おわかりでしょうか? 欠席の理由を提出するとか?」

「それはわたしにはわからんよ。たしかに行くといっとったのにな。あ、今思い出したよ。みんな彼が出席すると思っていたよ。彼の欠席のことを気にしていた人たちが何人かいたね。熱を出したとか、そういうことじゃなかろうかと思っていた。まったくこのごろの天気ときたら変わりやすいからね」博士はまたもや学者連中の批評へもどりそうになったが、シモンズ助祭長は電話を打ち切った。

助祭長はひとつの事実をつかむことができたが、その事実がはじめて彼を落ちつかない気持ちにすることになった。ペニファザー牧師はルツェルンの会議に出席していなかったのだ。会議には行くつもりであった。牧師が会議に出ていないということは、助祭長にとってはたいへん異常なことのように思われた。ひょっとすると、飛行機をまちがえて乗ったのかもしれない。もっとも、こういうことのないように航空会社はよく注意して乗客の世話をしているはずなのである。もしかしてペニファザー牧師は、会議へ行く日を忘れていたのではあるまいか？　ありそうなことだ、と助祭長は思う。しかし、そうだとすると、牧師はどこへ行ってしまったのだろう？

こんどは空港へ電話してみた。えらく待たされた末に、部署から部署へとまわされた。しまいに、明確な事実をつかむことができた。ペニファザー牧師は十八日のルツェルン行二十一時四十分発の便に搭乗を予約していたが、その飛行機には乗らなかったのだ。

「だんだんわかってきましたよ」とシモンズ助祭長が、そこらあたりをうろうろしているマクレイ夫人にいった。「さてと、次は誰に電話したものかな？」

「そんなに電話なさいますと、えらくお金がかかるんでございますよ」マクレイ夫人がいった。

「そう、そうでしょうな」とシモンズ助祭長、「しかしですね、なんとか彼の行先をつきとめなくちゃなりませんからな。彼、もうあまり若くもないんだしね」

「あの、まさか、何か先生の身に起きているとでもお考えでございましょうか？」

「まあそうでないことを望んでいるんだが……いや、そんなことはあるまいと思いますね。というのは、そんなことがあれば何か知らせがありますよ、これまでに。いつも、彼はじぶんの名前と住所を書いたものを持っていたでしょう？」

「はい、名刺をお持ちでございます。手紙類もお持ちですし、それに財布の中にもいろいろお持ちです」

「それでは、病院などにはいっているわけはないですね。ところでと、彼はホテルを出るとタクシーで文芸会館へ向かったと。では、文芸会館にかけてみよう」

ここで二、三のことが明白になった。ペニファザー牧師は文芸会館ではよく知られた顔で、十九日の夕刻七時半にそこで食事をしている。そして、助祭長はここで今まで見すごしていたことに気づいた。飛行機の搭乗券は十八日のものなのに、牧師は十九日に、ルツェルン会議に行くのだといってバートラム・ホテルを出てタクシーで文芸会館へ向かっている。光明が見えはじめた。「ばかな老いぼれめ」とシモンズ助祭長は思ったが、マクレイ夫人の前では口に出していわないように気をつけた。「日をまちがえていたんだ。会議は十九日。これはまちがいない。きっと彼はその日を十八日のつもりで出かけていったのにちがいない。一日まちがえてる」

次の行動をよく考えてみた。牧師は文芸会館へ行く。食事をする。ケンジントン空港事務所へ行く。ここで切符が前日のものであることを指摘され、じぶんがこれから出席しようとしている会議はもうすでに終わっていることに気づく。

「こういうことだったんだな」とシモンズ助祭長がマクレイ夫人に説明をして、夫人もありそうなことだといった。「さて、それから彼はどうしたのだろう？」

「ホテルへお帰りになったでしょうね」とマクレイ夫人がいった。

「こっちへまっすぐ帰らなかっただろうか……つまり、まっすぐ駅へ行ったと」

「でも、お荷物がホテルにあるんですからね。とにかく、お荷物のことで先生はホテルへ電話なさったんじゃないでしょうか」

「うん、そうだね。よろしい。こういうふうに考えてみたらどうだろう——彼は小さなバッグをひとつ持って空港をあとにホテルへ帰る。いや、ともかく帰りにかかった。どこかで夕食を……いや、夕食はもう文芸会館ですませていたんだっけ。よし、それじゃホテルへ帰っていったとする。ところが、ホテルに着いていないと」ちょっとことばを切ってから、わからんといったふうにつづけた。「それとも、ホテルには着いたのかな。誰も彼を見たものはない。では、その途中でどんなことがあったか？」

「途中でどなたかとお会いになったのではないでしょうか」マクレイ夫人がこれまた不

審な調子でいった。

「そう。それもたしかにあり得るな。久しぶりの旧友とぱったり出会ったとか……その友人の泊まっているホテルか、それともその友人の自宅へ行く。だが、そこに三日も滞在しているとは、ちょっと考えられないな？　バートラム・ホテルにじぶんの荷物を三日も置きっぱなしにしていることを忘れやしまい。荷物のことで電話するとか、届けてもらうとか、それとも重症の物忘れの場合として、そのままっすぐ家へ帰ってくるとかするだろう。三日間なんの音さたもなし。これがどうにも解釈のしようがないな」

「まさか、事故では……」

「うん、もちろんそれもあり得ることだな。病院にあたってみることにしよう。彼は身もとがわかるような書類をいろいろ身につけているんですね？……フーン、これはどうも、もう打つ手はひとつしかないようだな」

マクレイ夫人も、わかったというふうに助祭長を見ていた。

助祭長はやさしく、「これは、やはり、警察へ行くべきだな」

第十二章

ミス・マープルはロンドン滞在を大いに楽しんでいた。この前のちょっとだけの首都訪問では時間がなくてやれなかったいろんなことを、あれこれとやった。たいへん残念なことは、この機会を利用して広く文化的教養活動をしようとしなかったことだ。美術館にも博物館へも行かなかった。ファッション・ショウのひとつにさえ顔を出そうという考えも浮かばなかった。彼女が訪れたところといえば、大きなデパートのガラス器、陶器売場や、家庭用のリンネル売場、それに室内装飾織物の安売り場といったところであった。このような家庭用品への投資を適当な金額だけ行なったあとは、あちこちと気分にまかせて出歩いた。若いころの思い出にある店とか場所とかを訪れる。時には、そんなところがまだ残っているかどうかを見たい気持ちだけで出かけていった。こんなことをしようと思ってもこれまでにはそんな時間がなかったので、今、彼女はこれを大いに楽しんでいる。昼食のあと、しばらくいい気持ちに昼寝をしてから出かけるのだが、出かける時にはできるだけホテルの玄関のドアマンを避けるようにしている。というのは、このドアマン、彼女ぐらいの年齢のかよわい婦人は必ずタクシーで出かけるべきものと確信しているからなのだ。そのドアマンを避けて、彼女はバス停か地下鉄の駅へ歩いて向かう。小さなバス路線案内図や地下鉄運行地図を買って持っていて、出かける時のプランを充分にたてているのである。ある日の午後など、彼女は楽しげにもまた懐かしそうにイブリン公園やオンズロー・スクエアのあたりを歩きながら口の中でそっとつぶやくこともあった。「そうそう、あそこがヴァン・ディランさんのお宅だったわ。すっかり変わってしまって。改築なすったらしいわね。おや、呼鈴が四つついてますね。なるほど、四軒分になったんだわ。このへんはほんとに古風ないいところだったんですけれどね」

また彼女は少々おずおずと、マダム・タッソーの蠟人形館も訪れてみた。子供のころの楽しかったことが、よく頭に残っている。ウェストボーン・グローブではブラッドリー家を探してみたが、みつからなかった。このブラッドリー家にはおばのヘレンがよくアザラシの毛皮のコートを着ていったものだった。

ミス・マープルは普通のいわゆるウィンドー・ショッピングには興味がなかったけれど、編み物の図柄とか編み物用の新しい毛糸とか、そんなものを集めて歩くことをひどく楽しんでいた。また彼女はわざわざリッチモンドまで出かけていって、大おじのトーマス退役海軍大将がかつて住んでいた家を探した。りっぱだったテラスはそのころのまま残っていたが、このあたりでもまた、どの家も何軒かの世帯に分割されているようだった。もっと悲しかったのは、遠いいとこのメリデュー夫人がりっぱな生活をしていたラウンズ・スクエアの家であった。そこにはモダンな設計の巨大なビルが出現していた。ミス・マープルはおもしろくなさそうに首をふりふり、ひとりごとをいった。「これが進歩というものなんでしょうけれどね、いとこのエセルがこのことを知ったら草葉の陰で嘆くにちがいないわ」

ある特別に気持ちのよい午後のことであったが、ミス・マープルはバスでバターシー橋まで出かけていった。それにはふたつの感傷的な目的があった——ひとつはミス・マープルの昔の家庭教師だった婦人が住んでいたプリンセス・テラス・マンションを見るため、もうひとつは、バターシー公園を訪ねることであった。はじめの目的はみごとにはずれてしまった。家庭教師だったミス・レッドベリーが住んでいた家は跡形もなく消えうせて、光り輝く巨大なコンクリートがそれに取ってかわっていた。ミス・マープルはバターシー公園へとはいって行った。彼女はなかなかの健脚家であったのだが、このごろではその健脚も昔のようではなくなっていた。半マイルほどで、もう疲れてしまうのである。でも、公園を横断するぐらいのことはできる、と彼女は思う。そうすればチェルシー橋に出られて、そこから都合のいいバスに乗ればいい。ところが、彼女の歩みはしだいしだいに遅くなってきて、湖の端の垣根で囲まれた喫茶店にたどり着いた時には、ほんとにほっとした。

もう秋も深いというのに、まだ喫茶店は開いていた。この日、あまり多くの客もいなかった。お母さんたち何人かとその乳母車、それに若い恋人同士が二、三組。ミス・マープルはトレイに紅茶とスポンジ・ケーキ二個を受け取ると、そのトレイを気をつけて持って、テーブルへ行って腰をおろした。今、ほんとに紅茶が飲みたいところだった。紅茶は熱くて、濃くて、ほんとにほっとした。元気を取りもどした彼女はそこらを見まわしてみたが、その目があるテーブルのところで突然にとまると、ぐっと背をのばしてすわり直した。まったく妙な偶然の出会いだった。ほんとに妙なことだ！　最初はアーミー・アンド・ネイビーで、そして今はここで。あの二人が選ぶにしては、まことに奇妙な場所である。いやいや、そうではない！　あれはちがう。ミス・マープルは予備のもうひとつの度の強い眼鏡をバッグから取り出した。そう、やっぱりまちがっていたのだ。もちろん、よく似たところがある。あの長くてまっすぐな金髪――だが、これはあのベス・セジウィックではない。ずっとそれよりも若い。あ、そうだ！　あの娘だ！

セリナ・ヘイジーの友人のラスコム大佐といっしょにバートラム・ホテルへやって来た、あの若い女の子だ。でも、男のほうはセジウィック夫人とアーミー・アンド・ネイビーで昼食をいっしょにしていた同じ男である。まちがいない、あのハンサムなタカのような顔、あのほっそりした身体つき、獲物を捕えてはなさないようなねばり強い感じ……そして、そう、あのまことに強烈な男性的な魅力。

「これはよくない!」ミス・マープルは口にしていた。「ぜんぜんいけない! ひどい! 不道徳きわまりない、こんなのは見るのもいやですね。はじめに母親、そしてこんどは娘。どういうことかしら?」

その意味するところは、よくないことである。ミス・マープルはそう思った。彼女は疑わしきは罰せず主義をめったにとらない。いつも最悪を考える。そして彼女の主張では、十中の九まで、それが正しかった。この二つの会合ともに、秘密の会合と彼女は判断した。二人がほとんど額を接せんばかりにテーブルの上に身を乗り出し、熱心に話しこんでいる様子を観察する。若い女の顔は……とミス・マープルは眼鏡をはずして、レンズを念入りに拭いてからかけなおした。そう、この娘は恋をしている。若い者だけにしかできない必死の恋を。しかし、いったい彼女の後見人は、彼女がロンドン中を勝手に歩きまわってバターシー公園などで秘密の出会いをしているのを放任しているのだろうか？　育ちのいい、行儀のいいあのような娘さんともあろうものが。あんまり育ちがよすぎるのにちがいない！　彼女の家のものは、おそらく彼女がどこか別のところにいるものと信じているのだろう。彼女、うそをついているのだ。

ミス・マープルはおもてへ出る時に、二人のいるテーブルのわきを、わざとらしくならないように、できるだけゆっくりと通りすぎた。あいにく、二人の声はあまりに低くて何をいっているのか聞きとれなかった。男が話をしていて、女が聞き入っていた——なかばうれしそうに、なかば心配そうにして。「二人で駆け落ちをする計画でもしているのかな？」ミス・マープルは思った。「彼女はまだ未成年だし」

ミス・マープルは公園の歩道へ通ずる垣根についている小さな門からおもてへ出た。その歩道にそって自動車が何台か駐車していたが、やがて彼女はある一台の車のわきで立ちどまった。ミス・マープルは自動車のことには特にくわしくはないのだけれど、この自動車のようなのにはめったにお目にかからないので、おぼえている。この種の自動車についてはカー・マニアの甥の息子から少々の知識を得ている。これはレーシングカーだ。名前は今思い出せないが、どこかの外国製である。そればかりではない、彼女はこの車、というかこの車とそっくりの車を、つい昨日のこと、バートラム・ホテルのすぐ近くの脇道で見かけていた。車の大きさや強力そうなその外観だけでおぼえていたわけではない。そのナンバーをじぶんの思い出とのつながりでおぼえていたのだ。ＦＡＮ２２６６。彼女はこのナンバーでいとこのファニー・ゴッドフリーのことを思いおこしていたのだ。かわいそうなファニーは発音がよくなくて、ひとつのことを何度もつかえて話すくせがあった。「に、に、にきびが、ふ、ふ、ふたつも……」

ミス・マープルは歩きながら車のナンバーを見てみた。そう、やはり彼女の記憶は正しかった。ＦＡＮ２２６６である。同じ車なのだ。ミス・マープルは刻々歩くのがつらくなってきて、すっかり考えこみながらチェルシー橋の向こう側まで来たころには、もはやすっかり疲れて、やむなく、目についた最初のタクシーを呼びとめた。彼女は何かしなくてはならない気持ちに悩まされていた。だが、何をどうすべきか？　まったく見当がつかない。彼女はニュースの掲示板をなんとなく見ていた。

〈列車強盗事件に新展開〉などとある。〈機関手は語る〉ともある。まあ！　ミス・マープルは考える――毎日のように銀行強盗や列車強盗、給料強奪があるみたい。犯罪はいよいよ手におえなくなってきたようだ。

第十三章

なんとなく大きなハナバチを思わせるような主任警部のフレッド・デイビーが捜査課の中を鼻歌まじりに歩きまわっていた。これはみんながよく知っているこの人の変わった癖で、別に誰の注意もひきはしない。「またおやじさんのうろつきまわりが始まったな」といわれるくらいのものでしかない。

主任警部のこのうろつきは、やがてキャンブル警部の部屋へと行きつく。キャンブル警部は退屈そうな顔をしてデスクに向かっていた。なかなか夢多き青年なので、今の職業が退屈でしかたがない。とはいえ、命じられた仕事はよく処理し、上々の成功をおさめてもいる。腕はしっかりしているので、上司も激励と賞讃のことばをかけてやることにしていた。

「おはようございます」とキャンブル警部は、〝おやじさん〟が部屋へはいって来ると丁重にいった。デイビー主任警部のことを、みんなが呼んでいるように彼もまた陰では

〝おやじさん〟と呼んでいるのだが、どうもまだ面と向かっていえるほど古参でない。

「主任、ぼくにご用でしょうか？」

「ラ、ラ、ブームブーム」と主任警部はいささか調子はずれの鼻歌をやっている。「〝あたしのこと、どうしてみんなはメリーってばっかりいうのかしら？　あたしの名前はミス・ギブズなのに〟」ととんでもない昔のミュージカル・コメディのなつかしのメロディをやってのけたあと、主任警部はいすをひきよせると腰をおろして、

「いそがしいかね？」ときいた。

「ええ、まあ」

「なにか、あのホテルに関係のある失踪事件だかがあったそうじゃないか。ええと、そのホテルの名はなんだったっけな？　バートラムか。そういうんだったたな？」

「ええ、そうです。バートラム・ホテルです」

「営業許可時間違反とか？　コールガールなどかね？」

「いえ、そうではありません」とキャンブル警部はバートラム・ホテルに関してそんなことをきかれて、ちょっと驚いた。「あそこはたいへん静かで善良な古風なホテルですが」

「そうかね？」と、おやじさんがいうのだ。「そう、そうかね？　うん、そいつはおも

しろい」

なぜそんなことがおもしろいのかキャンブル警部には見当がつかなかった。が、きき返したくもなかった。というのは、犯人にしてみればみごとに成功をおさめた例の郵便車強盗事件以来、上役たちのごきげんがすこぶるよくないからである。キャンブル警部はおやじさんの大きくてずんぐりした牛みたいな顔を見ながら、前にも何度か考えたことだが、このデイビー主任警部のような人がいったいどうして現在の地位にまで昇進し、捜査課でも重きをなしているのか、どう考えてもわからなかった。「まあ若い時には、この人もよかったんだろうな」とキャンブル警部は考える。「しかし、この枯木野郎がいなくなっても、昇進の資格のあるのがいっぱいいるんだからな」ところが、その枯木野郎はまた歌をはじめた──時々文句をはさんでの鼻歌である──

「〝もしもし、やさしい見知らぬお方さま、あなたのようなお方が、まだほかにいらっしゃいましょうか?〟」抑揚をつけてやりだしたと思ったら、急に裏声になって、「〝少しはおります、それはそれはやさしい娘たちが〟……いや、これは男と女を逆にいっちまったな。〈フロラドラ〉というんだよ。いいミュージカルだったよ」

「ぼくも聞いたことがあります」とキャンブル警部がいった。

「きっと、お母さんがきみをねんねさせる時にうたったんだと思うよ」とデイビー主任警部。「ところでと、バートラム・ホテルだが、何があったんだって？　失踪したのは誰なのかね？　そのわけは、その情況は？」

「大聖堂評議員のペニファザーです。初老の牧師です」

「つまらん事件だね？」

キャンブル警部はちょっと笑って、

「はい。まあつまらん事件のようです」

「人相は？」

「ペニファザー牧師ですか？」

「そう……人相特徴がわかってるんだろう？」

「はい」とキャンブル警部は書類をがさがさひっぱり出して読みだした。「身長五フィート八インチ。豊かな白髪。猫背……」

「バートラム・ホテルから失踪したのは……いつかね？」

「約一週間前で……十一月十九日です」

「それで、今になって届け出たというわけだね。ちょっとひまがかかりすぎてるんじゃないかね？」

「はあ、そのうち帰ってくると思っていたんじゃないでしょうか」

「何か、裏があるとは思わんかね？」とおやじさんがきいた。「信仰厚いりっぱな人物が、突然教会執事の細君などと駆け落ちするとか？　それとも、ひそかに飲酒をしていたとか、教会の基金を使いこんだとか？　それとも、ふだんから物忘れ屋で、これまでにもよくこんなことがあったとか？」

「はい。ぼくの聞きました限りでは、後者のようであります。前にもこんなことがあったそうです」

「なに……ウェスト・エンドあたりのりっぱなホテルから失踪したのかね？」

「いえ、そうではありませんが、予定どおりには帰宅しないことがよくあったそうです。時には、約束もないのに友人の家へやって来て泊まりこむとか、約束があるのにその日にはやって来なかったりとか、そんなことがあったそうです」

「なるほど」とおやじさん、「なるほどね。うん、たいへんうまいぐあいで、自然で、また計画どおりと思わんかね？　失踪した日は正確にいつだといったかね、きみ？」

「木曜日です。十一月十九日。どことかの会議へ出席するとかで……」とキャンブル警部はかがんでデスクの上の書類を調べ、「あ、ルツェルンでした。聖書歴史研究協会です。これは英語に翻訳された名でして、もとはドイツの協会らしいです」

「その協会の会議がルツェルンで開かれたわけだね？　このじいさん……だろう、この人？」

「はい、六十三歳ときいております」

「で、そのじいさんは、そこに姿を見せなかったと、こういうわけだね？」

キャンブル警部は書類を引きよせると、これまでに調べのついているかぎりの事実をおやじさんに伝えた。

「聖歌隊の少年とどこかへ行っちまったようでもないな」とデイビー主任警部が考えを述べた。

「ぼくの考えでは、今に彼は帰ってくるものと思います」キャンブル警部がいった。

「しかし、もちろんこちらの捜査はつづけます。主任は、その……特に何かこの件に興味を持っておられるのでしょうか？」この点、きかずにはおれなくなったのだった。

「いや」とデイビー主任警部は何か考えている様子で、「いや、この件に興味を持ってるわけじゃない。別に興味をひくようなこともないね、この件には」

ちょっと、話の間《ま》ができた。その間の中には、キャンブル警部の「それで？」という疑問符つきのことばが含まれているわけなのだが、訓練よろしきを得ているのでそれを口に出しはしなかった。

おやじさんがいう。「ほんとに興味を感じているのはね、時日のことだよ。それと、バートラム・ホテルだ」

「あのホテルなら、つね日頃から管理がよく行き届いております。問題はないと思います」

「うん、そんならいいがね」とおやじさん、そのあとにつけ加えた。「いっぺんそのホテルを見ておきたいね」

「はい」とキャンブル警部。「いつでもけっこうです。ぼくも行ってみようと思っていたところでした」

「じゃひとつ、連れていってもらうとするか。いや、よけいな口出しをしようというわけじゃない。ただ、あのホテルを見ておきたいんでね。そのきみのほうの助祭長だかなんだかの失踪事件にことよせて行けば、ちょうどいいだろう。向こうへ行ったら、上司扱いして、ていねいなことばを使ったりはしないほうがいい。きみが主役で、こっちはただのわき役ということでね」

キャンブル警部が興味を示しはじめた。

「何かあのホテルと関係ありとお考えのことでもあるんでしょうか、主任。何か他の件とつながることが？」

「いいや、今のところそういう点はないがね、しかし、きみにもわかるだろうが、なんといったらいいか……くさいという勘だね？　どうもバートラム・ホテルは、まったくうそみたいに、あまりにも完璧すぎるよ」

デイビー主任警部はまたもやハナバチみたいに鼻歌を始めていた。

ふたりの警部はいっしょに出かけていった。キャンブル警部のほうは上下揃いの背広でスマート（彼は身体つきがりっぱである）、デイビー主任警部のほうはツイードの上衣で、田舎から来たみたいなもっさりした風体にみえる。まさにいいコンビであった。ただ、宿泊人名簿から目をあげてこのふたりを見たミス・ゴーリンジの鋭い目だけは、ちゃんとこの二人の正体をそのままに見ぬいていた。ミス・ゴーリンジはペニファザー牧師の失踪の報告を聞いていたし、また警察の下っぱと話もしていたので、次にはこんな人たちがやって来るだろうとは思っていた。

ミス・ゴーリンジはいつもじぶんのすぐうしろにまじめ一方みたいな若いアシスタントをひとりひかえさせているのだが、そっと耳打ちして彼女を前へ出し、普通の問い合わせやお客のサービスにあたらせ、じぶんはやおらカウンターの少し向こうへ移って、やって来た二人の男に応対した。キャンブル警部がミス・ゴーリンジの目の前のデスクに名刺をおくと、彼女はうなずいた。そのうしろにいるツイードの上衣を着た男は、ちょっと横向きになってラウンジとそこにいる人たちを眺め、育ちのいい、上流階級の人たちを目のあたりに見て、ごきげんの様子だなと見てとった。

「事務室のほうへおいでいただけませんでしょうか？」とミス・ゴーリンジがいう。

「そのほうがよくお話ができるかと存じますので」

「あ、そのほうがいいでしょう」

「たいへんけっこうなところですな」と大きなほうの肥った牛みたいな感じの男が、彼女のほうへ向きなおりながら、「実に快適ですな」と暖炉のほうを見ながらほめる。

「まさに古きよき快適さですな」

ミス・ゴーリンジもうれしそうな様子をみせてほほえみ、

「ええ、そうなんです。お客様に満足していただきますことが、わたくしどものほこりでございます」アシスタントに向かって、「アリス、ここをみていてね。宿泊人名簿はあそこにありますからね。ジョスリン夫人がもうおみえになるころです。夫人は部屋をごらんになると、変えてくれとおっしゃるにきまってますけどね、ほかにあいた部屋がないことをよくお話ししてあげてくださいよ。どうしてもとおっしゃったら、三階の三四〇号室をお見せして。あそこはあまりいい部屋じゃありませんからね、夫人も今の部屋でご満足いただけると思うわ」

「はい、ゴーリンジさん。そのようにいたします、はい」

「それからモーティマー大佐に、双眼鏡はここにございますからといってちょうだい。今朝お預りしておいたんですから。双眼鏡なしでお出かけにならないように気をつけて」

「はい、ゴーリンジさん」

このように仕事を片づけておいて、ミス・ゴーリンジは二人の男のほうを見ながらデスクをはなれると、なんの飾りもなく、また名札や番号などもついてないドアのほうへと歩いていった。そのドアを開け、三人はちょっと暗い感じの小さな事務室へとはいっていった。そろって腰をおろす。

「行方不明の人は、ペニファザー牧師でしたね」とキャンブル警部は手帳を見ながら、「ワデル部長刑事からの報告を受けましてね。あなたから直接話をうけたまわりたいわけです」

「ペニファザー牧師が、普通申しますような意味での行方不明になられたのだとは思っておりません」ミス・ゴーリンジがいった。「先生はどこかでどなたか昔のご友人かなにかとお会いになって、そのお方とごいっしょに学者がたの会ですとか、それとも親善の会とかいったものにご出席になっているのじゃございませんでしょうか、大陸の方で……先生はたいへん忘れっぽいお方ですから」

「あなたは、ずっと以前からこの人をごぞんじなんですね？」

「ええ、もう、そうですね……五年か六年も前からずっとここへご宿泊にいらしておられますので」

「あなたご自身もここへ来られてからもう長いんでしょうな」デイビー主任警部が突然口を出した。

「ここへまいりましてから、ええ……そうですね、十四年になります」ミス・ゴーリンジがいった。

「たいへんけっこうなところですな」とデイビー主任警部がもう一度いって、「それで、ペニファザー牧師はいつもロンドンへ来ると、ここへ泊まっていたと？　そうですな？」

「ええ、いつもここへおいでになっております。前もって手紙でお部屋の予約をくわしく書いてよこされますが、手紙のほうがどちらかといえば、うっかり物忘れをなさることが少ないのでございます。こんどは十七日から二十一日までのご予約をいただきました。そのうちの一晩か二晩はよそへ行くことになっているが、その間も部屋はとっておいてもらいたいということでございました。これまでにも、よくこんなふうになさいました」

「あなたが心配しはじめたのは、いつからですかね？」キャンブル警部がきいた。

「別に心配はしておりませんでした。もちろん、困ったことなんですけれども。あの部屋は二十三日からお客様がみえることになっておりまして、気づいてみると——最初は気づきませんでしたが、先生がルガノからまだお帰りでないと……」

「こっちの報告では、ルツェルンということになってるんだが」とキャンブル警部がいった。

「ええ、ええ、ルツェルンでした。何か考古学の学会とかで。とにかく先生がお帰りになっておらず、お荷物もそのままだということがわかりまして、少々困りました。一年中の今ごろは予約がいっぱいでございまして、あのお部屋にもすぐ次の予約がございます。ライム・リジスにお住いのソーンダーズ夫人がおいでになることになってますんです。いつもあのお部屋にお泊まりになるんですの。そこへ、先生のお宅の家政婦の方から電話がありまして、心配されているとのことでした」

「その家政婦の名は、マクレイ夫人ということをシモンズ助祭長から聞いてるんだが、あなたはこの人を知ってましたかね？」

「いえ、会ったことはございませんけれど、電話では一、二度話をしております。たいへんしっかりした方のようで、ペニファザー先生のお宅にもう何年もおつとめのようです。心配されるのも当然のことですわね。この人とシモンズ助祭長のお二人で、親しいお友だちや親類などに連絡をなさったようですが、先生の消息は何もわからないそうです。それに、助祭長さんがお泊まりにおいでになるというのに、先生がお帰りにならないというのは、ほんとにおかしいことでございますからね」

「この牧師さんは、いつもこんなふうに物忘れをする人なんですかね」とおやじさんがきいた。

ミス・ゴーリンジは、それを無視した。この大きな男は、たぶんおともの平刑事なのだろうが、少し出しゃばりすぎると思ったのだ。

「そういたしますと」とミス・ゴーリンジは、うるさいといわんばかりの調子でつづけた。「そうしますと、シモンズ助祭長様のお話では、先生はルツェルンの会議のほうにも出席なさっていないということなんです」

「会議に出ないというようなことづけなどなかったですか？」

「いえ、ございません。電報のようなものもございません。第一、わたくしどもではルツェルンのことなどまったく存じておりませんでしたので……わたくしどもでは、ただホテル側としてのことだけしか関係しておりませんでして。夕刊に、先生が行方不明と出ておりましたので、はじめて知りましたようなわけなんです。新聞には先生がここにお泊まりであったことは書いてありませんでした。書いてくれないようにと願っております。新聞記者などに来てもらいたくないのです。お客様がたがめいわくなさいますので。新聞記者をここへ入れないようにしてくだされば、ほんとにありがたいんですけれど、キャンブル警部。先生はここから失踪されたわけではありませんし」

「荷物はまだここにあるんですね？」

「はい。手荷物室にございます。先生がルツェルンへおいでになっていないとしますと、交通事故の可能性もお考えでしょうか？　事故とか？」

「そういうことは起きていません」

「ほんと、ほんとにおかしなことでございますね」とミス・ゴーリンジの困った様子が変わって、わずかに興味の態度がうかがえる。「つまり、先生はどこへ、どんなわけで行かれたのか、ふしぎですね？」

おやじさんが、そのとおりといったふうに彼女のほうを見て、

「そう。あなたはホテルの立場からだけで考えとるわけですな。当然の話だが」

キャンブル警部はさらに手帳を見ながら、

「ペニファザー牧師は、たしか十九日木曜日の夕方六時半ごろ、ここを出たんでしたね。小さな一晩泊まり用のバッグを持ち、タクシーに乗る時、玄関のドアマンに文芸会館ク

ラブまでといったと」

ミス・ゴーリンジがうなずいてみせながら、

「はい。その文芸会館クラブでお食事をなさった……とこれはシモンズ助祭長様からうかがいましたが、これが先生のお姿のあった最後の場所だとおっしゃいました」

ミス・ゴーリンジの声の調子は、ペニファザー牧師の姿が最後に見かけられたのは、バートラム・ホテルでなくて文芸会館クラブでだという点を強調しているようだった。

「ま、直接事実をたしかめることができてよかった」とおやじさんがやさしいがらがら声で、「はっきり、こういうことがわかったわけだ——牧師さんは小さな青いBOAC航空か何かのバッグひとつ持って出かけたと……青いBOACのバッグでしたかな？　そう？　出かけていったが、帰ってこないと、こういうわけだ」

「そんなわけなんですから、わたくしといたしましては何もお手伝いのできることもありませんので」とミス・ゴーリンジはいすから立ちあがって、仕事のほうへ戻りたい様子をみせた。

「そう、あなたにはわたしどもの手伝いをしてもらえそうにないけれどね」とおやじさん、「誰かほかの人で、手伝ってもらえる人があるかもしれんな」とつけたした。

「誰かほかのものといいますと？」

「そう」とおやじさん。「ま、ホテルの従業員の誰かとか」

「何か知っているものなどおりませんですよ。知っていればわたくしにまず報告してくるはずです」

「そう、報告してるでしょうな。でも、ひょっとするとしていないかもしれない。というのはですな、何かはっきりと知っているものがいれば、おそらくそのことをあなたに話したことでしょう。が、わたしが考えてるのは、それよりも、牧師さんが何かいっていたかな、ぐらいのことなんです」

「それはどんなことでしょうか？」ミス・ゴーリンジはわからないといった顔つきをした。

「なに、ほんのちょっとしたことばで、手がかりになるようなものですな。たとえば、〝どうも、アリゾナで会ったきり会っていない旧友と今夜は会うことになってる〟とか、〝どうも、姪の娘の堅信礼で、来週はその姪のうちに行かなくちゃならんのです〟とかいった類のことばですな。ことに、物忘れしやすい人の場合は、こういう手がかりがとても役に立つもんです。つまり、その人がどんなことを考えていたかがわかりますからな。牧師さんは文芸会館で食事をしたあと、タクシーに乗って〝さてと、わしはどこへ行くんだっけ？〟などと考える。そして、ああそうだ、と頭の中にあった堅信礼にぜひという話なんかを思い出して、そっちへ向かうというあんばいのことですな」

「なるほど、おっしゃる意味がわかりました」ミス・ゴーリンジはちょっと疑わしそうに、「どうもそのようなことはなかったと思いますけれど」

「ま、運にまかせましょう」とおやじさんは陽気に、「ところで、ここにはいろんなお客さんがおりますね。ペニファザー牧師はしばしばここに泊まりに来ていたというからには、中には知った人もおるでしょう」

「ええ、それはもう。そうですね、ちょっとお待ちください。そうそう、先生がセリナ・ヘイジー夫人とお話をしてらっしゃるのを見かけたことがあります。それから、ノーイッチの主教様。昔からのお友だちのようです。オクスフォード大学でごいっしょでしたとか。それから、ジェームスンさんとそのお嬢さんがたですね。同じ土地からおいでの方です。それにまだいろいろなお方がいらっしゃいます」

「そこでですね」とおやじさんがいう。「牧師さんはこのうちの誰かと話をしているかもしれない。何かほんのちょっとしたことを話していたとしても、手がかりになるかもしれない。牧師さんのよく知った人で、今ここに滞在している人はおりませんかな？」

ミス・ゴーリンジは眉根を寄せて考えていたが、

「ええ、まだラドリー将軍がご滞在中だと思います。それに、田舎のほうからおいでになってるお年寄りのご婦人がいらっしゃいます……なんでも、まだ若い娘時代によくここへお泊まりになったとおっしゃっていました。ええと、今ちょっとその方のお名前が思い出せませんけれど、あとでお知らせいたしましょう。あ、ミス・マープルでした。その方がペニファザー先生をごぞんじじゃないかと思いますけど」

「そう、じゃそのおふたりから始めることにしようかな。それからと、メイドさんがおるでしょうな」

「ええ、もちろんおります。でも、もう前にワデル部長刑事がお調べになりましたんですよ」

「知ってます。だが、今いったような方面からはまだ調べていないかもしれない。その牧師さんのテーブルに給仕をしたウェイターなどはどうですかな？　それとも給仕長とかは？」

「ええ、ヘンリーというのがおりますわ」

「ヘンリーというのは、どういう男ですかな？」

ミス・ゴーリンジはショックを受けたみたいな顔をした。彼女にとってヘンリーを知らない人間がいるなどとは考えられないのである。

「ヘンリーはこのホテルの主《ぬし》のような男なんですよ。ここへはいっておいでになった時に、お茶の給仕をしていた男にお気づきになったと思いますけど」

「なかなかの人物とみえますな。そういえば、見かけました」

「ヘンリーがいなくては、わたくしなどもどうしてよいかわからないくらいなんですよ」とミス・ゴーリンジは感情をこめていった。「ほんとにすばらしい人物なんです。このホテルの雰囲気を作ってる人ですから」

「ではひとつ、このわたしにもお茶を給仕していただきましょうかな」とデイビー主任警部がいった。「マフィンなども給仕していたようでしたな。おいしいマフィンなら、大好物でしてね」

「ええ、どうぞ、およろしかったら」とミス・ゴーリンジが少し冷ややかにいった。

「おふたりにお茶をラウンジのほうでお出しするように申しましょう」とキャンブル警部のほうへ向いてつけたした。

「それはどうも……」とキャンブル警部がいいかけた時、いきなりドアが開いて、例の尊大ぶった様子のハンフリーズ氏が現われた。

ちょっとびっくりした様子だったが、次には何か問いたげにミス・ゴーリンジを見つめた。ミス・ゴーリンジが説明する。

「こちらのおふたりは、警視庁からおいでになったんです、ハンフリーズさん」

「警部のキャンブルです」キャンブルがいった。

「あ、さようで、はいはい」とハンフリーズ氏。「ペニファザー先生の件でございましょうね？　まったく異常なことでして。何事もなければよろしいと思っておりますが」

「そうですよ、ほんとにいいお方なんですもの」ミス・ゴーリンジもいった。

「ほんとによい古風なお方でして」とハンフリーズ氏がほめた。

「ここには、だいぶたくさんの、その古風な人たちがおられるようですな」とデイビー主任警部が意見を述べた。

「ええ、まあだいぶ」とハンフリーズ氏。「ええ、なにしろこのわたしどものホテル自体が、昔の遺物なんでしてね」

「わたくしどもにはお得意様がついておられるものですから」とミス・ゴーリンジが自慢そうに、「同じ方々が、毎年くり返し来てくださいます。アメリカの方もたくさんみえます。ボストンからもワシントンからも。みなさん静かなよい方ばかりでございます」

「わたしどもの英国風の雰囲気がお気に召していらっしゃるようでしてね」とハンフリーズがひどく白い歯を見せて笑った。

おやじさんは何かを考えている様子で、そのハンフリーズを見ていた。キャンブル警部がいう——

「牧師さんからはたしかになんの伝言もなかったんですね？　誰か伝言を書きとめておくのを忘れたとか、手渡すのを忘れていたとか、そんなことはないんでしょうね？」

「電話の伝言は特別に注意して書きとめておくことになっております」とミス・ゴーリンジがことばに氷のような冷たさを含ませて、「何かの伝言がわたくしかまたは従業員の適当な誰かに伝えられないなどということは、とても考えられないことです」

と、キャンブル警部をにらみつけた。

キャンブル警部はちょっとめんくらったような顔をした。

こんどはハンフリーズ氏もことばに氷の冷たさを含ませて、「前にも同じようなお答えをすべてしてあるはずです。わたしどもでわかっております限りの情報はすでに部長刑事の……ええと名前は今思い出せませんがね」

おやじさんもちょっとたじろいだが、こんどは気楽な感じで、

「どうもね、事は少々重大な様相を呈しはじめておりましてな。ただの物忘れ事件ではなさそうなんですよ。ま、そんなわけで、あなたが名をあげられたふたり……ラドリー将軍にミス・マープルと、ちょっと二、三お話ができれば、たいへん好都合なんですがね」

「つまり、あなたがたが今のおふたりに事情聴取できるようにしてくれと、こういうわけなんですね」とハンフリーズ氏がおもしろくなさそうな顔で、「ラドリー将軍は、ひどく耳が遠いんですがね」

「あんまりおもてだったことにしないほうがいいんですね」とデイビー主任警部がいった。「みなさんにごめいわくをおかけしたくないのですな。わたしたちにおまかせ願って大丈夫。今のふたりを、ただ教えてもらえばよろしい。つまり、ペニファザー牧師が何かじぶんの予定とか、ルツェルンで誰かと会うつもりであるとか、ルツェルンへ誰それといっしょに行くつもりとか、そういったことを、ひょっとして話しているかもしれないですからね。とにかく、あたってみる値打ちはあるというわけですな」

ハンフリーズ氏は少しばかり気持ちをやわらげたようであった。

「何かまだお手伝いできることとでも？　わたしどもといたしましてはあらゆる面でご協力いたしたいと思っておりますが、ただ新聞に書きたてられることだけは困りますので、ひとつご諒解願いたいわけでして」

「よくわかりました」キャンブル警部がいった。

「それでは、メイドさんとほんのちょっと話がしたいんですがね」おやじさんがいった。「よろしかったら、どうぞ。あまりお役に立つような話はできないと思いますがね」

「まあそうでしょう。しかし、何かほんのちょっとしたこと……牧師さんが何かの手紙とか約束のことなどをいっていたとか。まったく、わからんもんですからな」

ハンフリーズ氏は時計をちらと見て、

「彼女は六時からの勤務になっておりますので」といった。「二階の係です。それまで、お茶などいかがです？」

「それはありがたいですな」とすぐおやじさんがいった。

一同そろって事務室を出た。

ミス・ゴーリンジがいう。「ラドリー将軍は喫煙室にいらっしゃると思います。その廊下の左側の最初の部屋です。きっと、暖炉の前で《タイムズ》紙をごらんになってると思います」そして遠慮がちにつけくわえた。「居眠りしていらっしゃるかもしれません。わたくしがごいっしょにまいりましょうか……」

「いや、わたしだけで大丈夫わかります」とおやじさん。「それから、もう一人の、年寄りのご婦人のほうは？」

「あそこの暖炉のわきに腰かけていらっしゃるお方です」ミス・ゴーリンジが答えた。

「白髪のふわふわした髪で、編み物をしているあの人ですな」とおやじさんがそちらのほうを見ながら、「まるで舞台に出てくる人物みたいじゃないですか。大おばさんの見本みたいで」

「今どきの大おばさんは、ああいうふうではありませんわ」とミス・ゴーリンジがいう。「おばあちゃん、ひいおばあちゃんなどでも今どきはもうああいうお方はいらっしゃいませんね。昨日も、バーローの侯爵夫人がてまえどもへおみえになりましたんですよ。このお方などもひいおばあ様なんです。こちらへはいっておいでになるのを見まして、正直、その方とは気づきませんでした。パリからお帰りになったばかりで。お顔もほんとに血色がよろしくて、髪はまったくの作りものとお見受けしましたけれど、プラチナ・ブロンドで、とてもすばらしいんです」

「いや、わたしとしてはやはり古風な感じのほうが好きですな」とおやじさん。「どうもいろいろありがとう、マダム」とキャンブル警部に向かって、「あとはわたしがやっときますから、警部。警部は大事な約束がおありでしたね」

「あ、そうだ」とキャンブルはそれと察して、「ま、大したことは出てこないと思うが、一応やってみることだな」

ハンフリーズ氏は奥の私室へ引っこみぎわに、ミス・ゴーリンジへ声をかけた。

「ミス・ゴーリンジ、ちょっと、こちらへ」

ミス・ゴーリンジはそのあとについてはいり、ドアを閉めた。

ハンフリーズ氏はあちこち歩きまわりながら、きびしい調子で、

「なんであの連中は、メイドのローズなどに会いたがってるんだね？　ワデル部長刑事が必要なことはみんな聞いていったはずじゃないか」

「ただの形式じゃないんでしょうか」とミス・ゴーリンジも不審そうだった。

「あの子にはまず、きみからなんとかいっといたほうがいいね」

ミス・ゴーリンジはちょっと驚いた様子で、「でも、キャンブル警部に……」

「いや、あのキャンブルなどは問題じゃない。もう一人のほうだよ。あれが誰だか知ってるかね？」

「まだ名前をきいてませんでした。部長刑事かなんかなんでしょう。田舎ものみたいじゃありませんか」

「田舎ものが聞いてあきれらあ」とハンフリーズ氏はいつもの優雅な態度を捨てて、「あいつ、主任警部のデイビーだよ、古ギツネ中の古ギツネだ。警視庁でも腕ききなんだよ。田舎もののまねなんぞして、いったい何をかぎ出そうってのかな。どうも、気にいらんな」

「そんなに気になさらなくても……」

「気にするもしないも、とにかく気にいらんね。ローズのほかに、誰かに会いたいなど

といっていたかい？」

「ヘンリーと話をしたいといってたようです」

ハンフリーズ氏が笑いだした。ミス・ゴーリンジも笑いだした。

「ヘンリーなら大丈夫でしょう」

「ああ、彼ならね」

「それから、ペニファザー先生を知っているお客様に、と」

ハンフリーズ氏がまた笑いだした。

「ラドリーじいさん相手ならおもしろいぞ。主任警部め、ホテル中にひびくような大声でしゃべって、けっきょくなんの得るところもなしさ。ま、ラドリーや、あのへんてこなメンドリみたいなミス・マープルのところへなら歓迎ってとこだ。それにしても、やつがそこらをかぎまわるのは、どうもひどく気にいらんな……」

第十四章

「どうもね」デイビー主任警部が考えながら、「あのハンフリーズというやつは、気にいらんな」

「何かへんなところがありますか？」キャンブルがきいた。

「うーん」とおやじさんは弁解するように、「なんだかおかしな感じがするんだ。ゴマスリ野郎だよ。あれはこのホテルの持ち主なのかな、それともただの支配人かな」

「聞いてきましょうか」とキャンブルはデスクのほうへ一歩行きかけた。

「いや、聞かなくていい」とおやじさん。「こっちで探りだすんだ……わからんようにな」

キャンブルはわからないといった顔をして、

「主任、何か気になるんですか？」

「いや、特別にこれということはないんだがね。ただ、このホテルについて、もっといろんな情報がほしいんだ。このホテルの背後にいるのは誰なのか、財政状態はどうなのか、そんなことをいろいろと知りたいね」

キャンブルは首をふりながら、

「いわせていただければ、ロンドン中でこのホテルぐらい絶対シロのところってないと思いますがね……」

「わかった、わかった」とおやじさん。「そういう評判は、すごくたいへんに効きめがあるんだよ！」

キャンブルは首を左右にふりつづけていた。おやじさんは廊下をすすんで喫煙室へと行く。ラドリー将軍はちょうど目をさましたところだった。《タイムズ》紙がひざからずり落ちてばらばらになりかかっていた。おやじさんはそれを拾いあげて揃えて、将軍に渡した。

「や、ありがとう。ご親切に」とラドリー将軍はぶっきらぼうにいった。

「ラドリー将軍ですね？」

「そう」

「失礼ですが」とおやじさんは声を大きくして、「ちょっとペニファザー牧師のことでお話がしたいのですが」

「あ？　な、なにかね？」と将軍は手を耳にかざした。

「ペニファザー牧師です」おやじさんがどなるようにいう。

「わたしの父親《ファザー》かね？　ずいぶんと前に死んだよ」

「いえ、牧師のペ、ニ、ファ、ザーです」

「あ。彼、どうしとるのかね？　こないだ会ったな。このホテルに泊まっとったよ」

「実はその、ある住所をわたしに教えていただくことになっておりましてね。その住所をあなたにことづけておくということでしたので」

これをわからせるのには相当苦労したが、しまいには成功した。

「そんな住所なぞ、わたしには何もいうておらんよ。あいつ、このわたしと誰かをまちがえとるんじゃ。あのぼんやり頭のおいぼれめ。いつもこうなんだ。学者にはよくこういうのがおるよ。年中、物忘ればかりしおる」

おやじさんは、それからもうしばらくがまんしてやってみたが、やがてラドリー将軍との会話は実際上不可能で、収穫もまずないだろうと見きわめをつけた。今度はラウンジへ行って、ジェーン・マープルに近いテーブルについて腰をおろした。

「お茶でございましょうか？」

おやじさんが見上げた。強烈な印象を受けた。ヘンリーの人柄には誰でも強烈な印象を受ける。たいへん堂々とした大男だけれど、何か、意のままに姿を消したり現われたりできる巨大な〝空気の精〟のような感じなのである。おやじさんは、お茶をたのんだ。

「ここにはマフィンもあるようだが？」とおやじさんがきいた。

ヘンリーはやわらかな微笑をみせて、

「はい、ございます。いわせていただければ、当方のマフィンは最高でございます。どなた様からもおよろこびいただいております。マフィンのご注文でございますね？　お茶は、紅茶でございましょうか、中国茶にいたしましょうか？」

「紅茶だ」とおやじさん。「セイロンのがあれば、それがいいな」

「はい、セイロン紅茶もございます」

ヘンリーが指先をちょっと動かすしぐさをすると、顔色の青白いその部下の青年が、さっそくセイロン紅茶とマフィンを取りにいった。ヘンリーはまことに優雅な態度でどこかへ消えた。

「なかなかたいしたもんだな、おい」とおやじさんは考える。「どこでやつらにつかまって、いくらもらってるんだい。けっこうもらってるんだろうが、それだけのことはあるな」ヘンリーは一人の老婦人のところで、父親のような態度でもってかがみこんで話をしている。ヘンリーはわたしのことをどう考えてるだろうか――おやじさんは考える

――わたしはバートラム・ホテルにぴったりに見えるだろう。ひょっとすると、豪農紳士かもしれないし、競馬の賭け屋そっくりの地主貴族かもしれない。おやじさんはそういう貴族をふたり知っている。ま、万事合格だな、と思う。が、同時に、ヘンリーの目をうまくごまかしきれなかったかな、とも思った。「うん、なかなかたいしたもんだな、おまえさんは」おやじさんはもう一度あらためて、思った。

紅茶とマフィンが来た。おやじさんは、ぱくつく。バターがあごへ流れ落ちる。それを大きなハンカチでふいた。砂糖をたくさん入れて、紅茶を二杯飲んだ。それから、身をのりだして、すぐとなりに腰かけている婦人に、話しかけた。

「失礼ですが、ジェーン・マープルさんじゃありませんか？」

ミス・マープルは編み物から目をはなして、デイビー主任警部をじっと見ながら、

「はい、そうですよ」

「話しかけたりして、どうか悪く思わないでいただきたい。実は、私は警察官なんでして」

「そうですか？　何かここでたいへんなことでもあったんじゃないでしょうね？」

おやじさんはあわてて、いつものおやじさんらしい態度をみせて、

「いや、どうかご心配なく。あなたのおっしゃるような、そんなことではないんですよ。

強盗とかなんとか、そういったことではありません。ある忘れっぽい牧師さんについてのちょっとしたことなんです。なんでも、あなたがその牧師さんのお知り合いだそうで。ペニファザー牧師の」

「ああペニファザー先生ですか。ついこないだ、ここにおられましたんですよ。ええ、あのお方、ちょっと存じあげております、だいぶ以前からね。おっしゃるように、あのお方はたいへん忘れっぽいお方でしてね」と、こんどはちょっと興味をひかれた様子で、「何をなさったんでしょう、こんどは?」

「それがですね、まあいうなれば、じぶんを忘れてしまわれたんです」

「おやおや」とミス・マープル。「どちらにおいでのはずなんでしょう?」

「ごじぶんのクロース大聖堂へ帰ってなくちゃならんのですがね、それが帰っておられないんです」

「わたしには、ルツェルンの何かの会議に行くんだとおっしゃってましたよ。なんでも死海文書のことについての会だとかいうことでした。先生はヘブライ語とアラム語の権威でいらっしゃいますからね」

「ええ、それはそのとおりなんですがね……そのルツェルンへ先生は行くはずになってたんですけれども」

「とおっしゃいますと、先生はあちらにいらっしゃらなかったんですか？」

「ええ、行っていないんですな」

「あ、それでは、きっと先生、日にちをまちがえていらしたんですよ」

「ええ、ありそうなことですな、まったく」

「こんなことは、あのお方、今はじまったことじゃないんですよ。いちど、あのお方といっしょにチャドミンスターでお茶をいただくことになっておりましたの。ところがお宅にいらっしゃらないんです。家政婦の方がいってらっしゃいましたよ、ほんとに先生は忘れっぽくて困りますって」

「先生がこちらに滞在中、何か行先のヒントになるようなことを話されていませんでしたかな？」おやじさんはくつろいだ開放的な調子で、「つまりですな、このルツェルン会議とは別に、旧友と会うつもりとかなんとかいった計画が牧師さんにあったとか」

「いいえ、別にございませんでしたね。ルツェルンの会議のことだけしかお話しになってませんでした。会議はたしか十九日だとおっしゃってましたけど、そうなんでしょうか？」

「そうなんです、その日がルツェルンの会議の日取りなんですよ」

「でも、わたしは特別にその日取りをおぼえていたわけではありませんでね、つまりその……」とよく年寄りの婦人にありがちなようにミス・マープルも話にのめりこみはじめた。「先生は十九日とおっしゃったように思いますし、いえ十九日とおっしゃいましたね。でも、先生が十九日とおっしゃったのは、ほんとは二十日のおつもりだったのかもしれませんしね。つまり、先生は二十日のことを十九日と思っておられたのか、それとも十九日のことを二十日と思っていらしたのかもしれませんね」

「はあ……」とおやじさんも少々わからなくなった。

「わたしのいい方がよくありませんでしたね」とミス・マープルがいう。「でも、ペニファザー先生のようなお方は、どこそこへ木曜日に出かけるとおっしゃっても、ほんとは木曜日ではなくて水曜日か金曜日かもしれないと、きくほうではあらかじめ覚悟しておく必要がありますね。ま、たいていは気がつくものですけれど、時には気がつかないままのことだってありますものね。わたしの感じでは、何かそんなようなことがあったんじゃないかと思うんですけれど」

おやじさんは少々めんくらった様子で、

「マープルさん、あなたのお話では、ペニファザー牧師がルツェルンへは行かなかったことを知っておられたように聞こえますがね」

「ええ知っておりましたよ、先生は木曜日にはルツェルンへおいでになっておりませんでした。先生はずっと一日中このホテルにおいででした……といいましょうか、ほとんど一日中と申しましょうかね。ですから、わたしは思ったんです、先生はわたしに木曜日とおっしゃってましたけれど、ほんとは金曜日のことをいっていらっしゃったんだなって。先生は木曜日の夕方、BEAのバッグをお持ちになって、たしかにこのホテルをお出になりましたけれどね」

「そのとおりですね」

「ですから先生は空港へおいでになったものとばかり思っておりました」とミス・マープルがいう。「だから、先生が帰っておいでになったのを見まして、びっくりしたんですよ」

「ちょっと失礼……今、〝帰っておいでになった〟といわれましたが、それはどういうことです?」

「このホテルへ帰っておいでになったということですけれど」

「ええと、そこのところをひとつはっきりさせましょうかね」とおやじさんはあいそよく、また頼もしさをおぼえさせるような調子で、決してこれがたいへん重大なこととは感じさせないように気をつけながら、「あなたはあのおいぼれ……じゃない、牧師さんが小さなバッグをひとつ持って夕方早く空港へ出かけていくのを見られた、とこういうわけですね？」

「はい。六時半ごろ、といいますか、七時十五分前ぐらいでしたね」

「ところが、その牧師さんが帰ってきたとおっしゃいましたね？」

「きっと飛行機に間に合わなかったんじゃないでしょうか。そうすれば話が合いますもの」

「帰ってきたのは、いつなんです？」

「さてそれはよくわかりませんね。先生が帰ってこられるところを見ていたわけではありませんから」

おやじさんはめんくらって、「ええ、あなたは牧師さんが帰ってきたのを見たとおっしゃったじゃありませんか？」

「ええ、あとで見たんですよ。先生がホテルへはいってこられるところを見ていたと申しあげたのではありません」

「では、あとで牧師さんを見たと？　いつです？」

ミス・マープルは考えこんだ。

「ちょっと待ってくださいよ。午前三時ごろでしたね。わたし、よく眠れませんでね。何かで目をさましたんですよ。何かの音でした。ロンドンにはほんといろんないやな音がございますね。時計を見ましたら、三時十分過ぎでした。どういうわけかよくわかりませんが、何か不安になりましてね。ドアの外で足音がしたのかなと思いました。田舎に住んでおりますと、夜中に足音を聞くのはとてもこわいことでしてね。それで、わたし、ドアを開けて、外をのぞきました。そうしますと、ペニファザー先生が、ちょうどお部屋を出られるところでした……おとなりが先生のお部屋なんです……そして、階段を下へおりていかれました、オーバーを着て」

「牧師さんがオーバーを着て、部屋から出ると階段をおりていったと、朝の三時に？」

「はい、そうです」とミス・マープルはいってから、つけくわえた。「どうもおかしいとは思ってたんですけれどね、その時から」

おやじさんは、しばらくミス・マープルを見つめていたが、「どうして今までこのことを誰かにいわれなかったんです？」

「どなたも聞く人がありませんでしたからね」とミス・マープルは率直にいった。

第十五章

おやじさんは深いため息をついて、

「なるほど。誰もあなたに聞く人はなかったでしょうな。まさに簡単明瞭です」

とふたたびだまりこんでしまった。

「何か先生にあったんでしょうか、どうなんです?」ミス・マープルがきいた。

「もう一週間以上になりますよ」とおやじさん。「牧師さんは心臓発作を起こして街頭で倒れたわけではない。事故で病院に収容されてもいない。とすると、いったいどこにいるか? 牧師の失踪は新聞にも報道されましたが、誰もまだ情報を持って出てくる人がいないのです」

「新聞を見ている人がいないんじゃないでしょうか。わたしだって見ておりませんもの」

「いやまったく、これは」とおやじさんはじぶんの考えをたどるように、「これは、牧師がじぶんから行方をくらましたようにしか思えんな。真夜中にホテルを出ていくなんて。たしかですな、この点は?」とミス・マープルにきびしく問いかけた。「まさか夢を見ていたわけじゃないでしょうね?」

「絶対に確かなことですよ」とミス・マープルもいいきった。

おやじさんは立ちあがると、

「では、メイドに会ってみることにしましょう」

おやじさんは勤務中のローズ・シェルドンをみつけて、その気持ちのよい人柄に見ほれた。

「仕事のじゃまをして申しわけないがね、前に一度部長刑事と会ってるね、あなた。例の行方不明の人についてのことなんだ。ペニファザー牧師」

「ええ、たいへんおやさしい方です。よくこちらにお泊まりになられます」

「うっかりの物忘れ屋さんでね」とおやじさんがいった。

ローズ・シェルドンはその上品な顔だちに、つつましやかな微笑をみせた。

「ええと、ところで」とおやじさんは手帳をくるようなふうにみせかけながら、「あなたが、最後にペニファザー牧師を見たのは……」

「木曜日の朝でございます。十九日の木曜日です。今晩と、それからたぶんその次の晩も帰らないよとおっしゃってました。なんでも、ジュネーブへおいでになるとかでした。いえ、スイスのどこかにですね。シャツを二枚洗っておいてくれとお渡しになりましたので、次の日の朝にはできあがりますと申しておきました」

「そして、それが牧師さんを見かけた最後だったわけだね？」

「はい、さようでございます。わたしは午後には勤務がございません。六時に、勤務にもどります。もうその時には、先生はお出かけになっておられたか、それとも階下へおりていらしたのかと思います。お部屋にはいらっしゃいませんでした。スーツケースが二個残っておりました」

「なるほど」とおやじさんがいった。その二個のスーツケースの中身はすでに調べてあったが、別に手がかりになるようなものはなかった。おやじさんがつづける。「翌朝、あなたは牧師さんの部屋へ行ったかね？」

「お部屋へですか？　いいえ、まいりません、もうご出発になったあとですもの」

「ふだんは、どんな仕事をやってるのかね……朝早くお茶を持っていくとか……朝食を持っていくとか」

「朝のお茶を持ってまいります。朝食はいつも階下でなさいます」

「じゃ、次の日は一日中、牧師さんの部屋へは入らなかったわけだね？」

「いいえ、そんなことはございません」とローズはひどく驚いた様子で、「いつものようにお部屋へはいりました。シャツをお届けいたしましたのも、そのひとつですし。それから、もちろん、お部屋のお掃除もいたしました。どのお部屋も毎日お掃除をするんですよ」

「ベッドには寝たあとがあったかね？」

メイドはおやじさんをじっと見ていたが、「ベッドでございますか？　いいえ」

「くしゃくしゃになっていたとか、しわがよっていたとか？」

メイドは首を横にふってみせた。

「浴室のほうはどうだった？」

「タオルがひとつしめっておりましたが、前の晩にお使いになったものと思います。お出かけ前にお手をお洗いになったものでございましょう」

「それから、牧師さんが、夜おそく……真夜中過ぎてから部屋へ帰ってきたような様子はなかったかね？」

メイドはとまどった様子でおやじさんを見つめていた。おやじさんは口を開いたが、また閉じてしまった。牧師の帰還のことは何も知らないか、それとも大した女優なのか、である。

「牧師さんの服などは、どうだったかね？　スーツケースにしまいこんであったかね？」

「いいえ、衣裳戸棚の中にかけてございました。まだ先生はあのお部屋をとっていらしたんですからね」

「すると、部屋を片づけたのは誰かね？」

「ゴーリンジさんの指示でした。新しくご婦人のお客様があのお部屋へみえることになりましたので」

きちんと筋道のとおった話であった。しかし、あの老婦人が金曜の朝三時にペニファザー牧師が部屋を出ていくのを見たというのが正しいとすれば、牧師はあの部屋へいつか帰ってきていなければならないのである。牧師がホテルへはいって来るのを見たものはいない。何かわけがあって、人の目につくのを避けていたのだろうか？　部屋にいたという痕跡も残していない。ベッドに横になった形跡もない。ミス・マープルの話はみんな夢なのだろうか？　あの年になると、そんなこともありそうなことである。おやじさんはあることを思いついた。

「牧師さんの航空バッグはどうなっていたかね？」

「失礼ですけれど、なんとおっしゃいましたの？」

「小さいダーク・ブルーのバッグ……BEA航空かそれともBOAC航空のバッグだな……見かけたにちがいないと思うが？」

「ああ、あれ……ええ、見ました。でも、もちろん、あのバッグを持って外国にお出かけになったのでございましょう」

「ところが、牧師さんはその外国へは行っていないんだ。スイスには行っていないんだよ。とすると、バッグも残していったはずだ。それとも、帰ってきてほかの荷物といっしょに残しておいたと思うがね」

「はい……はい……わたしにはよくわかりませんけれど……そうなさったでしょうね」

おやじさんの頭の中に、ふいとひとつの考えが浮かんだ――ホテルの連中、このことはまったく教えてくれなかったのか？

メイドのローズ・シェルドンはたいへん冷静で、てきぱきしていた。ところが、この質問がすっかり彼女を動揺させてしまった。どう答えていいのかわからない様子だった。しかし、彼女は知っているはずなのだ。

牧師はバッグを持って空港へ行って、空港から引き返している。バートラム・ホテルへもどって来たとすると、バッグもいっしょに持っていたはずである。だが、ミス・マープルは、牧師が部屋を出て階段をおりていったという話の中で、まったくバッグのことにはふれていない。

たぶん、バッグは寝室に残されていたのだろうが、スーツケースといっしょに手荷物室には収納されていなかった。どうしてか？　牧師がスイスへ行ったことになっているからか？

おやじさんはメイドのローズに丁重に礼をいって、また階下へおりてきた。

ペニファザー牧師！　なかなか不可解な人物、ペニファザー牧師。スイスへ行くということをいいふらしておいて、そのスイスへは行っていず、誰にも見られないようにこっそりとホテルへ戻って、早朝にふたたび出かけていった（いったい、どこへ？　何をしに行ったのか？）。

うっかりの物忘れ屋ということだけで、これらのすべての説明になるものだろうか？そうでないとすると、いったいペニファザー牧師は何をたくらんでいるのか？　そして、それよりもっと重大なことは、いったい牧師はどこにいるのか？

おやじさんは階段のところから、疑い深い目つきでラウンジにいる人たちを見おろしながら、これがみんな見かけどおりの人たちなのかどうかわからなくなった。老人、中年の人たち（若い人はまずいない）、昔風のきちんとした人たち、ほとんどの人が富裕そうで、みんなりっぱな人柄の人たちばかりである。陸海軍関係の人たち、法律家、牧師といった人々。ドアの近くには、アメリカ人夫妻、暖炉の近くにはフランス人一家といったあんばい。けばけばしい感じの人もいないし、場所がらに合わないような人もいない――大部分の人たちが、英国古来の午後のお茶を楽しんでいる。このような古風な午後のお茶を出している場所で、何か重大な事件などが起こりうるものだろうか？

フランス人の夫がその妻に、まさにぴったりのことばをいった。

「五時のお茶《ル・ファイブ・オ・クロック》、まさに英国らしいね？《セ・ビアン・アングレ・サ・ネ・ス・パ》」とまわりを賞讃の目で見まわしていた。

「ふん、五時のお茶か」とデイビー主任警部はスウィングドアからおもてへ出ながら思う。「五時のお茶なんてものは、もうとっくの昔になくなった習慣ってこと、ごぞんじないね、あの人は！」

おもてではアメリカ風の大型衣裳ケースやスーツケースの数々がタクシーに積みこまれるところであった。エルマー・キャボット夫妻なる人たちがパリのヴァンドーム・ホテルへとご出発らしい。

歩道の端のところで、そのエルマー・キャボット夫人が、わきのご主人へ向かって所見を述べているところだ。

「ペンドルベリーさんがおっしゃったとおりだったわね。ここは、ほんとに昔風の英国ね。すてきにエドワード王朝風で。今にもエドワード七世がお見えになって、そこへ腰かけられ、午後のお茶でもあがりそうな気がするわ。来年、また必ずここへ来たいわね、ほんとに」

「うん、よぶんな百万ドルでもあればね」と夫が冷ややかにいった。

「まあ、そんなにはかかってないわよ、エルマー」

荷物の積みこみが終わり、キャボット氏が期待どおりのチップの手つき、そして背の高い玄関のドアマンが、「ありがとうございました」と小声でいった。タクシーが走り去る。ドアマンがこんどはおやじさんに注意を向けた。

「タクシーでございますか？」

おやじさんはドアマンを見上げる。

身長六フィート以上。なかなかの男前。ちょっとやつれ気味。もと軍人。勲章多数——みんなほんものらしい。ちょっと悪知恵が働きそうか？　大酒飲み。

おやじさんが口に出していった。「もと軍人かね？」

「さようでございます。アイルランド近衛兵です」

「陸軍の勲章のようだが、どこでもらったのかね？」

「ビルマです」

「名前は？」

「マイケル・ゴーマン。軍曹です」

「ここの仕事はいいかね？」

「平穏無事なところですからね」

「ヒルトン・ホテルなどのほうがいいんじゃないかね？」

「いいえ、こちらのほうがよろしゅうございます。おいでになるみなさんがよい方ばかりですし、アスコットやニューベリー競馬のお好きな紳士方もたくさんおみえになりましてね。その方々から、時にはたいへんけっこうなチップなどいただきますので」

「あ、なるほど、きみはアイルランド人でギャンブル好きというわけだね？」

「おっと。しかし、ギャンブルぬきの人生なんて、どうなんです？」

「平穏無事で退屈ということになるね」とデイビー主任警部がいう。「ちょうどこのわたしの人生みたいにね」

「ほんとにそうでしょうか？」

「わたしの職業がわかるかね？」とおやじさんがきいた。

アイルランド人はにやにやして、

「怒らないでくださいよ。でも、まずあなたさまは警察のお方だと思いますがね」

「一発であたったね」とデイビー主任警部。「きみ、ペニファザー牧師をおぼえているかね？」

「さあて、ペニファザー牧師……どうも、おぼえがないようなんですが……」

「年寄りの牧師さんだよ」

マイケル・ゴーマンは笑いだして、

「ここでは牧師さんときたら、いつもめじろおしですからね」

「今いった人は、このホテルから失踪したんだよ」

「あ、その人が！」ドアマンはちょっと驚いた様子だった。

「知ってるのかね？」

「あのお方のことで、みんながいろんなこと聞きますんでね。でも、わたしが知っていることといえば、あの方をタクシーにお乗せして、あの方が文芸会館へ行かれたということだけなんです。それがお見かけした最後ですよ。誰かがいってましたが、あの方はスイスへ行かれたんだそうですが、向こうへは着いておられないそうで。迷子になられたんですかね」

「その日、あとでその牧師さんを見かけなかったかね？」

「あとでですか……いえ、見かけませんでしたね」

「きみの勤務は何時に終わる？」

「十一時半です」

デイビー主任警部はうなずくと、タクシーは断わって、ポンド街をゆっくりと歩いていった。一台の自動車が、歩道の端のデイビーのわきを轟音を立てて走りすぎたと思うと、ブレーキをきしませてバートラム・ホテルの前でとまった。デイビー主任警部はゆっくりとふりかえって、ナンバーを見た。FAN2266。そのナンバーにはなんとなくおぼえがあったが、思いだせなかった。

デイビーはもと来た道をゆっくりと引きかえしはじめた。ホテルの入口へ着いたころには、もう車の男は中へ入り、早くも出てくるところだった。その男と車とはよく感じが合っていた。車はレーシングカーで、白の車体にきらめく長いラインが入っている。若い男は同じように優秀な猟犬の感じで、ハンサムな顔に、身体にはむだな肉のひとすじもない。

ドアマンが車のドアを開けてやると、若い男はぽいととび乗って、ドアマンに硬貨を一つ放ってやって、強力なエンジンの爆音を立てて走り去った。

「ごぞんじでしょう、今の人?」とマイケル・ゴーマンがおやじさんにいった。

「ともかく、危険なドライバーだね」

「ラジスロース・マリノスキーですよ。二年前のグランプリの優勝者で……世界チャンピオンなんですね。去年ひどい事故をやってます。もう大丈夫ってことですがね」

「まさか、あれがバートラム・ホテルに泊まってるんじゃなかろうね。まったく場ちがいだからな」

マイケル・ゴーマンはにやにやして、

「いいえ、あの人はここには泊まっていません。でも、あの人のお友だちが……」とウィンクをしてみせた。

縞のエプロンをつけたポーターがアメリカ風のぜいたくな旅行用具を運び出してきた。その荷物がダイムラーのハイヤーにきちんと積みこまれるのを、おやじさんはぼんやり眺めながら、ラジスロース・マリノスキーについて知っていることを思い出そうとしていた。向こうみずの冒険野郎で……うわさでは、なんでもあるたいへん著名な女性との関係があるとか……その女の名はなんだっけ？……スマートな衣裳ケースを眺めながら、おやじさんはそこを立ち去ろうとしたが、ひょいと気が変わって、ふたたびホテルへはいって行った。

デスクへ行くと、ミス・ゴーリンジにホテルの宿泊人名簿の閲覧を申し入れた。ミス・ゴーリンジはホテルを出るアメリカ人たちの世話に忙しく、名簿をカウンターの上に突き出すようにしてよこした。デイビーはページをくってみる。

セリナ・ヘイジー夫人――ハンプシャ、メリフィルド、リトルコテージ。
ヘネシー・キング夫妻――エセックス州エルダーベリズ。
ジョン・ウッドストック卿――チェルトナム市ボーモン・クレセント五番。
セジウィック夫人――ノーサンバランド州ハースティング・ハウス。
エルマー・キャボット夫妻――米国コネチカット州。
ラドリー将軍――チチェスター市グリーン一四番。
ウルマー・ピキントン夫妻――米国コネチカット州マーブルヘッド。
ボービュ伯爵夫人――サン・ジェルマン・ナン・レイ、レ・サパン。
ミス・ジェーン・マープル――マッチ・ベナム、セント・メアリ・ミード。
ラスコム大佐――サフォーク州リトルグリーン。
カーペンター夫人、エルヴァイラ・ブレイク。
ペニファザー牧師――チャドミンスター、クロース。
ホルディング夫人、ホルディング、オードリー・ホルディング――カーマントン、荘園。
ライスビル夫妻――米国ペンシルベニア州バレーフォージ。

バーンステイブル侯爵──ノースデボン、ドゥーン城。……

バートラム・ホテル滞在客の断面図を見るようである。客には一種のパターンがあるようだ……

名簿を閉じる時、ずっとはじめのほうのページに、ウィリアム・ラドグローブ卿という名があるのが目についた。

ラドグローブ判事といえば、かつてある銀行強盗現場の近くで、見習い警官が目撃している人だ。ラドグローブ判事も、牧師のペニファザーも、ともにバートラム・ホテルの常連……

「お茶はいかがでございましたでしょうか？」

ヘンリーだった。すぐわきへ来て立っていた。たいへん丁重な口のきき方で、完璧な主人役としての心づかいがあった。

「いや、たいへんけっこう。ここ何年で、あんなおいしいお茶ははじめてだよ」デイビー主任警部がいった。

まだ勘定を払っていないことに気がついた。払おうとすると、ヘンリーは手をあげて断わって、

「いえ、けっこうでございます。あなた様のお茶のお勘定はこちらもちだとハンフリーズさんからのおいいつけでして」

ヘンリーはどこかへ行ってしまった。おやじさんはヘンリーにチップをやるべきかやらざるべきか、迷ったままになってしまった。この社交問題についてはヘンリーのほうがデイビーよりもはるかに心得ていることに考えおよぶと、デイビーは赤面した。

通りへ出て歩きだしたデイビーは、ふと立ちどまった。手帳を取りだすと、ある名前と住所を書きつけた――大急ぎで。電話ボックスへ入った。一か八かやってみる気になっていた。地獄だろうと高潮だろうと、この勘にすべてをかけようと思った。

第十六章

ペニファザー牧師は衣裳ダンスが気になってならなかった。すっかり目がさめる前から気になっていた。だが、それも忘れて、また眠りこんでしまった。しかし、もう一度目を開けてみた時にも衣裳ダンスはやっぱりあるべき場所になかった。窓に向かって左わきを下にして寝ているのだから、衣裳ダンスは左側の壁の窓と彼との間にあるべきなのだ。ところが、そこにないのである。右にあるのだ。それが気になる。ひどく気になって、しまいにはいやになってきた。頭がひどく痛いことはわかっているのだが、そこへもってきて、衣裳ダンスがいつもあるべきはずの場所にないなんて……そこでまた目をつぶってしまった。

こんど目がさめた時には、もう少し部屋が明るくなっていた。まだ夜明けではなかった。夜明け前のほのかな明るさであった。「なんてことだ」とペニファザー牧師はひとりごとをいった。衣裳ダンスの問題が突然に解けたのだ。「ばかな！　ここは家じゃない。

い」

気をつけて身体を動かしてみる。そう、これは自分のベッドではない。うちから遠くへ来ているのだ。では、いったい、どこにいるのか？　あ、いうまでもない、ロンドンへ来ている。そうじゃなかったかな？　バートラム・ホテルにいる……いや、そうじゃない。バートラム・ホテルなら、ベッドは窓のほうへ向いていたはずだ。すると、バートラム・ホテルでもない。

「いったい、どこにいるというんだ？」ペニファザー牧師がいった。

そこで、ルツェルンへ行くところだったことを思い出した。「そうだそうだ」とひとりごと。「ルツェルンにいるんだ」そこで読みあげることになっていた報告書のことを考えはじめた。あまり長くは考えられなかった。報告書のことを考えると、頭が痛みだすようなので、また眠りはじめた。

次に目がさめた時にはもっと頭がはっきりしてきていた。また、部屋もずっと明るくなっていた。自宅にいるのでもなし、バートラム・ホテルでもなし、ルツェルンでないこともたしかである。ここはどこかのホテルの寝室でもない。ペニファザー牧師は部屋の中をよく見まわしてみた。家具がほとんどない、変な部屋である。食器戸棚のようなものが一つ（これを衣裳ダンスと思っていた）、花模様のカーテンのついた窓が一つ、ここから明かりがはいって来る。いすとテーブルと整理ダンスがひとつずつ。これが、そこらにあるもののほとんど全部である。

「いやはや」とペニファザー牧師。「どうもえらくへんてこだな。いったい、わしはどこにいるのだろう？」

起きて調べてみようと思って、ベッドの上に身を起こしたが、また頭痛がしはじめたので横になった。

「病気だったのにちがいないな」とペニファザー牧師は結論を下した。「そうだ、たしかに病気だったんだな」一、二分考えていたが、「いやまったくのところ、今もまだ病気なのかもしれないぞ。インフルエンザかな？」インフルエンザというやつはまったく突然にやって来る、とよく人がいっていた。そういえば、あの文芸会館で夕食をとっていた時にやられたのかもしれない。うん、そうにちがいない。ペニファザー牧師は文芸会館で食事をしたことを思い出した。

どこか家の中を人があちこちしている物音がする。どこかの療養所に入れられているのかもしれない。いやしかし、ここは療養所ではなさそうだ。だんだん明るくなってきて部屋の様子がわかってきたが、みすぼらしくて設備の悪い小さな寝室である。人の気配がつづいている。階下で大きな声がする。

「はい、いってらっしゃい、あんた。今夜

はソーセージにポテトだからね」

ペニファザー牧師は考えこんでいた。ソーセージにポテト。これは何かこころよい感じのことばだ。

「どうやら、腹がへっとるらしい」ペニファザー牧師はひとりごとをいった。

部屋のドアが開いた。中年の女がはいって来て、部屋を横ぎってカーテンを少しひき開けてから、ベッドのほうへやって来た。

「あ、目がさめたかね」とその女がいった。「どうかね、気分は？」

「いやどうも」とペニファザー牧師は弱々しい声で、「どうもはっきりしないな」

「ま、そうだろうね。あんた、ずいぶんひどかったからね。何かにひどくぶつかったんだって、そうお医者がいってたよ。近ごろのドライバーときたら！　ひとを轢いておいて、車をとめもしないんだからね」

「わしは事故にあったのかね？　自動車事故に？」

「そうですよ」とその女がいった。「わたしら、うちへ帰る途中でね、あんたが道のわきに倒れてるのをみつけたの。はじめは酔っぱらいかと思ったね」と女は思い出しておかしそうに笑った。「そしたら、うちのがね、ちょっとよく見てみろよといってね。事故かもしれねえって。別に酒のにおいもしねえし、血が流れてもいなかったけど、でもとにかく、あんたはまるで丸太ん棒みたいにころがってる。で、うちのがいうんでさ——こんなとこに放っちゃおけねえなって。そこで、うちのがあんたをここに運んできたというわけ。わかった？」

「ああ」とペニファザー牧師は、この意外な事実に驚いて、声もかすれていた。「いや、これはまたご親切なことで」

「それでね、うちのがあんたのこと牧師さんと見て、こりゃりっぱな人にちげえねえって。それからね、こりゃ警察へはいわねえほうがよかろう、あんたが牧師さんなら、警察へ届けられるのはおきらいにちげえねえ、こううちのがいいまさ。あんたが酔っ払っていたんじゃ、困るだろうって。もっともお酒のにおいはしなかったけどね。それで、わしらストークス先生に来てもらって、みてもらおうってことになった。ストークス先生は医者の看板とられちゃったんですけど、やっぱ、わしらまだ先生と呼んでます。たいそうええ人ですけれど、看板とられちゃって困っていなさるですよ。先生が、いかがわしい女の子たち助けてやったのは親切心からなんで、別にどうってことじゃないんですよ。とにかく、先生はええ人なんで、来てあんたのことみてもらうことにしました。別にけがはない、と先生はおっしゃいましたよ——ただ、軽い脳シントウってことでした。暗い部屋で静かに寝かせておけばよろしいということで。先生はおっしゃってました――いいかね、わたしは医者として診断をしたわけじゃないからな。これは内密のことだ。わたしには処方をしたり、医者としての助言をする資格はない。まあ警察へ届けるのがあたりまえだけれど、届けたくないというんなら無理にとはいえないな――このおいぼれじいさん、運まかせにしとくか、こう先生はいいましたよ。ごめんなさいよ、失礼なことば使って。どうも口の悪いお医者でね。さてところで、スープか、それとも温かいパンにミルクでもあげるかね？」

「どちらでも、けっこう。ありがたいことです」ペニファザー牧師が力のない声でいった。

また枕へ頭をつけた。事故だったのか？　なるほど、そうだったのか。まったく何もおぼえていない！　数分後、例のひとのよさそうな女が、湯気の立ちのぼっている鉢をのせたトレイを運んできた。

「これを飲めば少しは気分もよくなりますよ。ウイスキーかブランデーをちょっぴり入れとこうかと思ったけど、お医者さんがそういうものはやっちゃいかんというとったからね」

「あ、それはいけないんだ」とペニファザー牧師。「脳震盪にはよくないです。よくない。とてもいけないな」

「もうひとつ肩んとこに枕をあてがっとくかね、あんた？　どう、ぐあいは？」

ペニファザー牧師は〝あんた〟などと呼びかけられてちょっとびっくりした。これは親愛の意味なんだろうと思う。

「どうだね、これでいいかな」

「あ、けっこう。しかし、いったいここはどこですか？　いや、わしのいるところはどこなんです？　ここはなんというところですかね？」

「ミルトン・セント・ジョン」と女がいった。「知らなかったのかね？」

「ミルトン・セント・ジョン？」とペニファザー牧師は首をひねって、「聞いたことのないところだが」

「たいしたところではねえですからね。ただの村だから」

「どうもほんとにいろいろと親切にありがとう」とペニファザー牧師がいった。「失礼だけれど、お名前うかがわせてもらえますかな？」

「ホイーリングの女房だよ。エマ・ホイーリング」

「どうもほんとにありがとう」とペニファザー牧師はもう一度いって、「ところで、この事故ですがね、全然、わしはおぼえがないんだが……」

「そんなこと心配しねえほうがええですよ。身体のぐあいがよくなりゃ思い出しますから」

「ミルトン・セント・ジョンか」とペニファザー牧師は、どうもわからんといった調子で、ひとりごとをいっている。「まったく聞きおぼえのない名だな。どうも不思議でしかたがない！」

第十七章

ロナルド・グレイブズ卿は吸取紙の綴りにネコの絵を描いた。前に腰かけているディビー主任警部の堂々とした身体つきを見ながら、今度はブルドッグの絵を描いた。

「ラジスロース・マリノスキーか？　ありそうなことだな。何か証拠はあるのかね？」

「証拠はありません。でも、いろいろと話のつじつまが合うもんですから」

「向こう見ずの冒険屋。無謀。世界チャンピオンになっている。一年ほど前にひどい衝突事故。女性関係のよくないうわさ。収入源があいまい。ここでも外国でも金遣いがひどく荒い。よく大陸へ行ってはあちこちしていると。つまり、彼こそこの組織的な大強盗団の背後にいる頭目だと、きみはいうわけだね？」

「彼がその首謀者だとは思いませんが、仲間の一人だとは思います」

「わけは？」

「一例をあげますと、彼の車はメルセデス・オットーです。レーシングカーです。郵便車強盗事件の朝、同じ特徴の車がベッダムトンの近くで目撃されております。ナンバーはちがっていますが……こんなことにはごまかされません。例のうまい手です……よく似ているが、またあまりかけ離れてもいない。FAN2266でなくて2299なんです。メルセデス・オットー型の車などはそう多数走ってはいません。セジウィック夫人が一台、それに若いメリベイル卿が一台持っているくらいです」

「マリノスキーがこんどの事件を取りしきったとは思わないわけだね？」

「ええ……中心には彼よりもっと頭のいいのがいると思われます。しかし、彼も仲間に入ってますね。わたしは古い捜査記録を見てみました。ミッドランドと西ロンドンでの強盗事件をとってみます。バン型のトラックが三台、偶然……まったく偶然に、道路をふさいでいました。強盗現場にいたメルセデス・オットーが、そのおかげで、見事に逃げおおせているのです」

「あとで捕まっとる」

「はい。そして容疑は消えております。特に、その車の目撃者のナンバーの記憶があいまいなんですね。証言では、FAN3366になっております……マリノスキーの車の登録ナンバーはFAN2266で……どうもいつもの手口のようで」

「そして、バートラム・ホテルと何かの関連がありそうだというわけだね。バートラム

・ホテル関係の資料をきみの部下が集めたというが……」

おやじさんはポケットをたたいてみせて、

「ええ、ここにあります。正当に登録された会社で、決算表……払込済資本金……重役などなどですが、ひとつも役に立つものはありません。このようなみせかけの財産状態などはなんにもなりません……お互いがお互いを呑み合ってるたくさんのヘビみたいなものです！　会社とその持株会社といったあんばいで、とんとわけがわからないですね」

「おやじさん、そりゃ一流の会社でもやってることだよ。税金の関係でね……」

「わたしがほしいのは、ほんもののネタなんです。副総監の紹介状がいただければ、もっと大物に会ってみたいんです」

副総監はおやじさんをにらみつけるようにして、

「なんだね、その大物というのは？」

おやじさんは、ある名前を示した。

副総監はあきれ顔に、「そりゃ、わたしにはわからんな。あの人に手をのばすなどとは、向こう見ずだよ、きみ」

話がとぎれてしまった。二人は顔を見合わせていた。おやじさんは牛のように落ちついて、どっしりしていた。副総監のほうが折れた。

「きみときたら、まったくがんこだからな。よろしい、いいようにやってみたまえ。ヨーロッパの国際的資本家たちの背後にいる最高幹部のところに行って、困らせてくるがいい」

「その人は知っているはずです」とデイビー主任警部。「知っているはずです。そして、もし知らなければ、ちょっとデスクの上のブザーを押すとか電話をひとつかけさせるだけで、その人にはわかることなんです」

「しかし、あんまり気持ちよくはしてくれんと思うよ」

「ま、おそらくそうでしょう。しかし、たいして時間をとらせはしません。それにしても、わたしとしてはやはり権威を背負っていかないとぐあいが悪いです」

「このバートラム・ホテルをえらく重くみているようだがね、きみ？　しかし、いったいどういうことで調べるつもりかね？　経営もちゃんとしているし、お客はりっぱな人たちばかりだし……認可事項に触れるような問題もなし」

「はい、わかっております。酔っぱらいもなし、麻薬もなし、ばくちもなし、犯罪人に便宜を与えたこともなしですからね。すべて、まるで降りたての雪みたいにきれいです。ビート族もいないし、札つきの兇漢も、非行少年もいません。謹厳なビクトリアかエドワード王朝時代的な老婦人とか、田舎の家族連れとか、ボストンとかその他アメリカ各地のりっぱなところから来た旅行者とか、そんな人たちばかりですからね。それなのに、教会の尊敬すべき評議員さんが、午前三時に、何かこそこそとホテルを出ていくところを見られたという……」

「それを見たのは誰かね？」

「ある老婦人です」

「いったいその老婦人が、どうしてそんなところを見ておったのかね。ベッドにはいって眠ってはいなかったのかね？」

「年寄りのご婦人というものは、そういうものです」

「きみが話しておったのは……ええとなんといったっけ……ペニファザー牧師だったかな？」

「ええ、そうです。行方不明の届け出がありまして、キャンブル警部が捜査の担当をしております」

「おかしな偶然だね……ペニファザーの名がベッダムトンの郵便車強盗事件と関連して出てきとるんだがね」

「ほんとですか？　どういうことで？」

「また老婦人……というか中年婦人が出てくるんだがね。例の手の加えられた信号機で列車が止まった時、多くの乗客が目をさまして、通路をのぞいて見ている。この女性はチャドミンスターの住人で、ペニファァザー牧師を日ごろから見知っておるんだが、その牧師がドアから列車へ乗ってくるところを見たというんだ。牧師さんは何があったのか列車から降りて見にいって、またもどって来たのだろうと思ったという。その牧師さんが行方不明になったという届け出があるからには、捜査をしなくては……」

「ちょっと待ってください……問題の列車が停止させられたのは午前五時三十分ですね。ペニファザー牧師がバートラム・ホテルを出たのは午前三時ちょっと前です。そう、やれますね。レーシングカーでとばして行けばですね……」

「そこでまたもラジスロース・マリノスキーへ話がもどって来るというわけだ」

副総監は吸取紙の落書きに目をやって、「きみはなかなかのブルドッグ魂をしてるな」といった。

三十分後、デイビー主任警部は落ちついてはいるけれども、少々みすぼらしいある事務所へとはいっていった。

デスクのうしろの大きな男が立ちあがると、手をさしのべて、

「主任警部のデイビーさん？　どうぞおかけになって。葉巻はいかがですな？」

デイビー主任警部は首を横にふって、

「どうも貴重なお時間をさいていただいて、申しわけありません」といった。

ロビンソン氏は微笑した。肥っているが、たいへんに服の着こなしがいい。顔色は黄色くて、目は黒く、顔の表情が悲しげで、口は大きくて厚ぼったい。よくにこにこと微笑するので、普通より大きな歯がよく見える。「人でも食うんじゃないかな」とデイビー主任警部はよけいなことを考えていた。英語は完璧にりっぱで、まったくなまりもないけれど、この人は英国人ではない。前にも多くの人が不思議に思ったことと同じことをおやじさんも思った――このロビンソン氏のほんとうの国籍はどこなんだろう？

「ところで、ご用件は？」

「実は、バートラム・ホテルの所有者を知りたいと思ってるんですが」

ロビンソン氏の表情はまったく変わらなかった。バートラムの名を聞いても別に驚いた様子もなかったし、知っているという様子も見せなかった。慎重な調子でいう。

「バートラム・ホテルの所有主が知りたいとおっしゃるんですな。ピカデリー近くのポンド街にあるあれですね」

「ええ、そのとおりです」

「わたしも時々あそこには泊まります。落ちついたところで、管理もよく行き届いておりますね」

「ええ、特別によく管理されております」おやじさんがいった。

「それで、その持ち主が知りたいとおっしゃる？　そんなことは調べればすぐにわかることなんですがね？」

微笑のかげにかすかに皮肉があった。

「つまり普通の筋を通してとおっしゃるわけですね？　まさにそのとおりです」とおやじさんはポケットから小さな紙片を取り出すと、三つか四つの人名と住所とを読みあげた。

「なるほど」とロビンソン氏。「どなたかがえらくよけいなお骨折りをなすったわけだ。いや、おもしろい。それで、わたしのところへ来られたというわけですな？」

「誰か知っているものがいるとすれば、あなただと思いまして」

「実際のところ、わたしは知らんのです。しかし、そういう事情を知る方法は持っております……つまり」とその偉大な、肥った肩をすぼめてみせて、「いろいろ世間にはつき合いというものがありましてね」

「そうでしょうな」とおやじさんは無表情であった。

ロビンソン氏はおやじさんの顔を見て、それからデスクの上の電話を取りあげた。

「ソニア？　カルロスにつないでくれたまえ」――、二分待って、「カルロスかね？」と早口に半ダースばかりの外国語の文句をしゃべった。おやじさんには、何語ともまったく判断さえつかない外国語であった。

おやじさんは英語くさいフランス語で充分会話ができる。イタリア語は生かじり程度で、旅行者の使う程度の簡単なドイツ語ならおよその見当がつく。スペイン語やロシア語、アラビア語はわからないが、そのひびきはわかる。ところが今の外国語は、これらのどれでもなかった。まったくの当てずっぽうだけれど、ひょっとするとトルコ語かペルシア語、それともアルメニア語あたりではあるまいかと思うが、もちろん自信はない。

ロビンソン氏は受話器をおいて、

「そう長くはお待たせせずにすむと思いますが」とあいそよくいった。「わたしも興味があるんですよ。たいへんに興味があります。時々わたしも不思議に思っておったことなんですが……」

おやじさんはその先をうながすような顔をしていた。

「……バートラム・ホテルについてですね」とロビンソン氏がいう。「財政上のことですけれどね。いったい、あれで採算がとれるものなのか不思議ですよ。といいましても、これは当方としては、よけいな口出しはできませんからな。それにですね」と肩をすぼめてみせて、「実にすぐれた腕ききの幹部や職員がいて、まったく快適なホテルですからね……いやまったく不思議ですよ」とおやじさんのほうを見て、「いったいどうなっているのか、おわかりですかな？」

「いえ、わたしもそれが知りたいと思ってはおりますが」とおやじさんがいった。「いくつか考えられることがありますね」とロビンソン氏が考え考えいった。「ちょうど音楽のようなものですな。オクターブには多くの音がありますけれども、それをさらに数百万のちがった組み合わせにすることができましょう？ ある音楽家がいっておりましたがね、まったく同じ音色というものは二度とできないというんですね。たいへんおもしろいことだと思いますね」

デスクの上でブザーのかすかな音がして、ロビンソン氏は再び受話器を取りあげた。「はい？ あ、早かったね。けっこう。なるほど。ああ！ アムステルダムだね……あ、……ありがとう……そう……そのつづりを？ あ、わかった」

手もとのメモ用紙に手早く書きとって、

「これがお役に立てばいいんですがね」とメモを一枚はぎとってテーブル越しにおやじさんに渡した。おやじさんがその名を声に出して読んだ。「ウィルヘルム・ホフマン」

「国籍はスイスです」とロビンソン氏がいう。「といっても、スイス生まれではありません。銀行業界に非常な勢力を持っている人ですが、絶対に法律に反したことはしていないけれども、多くのいかがわしい取引の背後にこの人がいるのです。もっぱら大陸を舞台に仕事をしておりまして、この国ではやっておりません」

「はあ」

「しかし、この人には弟が一人おりましてね」とロビンソン氏がいう。「ロバート・ホフマンというんですが、ロンドンに住んでいて……ダイヤモンド商です……たいへんけっこうな商売で……奥さんはオランダ人……アムステルダムにも事務所を持っております……この人のことは、あなたがたのほうでもおわかりになっているんじゃないですか。先にも申しましたとおり、この人の商売は主にダイヤモンドですけれども、たいへんな金持ちで、財産も多く、これは自分名義でないものが多いようです。さよう、いろんな企業の黒幕ですね。この人とその兄が、バートラム・ホテルのほんとの持ち主なんですよ」

「どうも、ありがとうございました」とデイビー主任警部はいすから立ちあがって、「なんとお礼を申していいかわかりません。ほんとに助かりました」と普通以上の感謝を示すためにつけくわえていった。

「いや、いたみいります」とロビンソン氏はいちだんとにこにこして、「しかし、これはわたしの特技の一つでしてね。情報集めですな。わたしはいろいろなことを知っておくのが好きでしてね。そのことを知っていて、あなたはここへ来られたわけでしょう、え？」

「ええ、存じております。内務省も、それから特捜部以下みんな存じております」そして率直につけくわえていった。「こちらへうかがうには、相当な勇気を要しました」

ロビンソン氏はもう一度ににこして、

「あなたはなかなかおもしろい人物だ。あなたの狙いが何かは知りませんが、うまく成功するように祈ります」

「ありがとうございます。必ずこれは役に立つと思っております。ところで、この二人の兄弟ですが、二人とも乱暴な男じゃないでしょうね？」

「いや、そんなことはない。暴力は彼らの主義に反することです。ホフマン兄弟は事業に関する限り暴力は用いませんよ。暴力よりもっと効果的な方法を知っています。彼らは年々その富を積み重ねておりますからね……といいますか、スイスの銀行業界仲間からの情報では、ですね」

「スイスというところは、何かと都合のいいところのようですね」とデイビー主任警部がいった。

「まったくそのとおりですよ。スイスなしではまったくわたしたちとしては、なすところを知らずですね。まったくの厳正正直、商売のセンスもいいですしね！　さよう、われわれ事業家としてはみんなスイスに大いに感謝しなければならんと思いますね。わたしとしてはですね」とつけくわえた。「アムステルダムも、これまた高く評価しておりますね」とデイビーをじっと見つめてから、またにこりとしてみせた。主任警部はそこで辞去した。

本部へ帰ってみると、メモがひとつおいてあった。——

ペニファザー牧師は無事……息災とまではいえませんが、みつかりました。ミルトン・セント・ジョンで自動車にはねられたものと思われ、脳震盪を起こしております。

第十八章

ペニファザー牧師はデイビー主任警部とキャンブル警部の顔を見ていて、デイビー主任警部とキャンブル警部はそのペニファザー牧師を見ていた。ペニファザー牧師は自宅へもどっていた。書斎の大きな安楽いすに腰かけて、頭のうしろには枕をあてがい、両足はスツールの上にあげ、ひざにはひざかけをかけ、いかにも病人風であった。

「どうも残念なんですが」とペニファザー牧師が丁重にいっていた。「まったくなんにもおぼえていないようでして」

「自動車にはねられたということも記憶にないんでしょうか？」

「残念ながら」

「では、どうして自動車にはねられたということがおわかりなんです？」キャンブル警部が鋭く問いかける。

「あそこのあの婦人……ええと、あの婦人はなんといいましたかかな……ホイーリングですか？　あの婦人がそう話してくれたんです」

「では、その婦人はどうして事故のことを知っていたんですかね？」

ペニファザー牧師は困った顔つきをして、

「なるほど、あなたのおっしゃるとおりだ。知っとるわけがありませんな？　ということは、きっと事故だろうと推測したわけじゃないでしょうか」

「すると、あなたはほんとにまったく記憶がないというわけですね？　では、ミルトン・セント・ジョンには、どうして行かれました？」

「それがわからんのですよ」とペニファザー牧師がいう。「その村の名さえ、まったくの初耳なんでしてね」

キャンブル警部のかんしゃくはつのる一方であったが、デイビー主任警部がやわらかいなごやかな声で、

「では、あなたがおぼえておられる最後のことを、話してみてくださいませんか」

ペニファザー牧師はほっとしたように主任のほうを向いた。キャンブル警部のドライな問いかけで、すっかり気持ちが落ちつかなくなっていたのだ。

「ある会議へ出席するためにルツェルンへ向かうところだったんです。タクシーで空港まで……とにかくケンジントンの飛行場まではたしかに行きました」

「なるほど。そして？」

「それだけなんですよ。それから先の記憶がないんですな。その次におぼえていることといえば、衣裳ダンスのことなんですよ」

「衣裳ダンスとは何です？」キャンブル警部が問いかける。

「それが、場所がちがうところにあるんで」

キャンブル警部は、この場所ちがいの衣裳ダンスの疑問追及にかかろうとしたが、デイビー主任警部がさえぎって、

「飛行場に着いたことは、おぼえておられるんですね？」

「ええ、おぼえがあるつもりです」とペニファザー牧師はどうも確信がないような様子であった。

「それから、当然ルツェルンへ飛ばれたわけですね？」

「飛んだかどうか、飛んだのだとしても、記憶がないんです」

「その夜、あなたはバートラム・ホテルへもどって来られたことをご記憶でしょうか？」

「いえ」

「バートラム・ホテルはおぼえておられますね？」

「もちろんです。そのホテルにわしは滞在しておったんです。たいそう居心地のよいところでしてね。いつもわしの部屋をとっておいてもらっとるんです」

「列車で旅行された記憶はありませんかね？」

「列車ですか？　いいえ、列車などおぼえがありませんな」

「強盗事件があったんです。列車強盗ですね。これはペニファザーさん、ご記憶のはずなんですがね？」

「おぼえているはずなんですか？」とペニファザー牧師がいう。「しかし、どうも……」と謝罪の口調になって、「……おぼえがありませんね」と二人の警部をかわるがわる見て、無邪気なやさしい微笑をみせた。

「すると、あなたのお話をまとめると、タクシーで飛行場へ行ったあと、ミルトン・セント・ジョン村のホイーリングの家で気がつくまで、なんにも記憶がないというわけですね」

「それはしかし、よくあることで、脳震盪を起こした場合としては決して異常なことではないと思いますがね」とペニファザー牧師はいう。

「気がつかれた時に、ご自分に何が起きたのか考えられましたか？」

「いや頭痛がひどくてですね、よく考えられませんでしたよ。もちろん、やがて、いったい自分はどこにいるんだろうと気になってきましてね、するとホイーリングのおかみさんが説明してくれまして、すてきにおいしいスープを持って来てくれましたな。わしのことを、やれ〝この人〟だとか〝あんた〟だとかいっておりましたっけ」とペニファザー牧師はちょっといやな顔をして、「しかし、このおかみさんはたいそう親切でした。ほんとに親切にしてくれましたよ」

「そのおかみさんは事故を警察へ届けるのがほんとうで、そうすればあなたは病院で適切な看護が受けられたはずです」キャンブル警部がいった。

「おかみさんがたいへんよく世話をしてくれましたよ」とペニファザー牧師はむきになって抗弁した。「それに、脳震盪の場合は患者を静かにさせておく以外にほとんどなすべきことはないということですからね」

「ペニファザーさん、何かもう少し記憶しておられることでもあったら……」

ペニファザー牧師はそれをさえぎって、

「わしは丸々四日間、まるで死んだも同然のありさまだったんです。実におかしなことです。まったくもってなんともおかしなことですな。いったい、わしはどこにいたのか、何をしていたのか、まったくわからないのですよ。医者がいうには、今に記憶がもどって来るかもしれない。反対に、記憶がもどって来ないかもしれません。あの何日かの間にわしに起きたことは永久に知ることができないかもしれない」とまぶたをしばたたいて、「ごめんなさい、失礼させてください。どうも疲れておるようなんで」

「もうこれくらいにしておいていただきましょう」とドアのあたりをあちこちしながら、いつでも中へ割って入ろうと構えていた家政婦のマクレイ夫人がいった。進み出ると、

「心配をさせてはいけないとお医者様がおっしゃってますので」と強くいった。

二人の警部は立ちあがってドアのほうへ向かう。ペニファザー牧師が何やらつぶやいた。一番あとから部屋を出かかっていたデイビー主任警部が、それを耳にして、くるりと向きなおると、

「今、なんと？」ときいたが、ペニファザー牧師はもう目をつぶっていた。

「さっき、彼はなんといったんですか？」とキャンブル警部がきいた――マクレイ夫人がお茶を一ぱいいかがと気乗りのしないすすめ方をしたのをことわって、家を出た時である。

おやじさんは考えこむような調子で、

「〝ジェリコの砦〟といったようなんだ」

「どういう意味なんでしょう、それは？」

「聖書の中の話のようだね」とおやじさんがいう。

「いったい、あの老師がクロムウェル・ロードからミルトン・セント・ジョン村まで、どうやって行ったのか、わからずじまいでしょうかね？」

「とにかく、あの牧師さんの協力はあんまり得られそうにもないね」デイビーがいった。

「強盗の行なわれた直後、牧師を列車の中で見たという例の婦人ですが、この婦人のいってることにまちがいはないでしょうかね？　あの強盗事件に牧師さんが関係してるんでしょうか？　そんなことはありそうにも思えませんね。まったくどこから見ても完璧なりっぱな人なんですからね。チャドミンスター大聖堂の評議員ともあろう人が、列車強盗に関係しているなどとは、とても疑えるもんじゃありませんね？」

「まったくだ」とおやじさんも考えこんで、「まったくだね。まあラドグローブ判事が銀行強盗に関係していると考えるのと同じようなもんだね」

キャンブル警部は上司の顔をじっとさぐるように見つめていた。

チャドミンスターへの遠征は、最後にストークス医師との収穫なしの短いインタビューで終わった。

ストークス医師はけんか腰で、非協力的で、無作法であった。

「ホイーリングの家族は前からよく知っとる。わしの近所の者なんだ。なんでも道のわきで老人をみつけて連れて来たんだが、死んでるのか酔っぱらいなのか、それとも病気なのかわからんという。わしに来てみてくれというんだ。これは酔っぱらいじゃない……脳震盪を起こしとるんだとわしはいったがね……」

「それに対応するような処置はされたんですか？」

「なんにもしやせんよ。わしは何も処置はしなかったし、処方など書いてやりもしなかったし、看護もしなかった。わしは医者じゃないのだからね……かつては医者であったが、今はそうではない……わしがいったことといえば、警察へ電話で知らせろということだけ。彼らが警察へ届けたかどうかは知らん。関係ないことだからね。彼らは両方とも少しのろまなんだけれど、気のいい連中だよ」

「あなた自身、警察へ電話しようとは思われなかったんですか？」

「いや、思わなかったね。わしは医者じゃないんだ。まったく関係ないよ。まあしかし、一個の人間として彼らにいっておいたよ――決してウイスキーなど飲ませないよう、そして、警察が来るまでじっと静かに寝かせとけってね」

と二人をにらみつけた。二人の警部はやむなく、それまでにせざるを得なかった。

第十九章

ホフマン氏はひきしまった感じの大男であった。木彫、それも硬いチーク材に彫りつけたような風貌だ。

その顔にはまったく表情というものがなく、何を考えているのか見当もつかない……こういう人は、そもそも物を考えたり、物を感じたりすることができるものであろうか？　とても、そうは思われない。

態度振舞いはきわめて端正であった。

立ちあがっておじぎをし、くさびのような手をさしのべて、

「デイビー主任警部ですね？　あなたはご記憶でないかもしれないが……数年前に、わたしはあなたに……」

「ああ、おぼえております、ホフマンさん。アーロンバーグのダイヤ事件でしたね。検察側の証人でしたね、あなたは……失礼ですが、たいへんすばらしい証人ぶりでした。

被告側はどうしてもあなたを負かすことができなかったですね」

「わたしはそう容易には負けませんよ」とホフマン氏がきびしい感じでいった。

まさに容易には負かされそうにない男に見える。

「ご用件は？」とホフマン氏がつづけた。「何かめんどうなことじゃないでしょうね……わたしは警察にはいつも協力的なつもりなんですがね。わが国の警察力にはかねがね敬服しておりますよ」

「あ、いや、めんどうなことじゃありません。ただちょっとしたことを確認していただきたいだけです」

「わたしにできることならよろこんでお手伝いいたしましょう。先にも申しあげたとおり、わたしはロンドン警察を最も高く評価しているものです。実に優秀な人たちがそろってますからね。実に誠実、そして公正です」

「どうも恐縮です」おやじさんがいった。

「なんでもお役に立ちたいと思います。何がお聞きになりたいのでしょう？」

「実は今、バートラム・ホテルについて少し事情をおたずねしたいと思っていたところなんです」

ホフマン氏の顔にはまったく変化がない。全体の態度が、ほんの一瞬、前よりもさらに泰然とした感じにさえなった。それだけである。

「バートラム・ホテルですか?」となんのことかよくわからずに、問い返す調子であった。バートラム・ホテルなど聞いたこともなければ、おぼえがあるのかさえわからないといった感じであった。

「そのホテルとあなたは関係がおありのはずなんですがね、ホフマンさん?」

ホフマン氏はちょっと肩をゆすって、

「なにしろ非常に多数関係しとる事業がありましてね、その全部をおぼえているというわけにまいりません。仕事が多くて……多すぎて、いつも忙しくてたまりません」

「ずいぶんたくさんのパイに指を突っこんでおられるというわけですね」

「そういうわけです」とホフマン氏は木彫のような微笑を見せて、「そこで、さぞうまい汁を吸っとることだろうと、こうお考えなんでしょう? そしてまた、この……バートラム・ホテルですか、これとも関係があるのだろうと、こうお考えで?」

「いや、関係があるということばは使わないほうがよかったようです。実際は、あなたがこのホテルの持ち主なんじゃありませんか?」とおやじさんが丁重にいった。

こんどは、ホフマン氏も明らかに表情を固くした。

「誰からそういうことをお聞きになりましたね?」とおだやかにきいた。

「しかし、これは事実なんじゃありませんか？」デイビー主任警部がにこにこしながらいった。「失礼ながら、たいへんけっこうな持ち物じゃありませんか。ご自慢ではないかと思いますが」

「あ、いや、ちょっと思い出せなかったもんですからね……」と照れ笑いをみせて、「……ロンドンにはいろいろと不動産を持っておりましてね。なかなかいい投資になるんですよ……不動産は。いい場所と思われるところに不動産の売物が出ますと、安く買えるチャンスがあれば投資しとるんです」

「で、バートラム・ホテルは安かったわけなんでしょうか？」

「現状としては、値下がりをしております」とホフマン氏は首をふってみせた。

「しかし、立派にやってるようじゃありませんか」とおやじさん、「先日、わたしもホテルへ行ってみましたが、あそこの雰囲気にたいへん感心しました。古風なお客さんたち、建物も古風で居心地がよく、少しもがさしたところがなくて、贅沢とはみえないところに贅沢がしてあって」

「実はあのホテルのことはほとんど何も知らないのです」とホフマン氏が説明する。

「あれは単に投資のひとつにすぎません……しかし、よくやってるようです」

「そうですな、第一級の腕ききが経営をしているようですからね。あの人の名はなんといいましたっけ？　ハンフリーズでしたかね？　そう、ハンフリーズ」

「優秀な男ですよ。万事あの男に一任してあります。わたしは一年に一度貸借対照表に目を通して、よくやっているかどうかをみるだけですね」

「まるでホテル中、位階とか勲章だらけといったふうですね。それに金持ちのアメリカ人旅行者」とおやじさんはつくづく感心の様子で首をふりながら、「まったくこれはすばらしい組み合わせですな」

「先日、ホテルへ行かれたとのことでしたが」とホフマン氏がきく、「職務として行かれたわけじゃないでしょうね？」

「いや別に重大なことではありません。ちょっとしたミステリの解明のためでした」

「ミステリですか？　あのバートラム・ホテルで？」

「そうらしいんです。まあ、タイトルをつけるなら、〝牧師失踪事件〟とでもいうところでしょうか」

「どうも冗談がお上手だな。シャーロック・ホームズ流ですね」

「その牧師がある夕方、ホテルから出ていったきり行方不明になってしまったんです」

「妙な話ですね。しかし、そんなことはよくあるもんです。もうずいぶん昔のことですが、たいへんな話題になった事件をおぼえておりますよ。ええと何大佐でしたっけね…

…ちょっと待ってください……ファガスン大佐、そう、たしかメアリー女王付武官の一人でしたね。ある夜、クラブから出ていったきり、二度と彼の姿を見ることはなかった」

「行方不明事件の多くは、自分から進んで行方をくらますのが多いんですけれどね」とおやじさんがため息まじりにいった。

「主任警部はわたしなどよりはるかに多くそういうのをごぞんじのわけだが」とホフマン氏は、つけくわえて、「バートラム・ホテルでは極力あなたに協力をおしまなかったことと思いますがね？」

「ええもうたいへんよくしていただきました」とおやじさんは念を押すようにいって、「あそこのミス・ゴーリンジですが、あなたのところでしばらく働いていたんじゃないですか？」

「かも知れませんな。しかし、わたしとしては何も知りませんね。わたしは人に個人的な関心を持ちませんからね。しかし……」と打ちとけた様子でにこりとすると、「実は驚きましたね、あのホテルがわたしの所有だということをごぞんじだとはね」

問題になるほどではなかったが、ホフマン氏の目にはわずかながら不安の影があった。おやじさんはそれを見逃さなかった。

「実業界の網の目のような組織は、まるで巨大なはめ絵のようなもんですからね」とデイビーがいう。「この世界のことにもしわたしがたずさわるとしたら、まさに頭痛ものですね。ひとつの会社が……この場合はメイフェア持株信託会社、という名でしたかね……これが正式登録をしたホテルの持ち主ということになっておりますね。ところが、その会社を別の会社が持っており、さらにまたその会社を別のがといったぐあいですね。しかし、真実まちがいのないところは、あなたがあのホテルの所有者ということです。まことに簡単。これにまちがいはありませんね？」

「わたしとわたしの同僚重役たちが、あなたにいわせると、この背後にいるといいたいわけですね。そのとおりです」とホフマン氏はやむを得ない様子で、認めた。

「あなたの同僚重役とおっしゃると、どういう人たちです？　あなたと、それからあなたの兄さんのことでしょうか？」

「わたしの兄のウィルヘルムがこの仕事には関係しております。バートラム・ホテルといっても、これは他のいろいろなホテルや事務所、クラブ、その他ロンドンのいろいろな不動産経営チェーンのほんの一部にすぎないことをご諒解願いたいです」

「ほかに重役は？」

「ポンフリット卿、エイブル・アイザックスタイン」といってから急にホフマン氏の声がとがって来た。「いったい、こういろいろと調べあげる必要がどこにあるのですか？　単なる牧師失踪事件の捜査に？」

おやじさんは首をふりながら申しわけないといった顔をして、

「いやどうも、つい好奇心からで。失踪した牧師の捜査でバートラム・ホテルへ行ったのがもとで……つまり興味を持ったというわけでして。しかし、あることがほかのことへつながる場合がよくあるもんですからね、そうでしょう？」

「それはまあそうですな。それでと？」とちょっと微笑を見せ、「そのあなたの好奇心なるものは、もう満たされましたか？」

「情報がほしい時には選り好みはしておれませんからね？」とおやじさんはあいそよくいって、立ちあがりながら、「もうひとつだけうかがいたいことがあるんですが……おそらく、これはお話しいただけないかと思いますけれどね」

「ええ、なんでしょう、主任？」ホフマンの声には用心深い感じがあった。

「バートラム・ホテルではどこから従業員を手に入れてるんですかね？　すばらしい従業員ばかりですからね！　あの、なんといいましたかな……ヘンリー。あれなど大公かそれとも大司教みたいに見えますね。そのヘンリーが紅茶とマフィンを給仕してくれました……実にすばらしいマフィンで！　まったく、忘れられない経験ですよ」

「バターたっぷりのマフィンがお好きですね？」とホフマン氏の視線が、おやじさんの肥った身体に非難するようにとまった。

「まあ好きどころじゃないですね」とおやじさん。「ところで、あまりおじゃまをしてはいけませんので。お忙しいでしょう、競売の入札とかなんとかそういったことで」

「いや、あなたはこの世界のことを何も知らないようなふりをして、楽しんでおられる。わたしは、忙しくなんぞないですよ。仕事にはあまり没入しないことにしてるんです。わたしの好みは単純でしてね。生活は簡素にしてますし、適当にレジャーを味わい、バラを育て、家族を大切にしてるだけのことです」

「理想的ですな」とおやじさん。「わたしもそういう生活ができたらと思いますよ」

ホフマン氏はにこりとすると、重々しい態度で立ちあがって握手の手をさしのべて、

「行方不明の牧師さんが早くみつかるといいんですがね」

「そうだ！　それはもういいんです。申しあげるのを失念しまして、どうも。牧師はみつかりました……つまらん事件でした。自動車事故にあって脳震盪を起こしていた……というような、なんでもない事件で」

おやじさんはドアのほうへ歩いていくと、ふりむいてきいた――

「ところで、セジウィック夫人はあなたの会社の重役のお一人でしょうか？」

「セジウィック夫人ですか？」とホフマン氏はちょっと間をおいてから、「いや。どうしてですか？」

「いやそんなことを耳にしたもんですからね……ただの株主なんですね？」

「ええ、ま、そうです」

「では失礼します、ホフマンさん。いろいろどうもありがとう」

おやじさんは警視庁へ帰ると、まっすぐ副総監のところへ行った。

「財政上の、バートラム・ホテル背後の人物は、ホフマン兄弟でした」

「なに？　あの悪党どもが？」とロナルド卿が大きな声を出した。

「ええ」

「まったく秘密にしとったんだね」

「ええ……ロバート・ホフマンは、このことを嗅ぎつけられたのが気に入らなかったようです。ショックのようでした」

「どんなことをいっていた？」

「互いに、万事つとめて形式的に、また丁重に応対しました。向こうは、はっきりとではありませんでしたが、わたしがどうしてこのことを知ったのか、探り出そうとしていました」

「もちろん、そんなことを打ちあけはしなかったろうね」

「ええ、もちろん」

「やつに会いに行った口実は、どういうことにしたのかね？」

「口実はなしでやりました」とおやじさんがいった。

「向こうは変に思わなかったろうかね？」

「思っていたようでした。しかし、そのほうが事を運ぶのにかえって都合がいいと思いました」

「この背後にホフマン兄弟がいるとすると、いろいろ話が合ってくる。やつらは、決して、絶対に、不正なことには関係しない。決して犯罪行為はしない……しかし、その資金を供給するんだ！

　兄のウィルヘルムはスイスから金融面を処理する。戦争直後の外国通貨横領事件の背後にいたことがわかっていたんだが……その証拠がつかめなかった。あの兄弟は巨額の金を動かして各種企業を裏から支援してるんだ……合法的に、あるいはまた非合法にね。しかし、実に用心深いやつらでね……商売のあらゆる手を知りつくしている。弟のロバートのダイヤ商にしても、表面はきわめてまともなものだけれど……どこかくさいところを思わせる……ダイヤモンド――金融、そして不動産……クラブとか文化施設、オフィスビル、レストラン、ホテルなど……みんなその所有者はほかにいるんだからね」

「このホフマンが、この組織的な強盗の首謀者だとお考えでしょうか？」

「いや、この兄弟はただ財政面だけの関係だと思うね。そう、首謀者はどこか別にいるんだよ。どこかで第一級の頭脳が活動しているんだ」

第二十章

1

その夜、ロンドンに突然霧が降りた。デイビー主任警部はコートの衿を立ててポンド街へと歩いていった。何かぼんやり考えごとでもしている人のように、ゆっくりと歩いていて、特別に目的のあるようには見えないが、よく知っている人の目から見ると、全身ぴんと緊張していることがわかる。ちょうどネコがその獲物にとびかかる前に、そろそろじりじりと迫っていくような、そんな歩き方をしていた。

ポンド街は、今夜は静かである。車も少ない。霧ははじめとぎれとぎれだったが、やがてほとんどはれあがり、また深くなってきた。パーク・レーンからの車の往来の騒音が、郊外の横丁ぐらいに弱められて聞こえてくる。バスの大部分も運行を停止していた。ただ時おり、ものにこだわらない度胸のいい人の車がぽつぽつ通っていくぐらいのものであった。デイビー主任警部はある袋小路へはいりこんで、その奥まで行くと、またもどって来た。再び街角をまがり、まるで目当てもないみたいに、また次の街角をまがったが、それはでたらめの目当てなしではなかった。ネコが獲物をねらう時のような歩き方で、彼はある特定の建物へとぐるぐるまわりをまわって近づいているのである。それはバートラム・ホテルだった。バートラム・ホテルの東には何が、西には何が、そして北や南には何があるか、ひとつひとつ見定めているのである。歩道わきに駐車している車をいちいち点検し、袋小路に停めてある車も調べた。人目につきにくい路地は特別に気をつけて調べた。ある一台の車に特に関心を持ち、立ちどまった。口をすぼめるようにして、小さな声で、「またここにいるのかね、かわいこちゃん」といってナンバーをたしかめ、ひとりうなずいて、「今夜のところは、FAN2266だね?」しゃがみこんでナンバー・プレートをそっと指先でなでてみて満足そうにうなずきながら、「うん、なかなかうまくやってるぞ」と口の中でいった。

そのまま歩きつづけて、路地の向こう端へ出ると右へまがり、もう一度右折してふたたびポンド街へと出てきた。バートラム・ホテルの入口から五十ヤードほどのところであった。もう一度立ちどまると、もう一台の見事な流線型のレーシングカーにほれぼれと眺め入った。

「おまえさんもなかなかだね」とデイビー主任警部、「ナンバー・プレートはこの前見た時とまったく同じ。おまえさんのナンバー・プレートはいつも同じもののようだね。ということは……」と突然ことばを切って、「……意味などないか？」とつぶやいた。空のほうを見上げて、「霧が濃くなってきたな」ひとりごとをいった。

バートラム・ホテルの玄関では、例のアイルランド人ドアマンが身体を暖めるために、両手を前後に強くふり動かしながら立っていた。デイビー主任警部が彼に向かってこんばんはと声をかけた。

「こんばんは。いやな晩でございますな」

「まったくだね。こんな晩にはよほどのことでもなければ出かける人もいないだろうね」

そこへ、スウィングドアを押し開いて中年の婦人が出てきて、どうしようかといった様子で立ちどまった。

「タクシーでございましょうか、奥様？」

「あ、いいえ、歩いていこうと思ってるの」

「わたしでしたら歩くのはやめにいたしますよ。この霧ではいけません。タクシーでも容易じゃございませんよ」

「タクシーが見つかりましょうかね？」とその婦人はとても心配そうにきいた。

「なんとかさがしましょう。中へおはいりになって暖かくしてらっしゃいまし。タクシーがみつかりましたら、お知らせにまいりますから」ドアマンの声が説得調に変わって、

「奥様、よほどのご用事でもなければ、こんな晩にはお出かけにならないほうがようございますがね」

「あら、そうね。あなたのいうとおりかもしれないわ。でも、チェルシーであたしのこと待ってるお友だちがあるもんですからね。どうかしら、こっちへ帰ってくるのに苦労しやしないかしら、どう思う？」

ドアマンのマイケル・ゴーマンは説得をつづける。

「わたしでしたら、奥様」と強い調子で、「部屋へもどってお友だちへ電話をいたしますね。奥様のようなご婦人が、このような霧の晩にお出かけになるのはよろしゅうございませんですよ」

「そうね……ええ、そうね、あなたのいうとおりかもしれないわね」

婦人はホテルの中へもどって行った。

「まったく世話がやけますよ」とミッキー・ゴーマンはおやじさんに向かって弁解するように、「ああいう方が、ハンドバッグをひったくられたりするんですよ。この霧の夜

の今じぶんに、チェルシーだか西ケンジントンだかしりませんが、そんなとこへのこのこ出かけていくなんて」

「きみはああいう中年婦人を扱う経験充分といったところだね？」

「いや、まったくです。ああいう方がたにとってこのホテルは家庭のようなものでしてね、まあお年寄りはかばってあげないとね。ところで、だんなは、タクシーですか？」

「これじゃみつからんよ。このへんにタクシーなんかいやしない。といってもしかたないけれどね」

「いえ、なんとか一台みつけましょう、だんなのために。角をまがったところに、よくタクシーの運ちゃんが車をとめて、何か暖かいものでも一ぱい飲んで休んでいるところがあるんです」

「いや、タクシーは無用だよ」とおやじさんがため息をついていった。

バートラム・ホテルのほうへ親指を動かしてみせて、

「中へはいるんだよ。用があるんでね」

「あ、さようで？　例の行方不明の牧師さんのことですかね？」

「そういうわけでもない。牧師さんはみつかったよ」

「みつかりましたか？」とドアマンは目を見はって、「どこでみつかりました？」

「事故で脳震盪を起こしてあちこちさまよっていたらしい」

「ああ、あの人らしいですね。きっと、わきに注意もしないで道を横断したんじゃないんですか」

「そうかもしれないね」

おやじさんはうなずいてみせ、ドアを押してホテルの中へはいって行った。今夜はラウンジにもあまり人が多くなかった。ミス・マープルが暖炉近くのいすに腰かけているのが目についたが、ミス・マープルのほうでもおやじさんを見た。しかし、ミス・マープルは気づいたような様子をまったく見せなかった。おやじさんはフロントのデスクへ行く。いつもどおり、ミス・ゴーリンジが宿泊人名簿を前にしてひかえていた。おやじさんを見ると、ちょっと落ちつきをなくしたように思われた。ほんのわずかな動きであったが、おやじさんは見逃さなかった。

「わたしのことは知ってるね、ゴーリンジさん。先日、ここへ一度おじゃましたからね」

「ええ、もちろんです、主任警部さん。何かまだお調べになることでも。ハンフリーズさんにご面会なさいますか?」

「いや、いいんだ。その必要はあるまい。よかったら、ちょっともう一度その宿泊人名簿を見せてもらいたいんだが」

「ええ、どうぞ」とその名簿を押してよこした。

デイビー主任警部は名簿を開くと、ゆっくりページをめくっていった。ミス・ゴーリンジには、彼が何か特別な記入事項をさがしているように見えた。実際はそうではなかった。おやじさんは若いころに体得したある特殊技能を持っていたが、それは年とともに磨きがかけられ、今や一種の高等技術にまで到達していた。多くの名前や住所を、写真のように完璧に記憶することができるのだ。その記憶は二十四時間から四十八時間も消えずに残っているのである。名簿を閉じてミス・ゴーリンジへ返しながら、おやじさんは頭をひとつひねって、

「ペニファザー牧師は、こっちへは来ておられないようだね?」と軽くいった。

「ペニファザー牧師ですか?」

「あの先生がみつかったこと、知ってるだろう?」

「いいえ、ちっとも。どなたもわたしにはそういってくださらないもんですから。どこで、みつかりましたの?」

「田舎のほうでね。自動車事故らしい。警察へは届け出がなかった。親切な人が助けて看護してくれていたんですな」

「ああ、それはよかった。ほんとによかったですね。心配していたんです」

「ご友人たちも心配していてね……こうやってわたしが歩いているのは、ここへその友人の一人が泊まってるんじゃないかと思ってね。助祭長……助祭長の……その、名前が思い出せないんだが、書いてあれば思い出すんだけれど」

「トムリンソン先生でしょうか？」とミス・ゴーリンジが助けるようにいった。「先生なら来週おみえになることになってるんです。ソールズベリーから」

「いや、トムリンソンという名じゃなかったな。しかし、それはまあどうでもいいんだ」とデイビー主任警部はフロントから離れた。

今夜のラウンジはあまり人がいなかった。

中年の修道者風の人が、下手なタイプで打った何かの論文に目を通しながら、時々その余白の部分に小さくてくしゃくしゃでほとんど読めないような字で書きこみをしていた。書きこみをするたびに、満足そうに意地の悪い微笑をもらしていた。

もう長年つれそっていてお互いあまり話すこともなくなっているような夫婦が一組か二組。二、三人の人が寄り集まって天候のことから、自分たちや自分たちの家族などがどうしているかなど話し合っていた。

「……電話をかけましてね、スーザンに、どうか車では来ないようにといっておきました……中部のほうは霧の時には、危険ですからね……」

「でも、中部地方は霧がはれてるって話でしたよ……」

その人たちのそばを通る時、デイビー主任警部はそんなことばを耳にしていた。急ぐでもなく、何か見せかけの目的があるような様子もせず、目当てのところへやって来た。

ミス・マープルは暖炉の近くに腰かけていて、デイビーが近づいてくるのをじっと見ていた。

「まだここにおられて、よかったです、マープルさん」

「明日、帰りますよ」ミス・マープルがいった。

そのことは彼女の態度になんとなく表われていた。腰かけている様子は、ちょうど鉄道の駅か空港のラウンジで腰かけているような、落ちつかない感じで、背をのばしてきちんとすわっている。きっともう手荷物も詰めこんで、あとは化粧道具と夜具を詰めればいいようになっているものと想像される。

「これでわたしの二週間のお休みも終わりですよ」と説明するようにいった。

「お楽しみだったでしょうね？」

ミス・マープルはすぐには答えなかった。

「まあ、ある意味では、おもしろうございましたが……」とそこでことばを切った。

「すると、また一方ではおもしろくなかったとでも？」

「それがちょっと説明しにくいんですけれどね……」

「あの、少し暖炉に近すぎるんじゃないんですか？　ちょっと熱いですよ、ここでは。あちらの隅のほうへおいでになりませんか」

ミス・マープルは示された部屋の隅を見、それからデイビー主任警部の顔を見て、

「そうですね、あなたのおっしゃるとおりですね」

デイビーは彼女に手をかして立ちあがらせ、ハンドバッグと本を持ってやり、静かな一隅へ腰を落ちつかせてやった。

「いかがです？」

「ええ、けっこうですよ」

「ここへおさそいしたわけ、おわかりでしょうな？」

「暖炉のそばでは熱すぎるからでございましょう、ご親切に。それに——」とつけくわえる。「ここならわたしたちの話が、ほかへは聞こえませんからね」

「ミス・マープル、何かわたしへお話しになりたいことがおありなんでしょう？」

「またどうして、そんなふうに？」

「そのような様子をしておられるからですよ」デイビーがいった。

「そんなにはっきり顔に見せてしまって、すみません」とミス・マープルがいった。

「そんなつもりではなかったんですけど」

「ところで、お話というのは？」

「お話ししていいかどうか、よくわからないんです。どうか警部さん、わたしはおせっかい好きでないってことを信じていただきたいんです。わたしは、おせっかい反対。善意であっても、どうかするとたいへん害になるものですからね」

「ああ、そういうことですか？　わかりました。そう、そのことがあなたにとっては大問題だったわけですな」

「どうもある人のやってますことがね、ばかなこと……というより危ないことのように思われることがありましてね。でも、よけいなおせっかいをする権利はありましょうか？　普通、そんな権利はありませんよね」

「あなたのおっしゃっていることは、ペニファザー牧師のことじゃありませんか？」

「ペニファザー先生？」とミス・マープルはひどくびっくりした様子で、「いえいえ、とんでもありません。全然あのお方とは関係ございませんよ。お話というのは……ある娘さんのことなんです」

「ある娘？　それで、わたしに何か助けてほしいとおっしゃるわけで？」

「それがよくわからないんですけれどね、ほんとに。でも、心配なんです、たいへん気になるんです」

おやじさんはせきたてなかった。間がぬけているといっていいくらい悠然と、ぼんやりした様子ですわっていた。充分に相手に時間を与えるつもりだ。ミス・マープルはおやじさんによろこんで協力する態度を示していたし、おやじさんも、彼女のためなら協力をおしまない用意がある。しかし彼は格別興味をひかれているわけでもないらしい。

ミス・マープルが低いはっきりした声で、「よく新聞などで読みますね、法廷での議事進行の記事に、〝保護監督を要する〟若者や子供や女子というのがありますね。これはただの法律用語なんでしょうけれど。実際にその必要のある人がいるんですよ」

「今あなたのおっしゃったその娘が、つまり保護監督を要するというわけですね？」

「ええ、そのとおりなんです」

「この世でまったくかまってくれる人もいないというわけですかね？」

「いえいえ、全然そんなことじゃありません。はたから見ますとね、どうみてもよく監督が行き届いて、実によく保護されているようにしか見えません」

「おもしろそうですね」おやじさんがいった。

「その娘さんはこのホテルに泊まってるんです。たしかカーペンター夫人といったと思いますが、その人といっしょにね。宿泊人名簿をのぞいてみて、名前を知ったんですけれどね。娘さんの名前はエルヴァイラ・ブレイクというんですよ」

おやじさんは興味をひかれた様子で顔を上げた。

「たいへんかわいい娘さんでしてね、まだとても若くて、さっきも申しましたようにたいへんによく保護されております。ラスコム大佐という人が後見人ですけれど、これもたいへんによいお方で、気持ちのいい人です。もちろんもうかなりのお年ですけれど、そう申してはなんですけれど、とてもお人好しと申しましょうか」

「お人好しというのは、その娘さんのことですか、それとも後見人？」

「後見人のお方ですよ」とミス・マープル。「娘さんのほうは知りません。でも、どうもこの娘さんは危険にさらされていると思えてなりません。偶然のことでしたけれど、私はこの娘さんとバターシー公園で出会いました。娘さんは軽食がとれる店で、若い男といっしょにおりました」

「ああ、そんなことですか」とおやじさん。「好ましくない人物というわけですな。ビート族……遊び人……不良とか……」

「すごくハンサムな男で」とミス・マープル。「そんなに若くはありませんけれどね。三十ちょっとでしょうか。ちょうど女に一番魅力を感じさせる年ごろといいましょうかね、でもこの男の顔は悪の顔です。残忍で、タカみたいで、生き物を捕って食う感じ」

「見かけほど悪い人間でもありますまいよ」とおやじさんが慰め顔にいった。

「いいえ、それどころか、見かけよりもうんと悪ですよ、あの男は。きっとそうにちがいありません。すごく大きなレーシングカーなんか乗りまわしてましてね」

おやじさんは、ぱっと見上げて、

「レーシングカーですか？」

「ええ。一、二度このホテルの近くにも停まってるのを見かけました」

「その車のナンバーなどおぼえてはおられませんかね？」

「おぼえておりますとも。ＦＡＮ２２６６ですよ。わたしのいとこに、舌がもつれて同じことを二度いうのがおりましてね」とミス・マープルが説明した。「それで、おぼえてるんです」

おやじさんは当惑の様子である。

「この男のこと、ごぞんじなんでしょうか？」ミス・マープルが強い調子できいた。

「ええ、知っております」おやじさんがゆっくり答えた。「フランス人とポーランド人のハーフでしてね、有名なレーシングカー・ドライバーで、三年前には世界チャンピオンになったことがあります。名前は、ラジスロース・マリノスキー。この男についてのあなたのご見解は、たしかにある点で当たっておりますな。女性関係ではだいぶよくないうわさのある男なんです。ということは、若い娘さんの友だちとしては決して適当ではないということになりますな。しかし、こういうことで何かするということは、なまやさしいことじゃありませんよ。その娘さんは、人目を避けて彼と会っていたわけなんでしょう？」

「まずそうにちがいありませんね」

「その娘さんの後見人にでも話されましたかね？」

「その後見人の方とは知り合いじゃないものですからね。ただちょっとお互いを知っている人に一度紹介されただけで。告げ口をしに行くようでいやなんです。警部さんからなんとかしてくださるわけにはまいりませんでしょうかね」

「なんとかやってみましょう」とおやじさん。「ところでですね、あなたのお知り合いのペニファザー牧師ですが、無事みつかったことをお知らせしておきましょう」

「ほんとですか！」とミス・マープルは元気に、「どこででしょう？」

「ミルトン・セント・ジョンというところです」

「ずいぶんとんでもない場所ですね。そんなところで何をしていらしたんでしょう？ご自分でごぞんじなんですか？」

「らしいですね……」とデイビー主任警部はこのことばに力を入れていった。「……事故にあわれたようなんです」

「どういう事故なんでしょう？」

「自動車にはねられ……脳震盪を起こしたか……それとも、頭を殴打されたかでしょう」

「あ、なるほど」とミス・マープルは問題点を考える様子で、「意識を失っておられたわけなんでしょうか？」

「牧師がいうにはですね」とデイビー主任警部は、また語調を強めていった。「……なんにもおぼえがないのだそうで」

「それはたいへん興味ぶかいですね」

「そうですね？　一番最後におぼえていることは、タクシーでケンジントンの飛行場へ行ったことだそうです」

ミス・マープルは、どうもわからないといったふうに頭をふって、

「脳震盪を起こせばそういうことになるものですけれどね」とつぶやくようにいって、

「何か……手がかりになるようなことをおっしゃいませんでしたか？」

「なんですか〝ジェリコの砦〟などということをちょっといってましたね」

「聖書のヨシュア記のですか？」と、ミス・マープルは当てものをするように、「それとも考古学のでしょうか……遺跡の？　それとも、ずいぶん以前のことですけれど、そういうお芝居がありましたね、ストロウ作と思いましたが」

「それと、今週テムズの北のゴーモン・シネマで、《ジェリコの砦》というオルガ・ラドボーンとバート・レヴィン主演の映画をやってますね」とおやじさんがいった。

ミス・マープルは主任警部を不審そうに見ていた。

「先生はクロムウェル・ロードにある映画館へその映画を見にいったのではないか。そうすれば、十一時に映画館を出て、このホテルへ十二時前には帰ってこられる……しかし、そうとすれば誰かの目にとまってるはずですけれどね……」

「バスをまちがえられたとか」とミス・マープルが思いつきをいった。「そんなようなことでも……」

「すると、ここへは十二時過ぎに帰ってきたんだ」とおやじさん。「……そして、誰の目にもつかずに自分の部屋へいったのではあるまいか……しかし、そうすると、そのあと何があったか……なぜ、三時間後にまた出かけていったのか？」

ミス・マープルはことばをさがしていた。

「ただひとつ考えられますことは……あら！」

おもての通りから爆発音がひびいて来て、ミス・マープルはとび上がった。

「車のバックファイアですよ」とおやじさんがなだめるようにいった。

「ごめんなさい……今夜は神経が高ぶっておりまして……なんとなく……いやな気がして……」

「何か起こりそうだとでもいうんですか？　大丈夫、心配いりませんよ」

「霧が大きらいなんですよ」

「あなたにお礼をいおうと思っていたんですよ」とデイビー主任警部。「たいへんいろいろとご協力いただいたもんですからね。ここであなたが気づかれた……ほんのちょっとしたことでも……大きいんですよ」

「するとやはり、このホテルに何かあったんですね？」

「ええ、ありました。そして今も、おかしなことだらけですな」

ミス・マープルはため息をついて、

「はじめ、ここはすばらしいところだと思いました……ちっとも昔と変わってませんからね……まるで過去へ舞いもどったようで……昔、愛し楽しんだ過去へ帰ったようで」

とちょっとことばを切った。

「でも、もちろん本当はこんなじゃありませんでした。わかっているつもりだったんですけれど、あらためて悟りました――人は過去へもどることも、また過去へもどろうとしてもいけない――人生は前へ進むことだということ。ほんとに、人生って〝一方通行〟なんですね？」

「まあ、そんなもんですね」とおやじさんが相づちを打った。

「わたしはおぼえておりますけれどね」とミス・マープルはいつものように話の本題からそれていって、「母と祖母といっしょにパリへ行ったことがございまして、エリゼ・ホテルへお茶を飲みにまいりました。そうしますと、祖母があたりを見まわしましてね、突然こういい出しました。〝クララや、ここでボンネットなんかかぶっている女性はこのわたし一人じゃありませんか！〟そのとおりだったんですよ！　祖母は家へ帰りますとね、持っていたボンネットと、ビーズのついたマントまでを全部荷造りして、送り出したものでした……」

「慈善バザーへですかね？」とおやじさんが同情していった。

「いえ、そうじゃありません。あんなもの慈善バザーでも買う人はいませんよ。ある劇団へ寄贈しました。たいへんありがたがられたもんです。でも、ええと……」とミス・マープルは本題を思い出したらしい。「……ええと、なんのお話をしてましたっけ？」

「このホテルの概観といったところでしたが」

「そうでしたね。万事、無事平穏のように見えますけれどね……そうじゃないんですよ。ごたまぜなんですね……ほんものの人たちと、そのままでない人たちと。その見分けがつきません」

「ほんものでないとおっしゃいましたが、それはどういうことなんでしょう？」

「退役軍人の方がいらっしゃいますね、ところが、軍隊などにはいったこともない人で、軍人らしくみせている人があります。牧師さんでない牧師さん。海軍などとは縁もゆかりもない海軍提督や海軍大佐。わたしのお友だちのセリナ・ヘイジー夫人も――はじめわたしなんかにはおもしろいくらい、自分の知っている人を見分けるのにいつも苦労してました。またよく人ちがいもされていました。また、自分が誰それと思っていた人が、そうではなかったりといったことがよくありました。でも、あんまりいつもいつもこんなことがありすぎます。で、わたしも変な気になりはじめました。部屋係のメイド、ローズなども……たいへんよくしてくれるんですけれど……でも、彼女でさえひょっとするとほんものではないかもしれないなんて」

「お知りになりたければ申しあげますが、彼女は元女優なんです。なかなかいい女優でした。舞台で働くよりもここのほうが給料がいいんですね」

「でも……なぜ？」

「まあ、このホテルの舞台装置の一部というわけですね。もっともそれ以上の意味があるのかもしれませんがね」

「このホテルを出ることになっていてよかったわ」とミス・マープルはちょっと身体をふるわせて、「何かが起こらないうちに」

デイビー主任警部は不審そうに彼女を見て、

「いったい、どんなことが起こると思っておられるんです？」

「何か邪悪なことですね」とミス・マープルがいった。

「邪悪とは少し大げさなことばのようですが……」

「メロドラマみたいだっておっしゃるんでしょう？　でも、わたしの経験ですと……よく、こういうことが殺人につながることがあるものです」

「殺人ですって？」とデイビー主任警部は頭をふりながら、「殺人事件などは考えておりませんな。わたしが追っているのは、ただ非常に頭のいい犯罪人どもで……」

「いえ、それとは話がちがいます。殺人と……殺人の意図というものは、まったくちがったものなんですよ。なんといったらいいでしょう……神の否定ですね」

デイビーはミス・マープルを見ながら、大丈夫といわんばかりにやさしく頭をふりながら、

「大丈夫、殺人など、ありやしませんよ」

さっきよりもっと大きな鋭い爆発音が、外からひびいて来た。そのあと悲鳴が聞こえ、また爆発音がした。

デイビー主任警部は立ちあがると、こんな巨体にしては驚くほどのスピードで動きだした。数秒のうちにスウィングドアからおもての通りへととび出していた。

2

悲鳴が……女の……恐怖のひびきをのせて霧を突きぬけていった。デイビー主任警部はその悲鳴のほうへ向かってポンド街を突っ走っていった。柵を背景にして一人の女の姿がぼんやり見える。十数歩で、デイビーはその女のところへ駆けつけた。白っぽい毛皮のコートを着ていて、輝くような金髪が顔の両側へ垂れている。瞬間、知っている女のような気がしたが、そうではなく、まだほんの少女であることがわかった。少女の足もとの歩道には、制服姿の男の身体が長々と横たわっている。デイビーには、それが誰かすぐわかった。マイケル・ゴーマンだった。

デイビーが駆けつけると、少女は彼にすがりついて、身体をふるわせ、きれぎれに、つかえながらいった——

「あたしのこと、誰かが殺そうとしたの……誰かが……あたしをねらって射ってきたの……でも、この人のおかげで……」と足もとでもはや動かなくなっている男を指さして、「この人があたしを押しのけて前へ立ちふさがったら……二発目の弾が来て……この人、倒れたんです……あたしの命を救ってくれたわ、この人。けがしてる、すごく……」

デイビー主任警部は片ひざをついた。懐中電灯を取り出す。背の高いアイルランド人のドアマンは、兵士のように倒れていた。その制服の左側のところにぬれた個所があって、血が布地にしみこむにしたがって、そのぬれた個所がひろがっていった。デイビーはまぶたを開き、手首をさわってみた。そして立ちあがって、

「だめだな」といった。

少女が鋭い悲鳴をあげて、「死んでるの？　いやだ！　死んじゃいや！」

「きみをねらって射ったのは、誰かね？」

「わからないわ……すぐそこの角のところで車をおりて、柵をたよりに……バートラム・ホテルへ歩いていくところだったんです。そしたら、いきなり銃声が……弾があたしのほおをかすめて……そしたら、あの人、ホテルのポーターのあの人があたしのほうへ

とんで来て、自分のうしろへあたしをかばったら、また一発来て……だ、誰かわからないけど、あそこのあたりにかくれてたんだわ、きっと」

デイビー主任警部は少女が指さすほうを見た。バートラム・ホテルのこちらのはずれのあたりには、街路の路面より下に古風な地下室があって、何段かの階段のついた入口があった。倉庫でしかない部屋なので、あまり使われていない。だが、一人の人間が充分かくれていられるはずだ。

「そいつの姿は見えなかったかね？」

「よくは見えなかったわ。まるで影のようにあたしのわきを駆けぬけていったわ。このすごい霧ですもの」

デイビーがうなずいてみせた。

少女は発作的に泣きだした。

「あたしのことを殺そうなんて、いったい、誰がそんなこと？　どうして、あたしのことを殺そうなんてしたの？　これが二度目よ。わからないわ……どうして……」

デイビー主任警部は片手で少女を支え、もう一方では自分のポケットをさぐっていた。

霧の中を鋭い警察呼子のひびきが貫いていった。

3

バートラム・ホテルのラウンジでは、ミス・ゴーリンジがフロントのデスクから急に目を上げた。

客の一人二人が、やはり目を上げた。年寄りや耳の遠い人は目を上げなかった。

ヘンリーは、あるテーブルへ、ブランデーのグラスをおろすところであったが、おろしかかったままグラスを持った手をとめてしまった。

ミス・マープルは前へ乗り出すようにして、いすの腕木をつかんですわっていた。退役海軍提督が強くいった。

「事故じゃ！　霧の中で車同士が衝突したにちがいない」

スウィングドアが街路のほうから押し開けられた。そこから、現実の人間よりもはるかに大きな感じの、巨人みたいな警官がはいって来た。

警官は白っぽい毛皮のコートを着た少女を支えていた。少女は歩くのがやっとの様子だった。警官はちょっと困った様子で、手伝いをさがすようにあたりを見まわした。

ミス・ゴーリンジがそれを迎えるように、デスクのうしろから出て来た。だが、その時、エレベーターが降りてきた。中から背の高い女が出てくると、少女は警官の手をふりきって、一気にラウンジを走りぬけていった。

「お母さん。ああ、お母さん、お母さん……」と叫び、泣きながら、ベス・セジウィックの腕に身を投げかけた。

第二十一章

デイビー主任警部はいすの背にぐっと寄りかかって、さし向かいにすわっている二人の女性を見ていた。もう夜中の十二時を過ぎていた。警察官たちがやって来ては、また行ってしまった。医師や指紋検出係、死体を運ぶ救急車、そして今は、バートラム・ホテルが警察のために提供した一室にすべてが集約されている。テーブルの一方にデイビー主任警部が陣取り、もう一方にベス・セジウィックとエルヴァイラが席をしめていた。壁のほうに向かって、警官の一人がじゃまにならないように席をとって、筆記をしている。ワデル部長刑事がドアの近くのいすに腰かけていた。

おやじさんは、自分とさし向かいになっている二人の婦人をじっと見つめていた。母と娘。二人の外見はきわめてよく似ている。霧の中でおやじさんが一瞬、エルヴァイラ・ブレイクをベス・セジウィックと思ったのも道理だったと思う。だが、今、こうして二人を見ていると、似ている点よりもちがっている数々の点のほうにむしろ驚く。二人は、肌や髪の色のほかはほとんど似たところがない。なのに、その印象としては、同一人物の陽画と陰画を見せられた感じである。ベス・セジウィックの人柄はすべて積極的である。その活動力、精力、人をひきつける魅力。デイビー主任警部はセジウィック夫人に敬服していた。ずっと以前から敬服していた。その勇気に敬服し、彼女の冒険にいつも興奮していた。かつて日曜新聞を読んで言ったことがある。「彼女も、こんどばかりはとてもやりとげられまいな」と。ところが、ちゃんと彼女はやりとげた！　とうてい所期の目的を達することはできまいと思っていたが、ちゃんと達成した。特にデイビーが敬服しているのは、彼女の不死身ぶりだった。彼女は一度飛行機の墜落事故にあっているし、自動車事故には何度も、そしてひどい落馬事故も二度ほどやっているが、それにもかかわらず、ちゃんと彼女は今ここにいる。実に力強く、生き生きと、瞬時でも目を離すことのできない人柄である。デイビーは精神的に彼女に脱帽していた。いつの日にか、彼女も失敗する時があるであろう。不死身も、そうそうは長つづきするものではない、デイビー主任警部の目が母親から娘へと移る。目を疑いたくなるほどである。ほんとに不思議な気がする。

エルヴァイラ・ブレイクの場合は、すべてが内へ向いている感じなのだ。ベス・セジウィックは強引に自分の意志を押し通すことで世間を渡ってきている。エルヴァイラのほうはそれとはちがった生活をしてきているにちがいない。人まかせのように思われる。服従するほうである。だまって笑顔のままでいうなりになるが、その裏ではするりと指の間から抜け出してしまうように思われる。「ずるさだな」と心の中でいってみて、それを評価する。「それよりほかにはやりようがないのにちがいない。図々しく物事を片づけることもできないし、自分の意志を押し通すこともできない。それだから、彼女の世話をしている人間にしてみれば、彼女が何を考えているのか少しの見当もつくまい」いったいこの娘は、こんなに夜おそく霧の中を、なんでバートラム・ホテルへ急いでいたのか。すぐに、このことをきいてやろうと思う。おそらくその答えは、真実ではないだろう。「こういうふうにして、この気の毒な娘は自分を自衛しているのだな」ディビーはそう思った。彼女はこのホテルへ母に会うために来たのか、それとも母をさがしにやって来たのだろうか？　ありそうなことだが、そうは思えない。それよりも、街角をまがったあたりにおいてあった一台のスポーツカーのことが気になった——ＦＡＮ２２６６のナンバーをつけた車。ラジスロース・マリノスキーの車があるのだから、どこか近くに彼がいることはたしかである。

「さてと」おやじさんがエルヴァイラに向かって、できるだけやさしく親身な態度で話しかけた。「さて、気分はどうですかな？」

「もう大丈夫です」エルヴァイラがいった。

「それはよかった。あなたにその気があれば、二、三、質問に答えてもらいたい。というのはこういうことは普通、時間がものをいいますからね。あなたは二度も狙い射ちされ、そして一人の男が殺されている。誰が彼を殺したか知るために、ひとつでも多くの手がかりがほしいわけです」

「あたしにできることならなんでもお話ししますけど、あんまり突然のことだったものですから。それに、霧の中だったでしょう、何もよく見えなかったし。誰だったのか、あたしには全然見当もつきません……どんなふうな人だったかもわからないわ。だって、もう、ただこわいばかりで」

「誰かが自分を殺そうとしたのはこれが二度目だといってましたな。ということは、以前にもあなたは命をねらわれたことがあったということですか？」

「あたし、そんなことといったかしら？　あたしおぼえていないわ」と不安そうに目が動いた。「そんなことといったなんて思えないわ」

「いや、でも、そういいましたよ」とおやじさんがいった。

「あたし、きっと……興奮して発作的にそんなこと」

「いや、そうではなかったように思いますな。ちゃんと正気でいっていましたね」

「じゃ、あたしの気のせいだったんじゃないかしら」とエルヴァイラは、また目をそらせた。

ベス・セジウィックが、おだやかにいった——

「お話ししたほうがいいんじゃない、エルヴァイラ」

エルヴァイラは不安そうに母のほうをちらと見た。

「何も心配することはありませんよ」とおやじさんが安心させるようにいった。「警察はね、世間の娘さんというものがお母さんや後見人に何から何まで話をしないということは、よく心得ていますよ。べつにそんなことをとやかくいうつもりはありません。ただ、警察としてはそれが知りたいのです。というのは、どんなことでも役に立つからです」

ベス・セジウィックがいう。

「イタリアでのことなの？」

「ええ」とエルヴァイラがいった。

おやじさんがいう、「イタリアといえばあなたが学校に行っていたところでしょう……学校というのか花嫁学校というのか、このごろはなんと呼んでますかね？」

「ええ、あたし、マルチネリ伯爵夫人の学校にはいってました。十八人か二十人ぐらいの生徒がいました」

「そして、誰かがあなたを殺そうとしたと。どんなぐあいにです？」

「あたしあてにね、チョコレートだのなんだの甘い物のいっぱい詰まった大きな箱が届けられてきたんですよ。きれいな文字のイタリア語で書かれたカードが一枚、添えられてありました。よく使う文句で、〝美しいお嬢さんへ〟というようなことが書いてありました。あたしはお友だちとおもしろがって、いったいこんなもの誰がよこしたのかしらって」

「郵便で来たんですか、その箱？」

「いいえ。郵便で来たんじゃありません。あたしの部屋に、ただおいてあったんです。誰かが持ってきたんでしょう、きっと」

「なるほど。使用人の誰かを買収したんですな。このことを先生には話されなかったんじゃないかな？」

エルヴァイラの顔にかすかに微笑がみえて、「ええ、もちろん話しませんでした。お友だちとその箱をあけたんですけど、すてきなチョコレートがはいってました。いろんなのがあったんですけど、中にヴァイオレット・クリームのがあったんですよ。上のところに砂糖づけのスミレがのせてあるチョコレート。あたしの大好きなものなんです。

ですからもちろん、まっさきにそれを一つ二つ食べたんです。そしたらあとで、夜になってすごく気分が悪くなってきたの。その時はチョコレートのせいなんて思いもしなかったんです。きっと夕食に食べた何かがいけなかったんだと思ってました」

「ほかの人は、気分が悪くならなかったのですか？」

「いいえ。あたしだけ。すごく気分が悪くなっちゃったんですけれど、翌日の終わりごろにはよくなったの。そしてね、その一日か二日あと、また同じチョコレートを食べたら、同じようになったんです。それであたし、そのことをブリジットに話したの。ブリジットっていうのはあたしの親友なんです。そして二人でチョコレートを調べてみたら、ヴァイオレット・クリームのチョコレートの底のほうに穴を埋めたあとみたいなのがあったんです。それであたしたち考えたの、誰かが、このチョコだけに毒を入れて、あたしに食べさせたんだわって」

「ほかには誰もぐあい悪くなった人はいなかったのですか？」

「ありません」

「すると、ほかにはそのヴァイオレット・クリームを食べた人がいなかったわけかな？」

「そうですね。誰も食べる人なんかいないと思います。というのは、あたしへのプレゼントでしょう、そしてみんなはあたしがそのチョコを好きなこと知ってるんですもの、手をつけやしませんわ」

「しかし、そういうことをしたやつが誰かは知らんが、みんなが中毒する危険をあえてしたわけですな」とおやじさんがいった。

「そんなばかな」とセジウィック夫人が鋭くいった。「そんなことってあるもんですか。そんなひどい話、聞いたこともない」

デイビー主任警部は手をちょっとあげて、「ちょっとお待ちください」といってから、エルヴァイラに向かってつづける。「いや、たいへんおもしろいと思います。それでも、まだ先生には話さなかったんですか?」

「ええ、もちろん話しません。先生、大さわぎをなさるにきまってますもの」

「そのチョコレートは、どうしました?」

「捨てちゃいました……とてもすてきなチョコレートだったんですけど」とちょっと残念そうにつけくわえていった。

「誰がそのチョコレートを届けてよこしたのか、調べなかったんですな?」

エルヴァイラはちょっと当惑の様子で、

「あの、あたし、ギドーがやったんじゃないかと思ってたもんですから」

「そう？」とデイビー主任警部は軽やかな調子で、「で、そのギドーというのは、どういう人です？」

「ああ、ギドーは……」とエルヴァイラは途中でやめて、母親のほうを見た。

「つまらないこと考えないで」とベス・セジウィックがいった。「どんな人でもかまわないじゃない、そのギドーのこと、デイビー主任警部にお話しなさい。あなたの年ごろの人にはね、誰にもギドーみたいな人がいるものよ。イタリアで会ったの、その人とは？」

「ええ。あたしたちがオペラに連れていかれた時に。あたしに話しかけてきたの、その人が。とてもいい人、すごく魅力があって、あたし、みんなと学校に出る時に、時々彼と会うことがあったわ。よく手紙なんか渡されて」

「すると」とベス・セジウィックが口を出した。「たぶんあなた、いろんなうそをついて、お友だちと計画したりして、おもてへぬけ出して彼と会ってたんでしょう？　そうでしょう？」

エルヴァイラはてっとりばやく白状がすんでほっとしたようだった。

「ええ。時にはブリジットといっしょにぬけ出したし、時にはギドーのほうがうまくやってくれたわ……」

「ギドーの下の名は？」

「知らないわ。一度も教えてくれないんですもん」

デイビー主任警部は、にっこりしてみせて、

「つまり、いいたくないというわけだね？　いや、よろしい。なに、あなたの手をわずらわさなくても、必要とあればわれわれのほうでいくらでもさがし出せるんですよ。しかしね、あなたのことを好きらしい男の子が、なんであなたを殺そうとしたんですか？」

「それはね、よく彼がそんなことといってあたしのことおどしてたからなんです。あたしたち、時々けんかしてたんです。彼が自分の友だちを連れて来るでしょう、するとあたしが、彼のことよりもその友だちのほうが好きみたいにみせかけてやると、彼ものすごく怒っちゃうの。どんなことするかわからないぞ、気をつけろなんていうんです。あたしに、浮気なんかするなって！　もしあたしがいうことをきかなかったら、殺しちゃうって！　でもあたし、彼ってメロドラマ的で、お芝居がかりだと思ってました」とエルヴァイラは急に思いがけない微笑をみせて、「かえっておもしろいって思ってたくらいです。とてもほんとだとか本気だとか、そんなふうには思えませんでした」

「なるほど」とデイビー主任警部。「あなたのいわれたようなそんな青年がですね、本

気でチョコレートに毒を入れて届けてよこすなんて、とても考えられないですね」

「ええ、あたしにも考えられません」とエルヴァイラがいった。「でも、やっぱり彼にちがいないわ。だって、ほかにそんな人考えられないんですもの。あたしそのことが気になってたんです。そしてこちらへ帰ってきたら、あたしのところへ短い手紙が届いていて……」とそこでことばを切った。

「どんな手紙でした？」

「タイプで打ってあって、封筒に入れてありました。〝気をつけるがいい。何者かが殺そうとねらっている〟と書いてありました」

デイビー主任警部の眉がつりあがった。

「そうですか？　実に変だな。うん、たいへんに奇妙だ。そのことが気になって、おびえていたんですか？」

「ええ。それであたし……あたしのことを殺そうなんて思う人はいったいどういう人なんでしょうって、気になりだしたんです。それで、あたし、ほんとに自分がたいへんなお金持ちなのかどうか、知りたくなったんです」

「どうぞ、つづけてください」

「そしたら先日、ロンドンでまた別のことが起きたんです。あたし地下鉄のホームにいたんです。いっぱいの人でした。すると誰かがあたしのことを線路へ突きおとそうとしたらしいの」

「まさか！」とベス・セジウィックがいった。「気のせいよ」

おやじさんは、またちょっと手でさえぎるような様子をした。

「そうね」とエルヴァイラが弁解するみたいに、「あたしも、自分で気のせいだと思ってたんですけれど……でも、今晩、こんなことがあってみると、みんなほんとだったんじゃないかと思えてくるの。ね、そうでしょう？」そして突然ベス・セジウィックのほうへ向きなおると、せきこむようにいった。「お母さん！ あなたこそ知ってるんじゃない。あたしのこと殺したい人がいるんでしょう？ あたしには敵がいるの？」

「もちろんそんな、敵なんかいやしませんよ」とベス・セジウィックがもどかしそうにいった。「ばかなこと考えるもんじゃないわ。あなたのこと殺そうなんて思う人がいるわけがない。そうでしょう？」

「じゃ、今夜、あたしをねらって射ったの、誰？」

「この霧の中ですもの、あなたのことを誰かほかの人とまちがえたんじゃないのかしら。……ねえ、ありそうなことだと思いません？」とベス・セジウィックはいってから、おやじさんのほうへ向いた。

「そうですな、ありそうなことに思われますね」とデイビー主任警部がいった。

ベス・セジウィックがデイビー主任を、まっすぐに見つめた。彼女の唇がまさに「あとで」というふうに動いたようにさえ思われた。

「さて」とおやじさんは陽気に、「もう少し聞かせてもらいますかな。今夜は、どこからこっちへ来られたんです？　なんでこんな霧の夜にポンド街などを歩いておられたのか」

「あたし、今朝はテート美術館の美術講座を受けるためにロンドンへ出てきたんですよ。それからお友だちのブリジットといっしょにお昼を食べに行きました。ブリジットはオンズロー・スクエアに住んでるんです。二人で映画を見にいって、出てきたらこの霧でしょう……すごく濃い霧ですし、もっとひどくなりそうなので、あたし車でうちへ帰るのよしたほうがいいって思ったんです」

「自分で運転なさるんですか？」

「ええ。去年の夏に運転免許をとったんですよ。でも、あたしあんまり上手じゃないし、霧の中を運転するなんていやですもの。そしたら、ブリジットのお母様が今夜はうちへお泊まりなさいっておっしゃるもんですから、あたし、いとこのミルドレッドに電話して……ケントなんですけど、あたしが今いる家なんです……」

おやじさんがうなずいた。

「……それで、ひと晩泊めていただくことになったからっていったんです。それがいいわっていいとこもいいました」

「それで、どうしました？」おやじさんがきく。

「そうしたら急に霧が晴れてきたみたいで。霧ってほんとに変わりやすいんですものね。で、あたしやっぱりケントへ車で帰るわっていったんです。ブリジットにさよならいって出かけました。そしたら霧がまた濃くなってきたの。いやだなって思ってるうちに、すごく霧の濃いところへはいりこんでしまって道に迷って、どこにいるのか見当がつかなくなってしまったんです。そのちょっとあとで、ハイド・パークの角にいることがわかって、〝こんな霧の中じゃとてもケントまで行けやしないわ〟って思いました。それでまず、ブリジットのうちへ引き返そうと思ったんですけど、ここへ来るまでに道に迷ってたんです。そしたら、あたしがイタリアから帰ってきた時にデリクおじさまが連れてきてくれたこのホテルが、すぐ近くだってこと思い出したんです。〝行ってみよう、きっと一部屋ぐらいなんとかしてくれるわ〟って思いました。ここへ来るのは割と簡単で、すぐホテルがみつかったもんですから車を降りて、ホテルのほうへ歩きはじめたんです」

「誰かに会ったとか、近くを歩いている人の気配なんか感じませんでしたかね？」

「そうおっしゃるのが不思議みたいです。だって、ほんとに誰かがあたしのうしろから歩いてくる音が聞こえたように思ったんですもの。もちろん、ロンドン中にはたくさんの人が歩いていたことでしょう。でも、こんな霧の中ではなんとなく気味が悪い感じ。あたしちょっと立ちどまって耳をすましたんですけど、足音もなんにもしないんで、それ耳だったのかなって思いました。そして、ホテルのすぐ近くまで来ましたら……」

「それで？」

「それから、いきなり銃声がしたんです。さっきもいいましたように、弾はあたしの耳をかすめたようでした。ホテルの前に立っていたドアマンがあたしのほうへ駆けつけてくると、自分のうしろへあたしを押しやるようにしたんです……そしたら、もう一発銃声がしました……ドアマンが倒れ、あたしは悲鳴をあげたんです」とエルヴァイラは身をふるわせていた。母親のセジウィック夫人が、それに向かってひくいしっかりした声で、

「しっかりなさい、しっかり」といった。馬に向かっていうような調子だったが、娘に対しても効果的だった。エルヴァイラはちらと母を見て、少し胸を張るようにすると、平静にもどった。

「いい子ね」ベスがいった。

「そこへ、あなたが来られたんです」とエルヴァイラがおやじさんに向かって、「そして呼子を吹いて、おまわりさんにあたしをホテルへ連れていくようにっておっしゃったわね。あたしがホテルへはいっていくと、ちょうどその時あたしお母さんをみつけたんです」とベス・セジウィックのほうを向いた。

「これでやっとどうやら、現在までの話がすみましたな」とおやじさんが大きな身体をちょっといすの中で動かした。

「あなたはね、ラジスロース・マリノスキーという男をごぞんじですかな？」ときいたおやじさんの声はおだやかで、何気ないふうで、まったく調子も変わっていなかった。エルヴァイラのほうを見てはいなかったが、耳のほうは全機能を発揮していて、ちゃんと彼女が軽い驚きのため息をついたのを聞きのがしはしなかった。目はエルヴァイラではなくベスのほうに向けられていた。

「いいえ」とエルヴァイラがいったが、その返事にはほんの一瞬の遅れがあった。「いいえ、あたし、知りません」

「おや、ごぞんじかと思ってましたがね。今夜、ここへ来ているようなんですがね」

「え？　どうしてここへなんか来てるんでしょう？」

「彼の車がここにあったもんですからね、そう思ったんですよ」

「あたし、その人知りません」エルヴァイラがいった。

「いや、これはわたしの思いちがいでした」とおやじさんはベス・セジウィックのほうへ向きなおって、「あなたは、もちろん、ごぞんじでしょう?」

「ええ、もう」とベス・セジウィックがいう。「ずっと前から知っておりますよ」そしてちょっと微笑を含んで、「あの人はちょっといかれてましてね。まるで天使みたいにおとなしく車を運転してるかと思うと、悪魔みたいにぶっ飛ばしたり……今に、首の骨でも折っちゃいますよ。十八カ月前にもひどい衝突事故をやってますし」

「ええ、新聞で読んだことをわたしもおぼえてますな。その後はレースには、まだ出ていないんですか?」

「ええ、まだ出ておりませんね。もうおそらく二度と復帰できないでしょう」

エルヴァイラが訴えるように、「もうあたしやすませてもらってもいいかしら? ほんとに……すごく疲れちゃって」

「あ、どうぞどうぞ。お疲れでしょう」とおやじさんがいった。「もう全部おぼえていることは話していただけましたね?」

「ええ、はい」

「あたしがいっしょに行ってあげましょう」とベスがいった。

母親と娘はいっしょに部屋を出ていった。

「あの娘は、あの男をちゃんと知っとるんだよ」とおやじさんがいった。

「ほんとですか？」とワデル部長刑事がきいた。

「こっちにはちゃんとわかってるんだよ。つい一日か二日か前に、あの男とバターシー公園でいっしょにお茶なんか飲んでいたんだからね」

「よくそんなことがわかりましたね？」

「老婦人が話してくれたんだがね……心配して。あの娘にとってあの男はいい友だちじゃないと。そのとおりだよ、あの男は」

「ことに、あの男とあの母親が……」とワデル部長刑事は微妙なところを避けて、「なにしろ、誰でも知ってるうわさですからね……」

「うん、ほんとかもしれんし、そうでないかもしれない。おそらく、ほんとだろう」

「としますと、あの男が尻を追っかけてるのは、ほんとはどっちなんですかね？」

おやじさんはその点には触れず、こういった。

「あの男を捕まえたい、ぜひとも。あの男の車が……すぐそこの角をまがったところにあるんだ」

「このホテルにあの男が泊まってるとでも？」

「いや、そうは思わない。それじゃ話が合わないいんだ。このホテルにはいないだろう。ここへやって来ているとすると、あの娘に会いにやって来たんだよ。娘のほうも男に会いにやって来たんだね」

ドアが開いて、ベス・セジウィックが再び姿を現わした。

「あなたにお話があって、もどってまいりました」とおやじさんから他の二人の刑事へと見まわして、「あなたにだけお話ししたいんですけど、よろしいでしょうか？　わたしの知ってることはもうみんなお話ししましたけれど、ちょっと内密に二、三お耳に入れておきたいことがありますので」

「お断わりする理由もありませんな」とデイビー主任警部が頭を動かして合図をすると、若い刑事はノートを持って出ていった。ワデル部長刑事もいっしょに出ていった。「それで？」とデイビー主任警部がいった。

セジウィック夫人は再びデイビーと向かい合わせの席についた。

「あんな、毒入りチョコレートの話なんてナンセンスですよ」と夫人がいう。「まったくばかばかしいお話です。あんなことがあったなんて、あたしはまったく信じませんね」

「そうでしょうかね？」

「あなたは信じられます？」

おやじさんは不審そうに首をふりながら、「つまり、お嬢さんの作り話だとおっしゃるわけですな？」

「そうです。でも、どうしてあんな話を？」

「あなたにそのわけがおわかりにならないのに、わたしにわかるわけがないでしょう？ あなたのお嬢さんのことですよ。わたしよりもあなたのほうが、よくごぞんじのはずじゃありませんか」

「あたしには、あの子のことは何もわかってないんです」とベス・セジウィックがつらそうにいった。「あの子が二歳の時、あたしが主人のもとから逃げ出した時以来、会っていませんし、なんの交渉もなかったんですもの」

「なるほど。そのことは聞いております。どうも不思議なことだと思ってました。つまり、離婚訴訟の場合、普通は母親の請求さえあれば、その母親に非がある場合でも小さい子供の世話は母親にまかせられるものなんです。たぶん、あなたはその請求をなさらなかったんでしょうね？ そういう気があなたにはなかったんですな」

「考えたんですけど……子供を引き取らないほうがいいと思ったんです」

「どうしてです？」

「娘のために安全……だとは思えなかったからなんです」

「道徳上？」

「いいえ。道徳上の意味からではありません。このごろ、不義などはいくらでもありますからね。子供たちはそのことを学びとって育つべきです。いえ、そんなことではなくて、このあ、い、あたしがいっしょにいては安全でないからなんです。あたしの生活はおそらく安全無事なものではないでしょう。生まれつきというものはなんともしようのないものですからね。あたしは生まれつき危険な生活を送るようにできてるんです。あたしは法律に忠実な人間でもなければ、また月並みな人間でもありません。ですから、エルヴァイラには本当の英国流のしきたりに従ったしつけ養育を受けさせたほうが幸せだと思ったんです。よく保護され、世話されて……」

「しかし、母親の愛情はない？」

「もしあの子があたしのことを思うようになったら、あの子に悲しみを与えることになると思ったのです。あなたは信じられないかもしれませんが、しかし、あたしはそういうふうに思ったのです」

「わかりました。それで、今もその考えが正しかったとお考えですか？」

「いいえ。そうは思いません。今にして、自分がまったくまちがっていたように思われてなりません」

「お嬢さんは、ラジスロース・マリノスキーを知っておられますよね？」

「知らないでしょう。そういってましたもの。あなたもお聞きになったように」

「ええ、聞いてはおりますがね」

「じゃ、なんですの？」

「ごぞんじのようにお嬢さんはここにすわっておられた時、何かおびえておられましたね。わたしどもの職業では、恐怖というものに出会ったら、必ずそれを追及することになっているのです。お嬢さんはおびえていました……どうしてでしょう？　チョコレートか何か、とにかく、お嬢さんの生命がねらわれていたんですね。地下鉄での話も、ほんとうかもしれないし……」

「あんなばかばかしいこと。まるでスリラーかなにかみたいなこと……」

「かもしれません。しかし、ああいうことはよくあることなんですよ、セジウィック夫人。思ったより、よくあることなんです。あなたのお嬢さんを殺そうとした人間はいったい誰なのか、何か思いあたることはありませんかね？」

「そんな人は思いあたりませんね、まったく！」

はげしい調子でそういった。
デイビー主任警部はため息をついて、首をふった。

第二十二章

デイビー主任警部はメルフォード夫人が話し終えるのをじっとがまんして待っていた。まったく驚くほど収穫のない訊問であった。この〃いとこのミルドレッド〃はまったくつじつまが合わない話をするし、なんでも懐疑的で、だいたいが頭が弱かった。それとも、これはおやじさんだけの印象だったかもしれないが。エルヴァイラの行状がどんなにやさしいものか、ほんとによい性質である話、そして歯を悪くしていた話、電話で変な口実をいっていたことから、どうもエルヴァイラの友だちのブリジットは友だちとしてふさわしくない人ではないかというような重大な話にまで及んだ。こういうことを次々にばたばたと主任警部の前に並べたてた。まったく何も知らず、何も聞いてはおらず、何も見ておらず、で、何も引きだせなかった。

エルヴァイラの後見人ラスコム大佐への電話も、これまたもっと無収穫であったが、幸いなことは、おしゃべりではなかったことである。「またまた三猿だ」と主任は受話器をおきながら部下の部長刑事にぶつぶつといった。「見ざる、聞かざる、言わざるとくるからな……この娘と何かのかかわりのある人間どもは、みんな人が良すぎるね……その意味わかるかい。悪についてはなんにも知らないし善良な人たちばかりだね。例の老婦人以外はね」

「例のバートラム・ホテルの老婦人ですか？」

「そう、あの人だ。あの人は長い経験を持っていて、悪をかぎつけ、悪をさがし出し、悪と進んで戦う気概を持っている。さてと、それでは友だちのブリジットから何が引きだせるか、やってみるとしよう」

　こんどの訊問の困難さは、ほとんどはじめから最後までブリジットのお母さんなる人のおかげであった。お母さんなる人の口出しなしでブリジットと話すには、デイビー主任警部としてはあらゆる巧妙な手を使わなければならなかった。だが、主任はブリジットにうまく助けられたといわなければなるまい。紋切り型の質問と返答とが相当につづいたあと、エルヴァイラが危うく命を落とすところだったという話にブリジットのお母さんが恐怖をあらわにしたところで、ブリジットがいった。「ねえママ、もう委員会の会合の時間でしょう。とても大事な会だっていってたわね」

「おやおや、そうでしたね」とブリジットのお母さん。

「ママが会合に出なかったら、それこそ委員会はたいへんなことになるわよ」

「あ、そうね。ほんとにそうね。でも、あたし、まだ……」

「いえもう、そのことなら大丈夫です」とデイビー主任警部が、年をとった父親ふうなあたたかい表情をみせて、「いや、もうご心配はいりません。どうぞ、お出かけください。もう大事なことはみなすませましたので。わたしのほうで知りたいと思っておりましたことは全部お話しいただきましたしね。ただ、ほんの一つ二つ、イタリアの人たちのことをお嬢さんがごぞんじかもしれませんので、そのことだけ」

「じゃ、ブリジット、あなたひとりでお話しできるかしら……」

「ええ、大丈夫、なんとかできるわ、お母さん」

やがて、あれこれ大騒ぎの果て、ブリジットのお母さんは委員会なるものへと出かけていった。

「あーあ」とブリジットは、玄関のドアを閉めてもどって来ながら、ため息をついて、「ほんと！　まったくどこの母親もやっかいだと思うわ」

「そうらしいですな」とデイビー主任警部。「わたしが会った若い女の人はみんな大なり小なりお母さんといろいろめんどうなことがあるようですな」

「あたしはまた、あなたは反対のことをおっしゃるかと思ってたわ」とブリジットがいった。

「いやいや、そうなんですよ。でも、若い女の人にはそうはみえないわけですな。ところで、もう少しお話をしてくださるわけでしょう」

「あたし、ママの前だと率直な話ができないんです」とブリジットが説明した。「でも、大事なことなのでできるだけお話ししたいんです。エルヴァイラは何かをすごく心配して、こわがっ、い、いってるんです。ほんとに自分が危険にさらされてるとは思ってないらしいんですけどね、ほんとはそうなんです」

「そんなことだろうと思っていましたな。もちろん、あなたのお母さんの前ではあまりいろいろときかないようにしていたんですが」

「そう、ママの耳にはいらないようにしないと。ママが聞いたら大騒ぎして、みんなにいって歩いちゃうわ。エルヴァイラだって、こんなこと人に知られたくないにきまってるし……」

「まずですね」とデイビー主任警部。「イタリアでの例の箱入りのチョコレートの件なんだけれど、毒入りらしいような箱が彼女に送りつけられたという話を聞いているんだが」

ブリジットは目を丸くして、「毒入りだなんて、そんなのないわ」といった。「あたしは、そう思わないわ。ただ……」

「何かあったというわけですかね？」

「ええ、チョコレートの箱が届けてあって、エルヴァイラはそのチョコレートをとてもたくさん食べちゃって、その晩ぐあいが悪くなったんです。だいぶぐあいが悪かったわ」

「だけど、毒入りなどとは思っていなかったんですか？」

「ええ。ただ……あ、そうだわ。彼女が、誰かがあたしたちの一人に毒を盛ろうとしてるっていったんです。それで、あたしたちチョコレートを調べたの。もしかして何か注入してないかって」

「で、何か注入してあったんですか？」

「いいえ、そんなことはなかったわ。少なくともあたしたちが調べた限りではね」

「でも、あなたのお友だちのエルヴァイラは、今でも毒入りだったと思ってやしないかな？」

「そう思ってるかもしれないわ……でも、それっきりなんにもいわないんですよ」

「でも、あなたは彼女が何者かを恐れていると？」

「その時にはそんなこと思いませんでしたし、また別になんにも気づかなかったんです。

こちらに来てからなんです、あとになってから」

「ギドーという男のことは、どうなんです？」

ブリジットはくすくす笑って、

「あの人、エルヴァイラに首ったけだったんです」

「そして、あなたとあなたのお友だちは、この男とあちこちで会っていた？」

「あたし、何もかもしゃべっちゃいます」とブリジットがいった。「なんてったって、あなたは警察の人ですものね。あなたにはこんなことどうだっていいことかもしれないけど、でも話だけはわかってくださいね。マルチネリ伯爵夫人って人はすごい厳格……っていうか、自分でそう思ってるの。だからあたしたちだって、いろんなごまかしの手を使ったわ。あたしたちはみんなお互いにかばいあってたの、ね？」

「そして、うまいうそをついていたと？」

「ええ、そうしました」とブリジット。「でも、みんなが疑いの目で見ている時ですもの、これより方法がないでしょう？」

「で、そんなふうに、あなたたちはギドーに会ったりしていたわけだ。そして、ギドーはエルヴァイラを脅していたというわけ？」

「ええ、でも本気じゃなかったと思うわ」

「すると、たぶんエルヴァイラが会っていた男がほかにもあったんだな？」

「それは……そんなこと、あたし知りません」

「その話をぜひしてもらいたいんだがな、ブリジット。非常に重要なことなんですから
ね」

「ええ、それはあたしにもわかります。ええ、誰だかはいました。それがどんな人だか、あたしは知らないけど、ほかに誰かがいました……彼女がほんとうに思ってる人が。すごく真剣でした。ほんと、これはたいへんなことだとあたし思うんですよ」

「彼女、いつもその男と会っていたの？」

「と思います。よく、ギドーと会いに行くんだっていってましたけど、それはギドーばかりじゃなかったの。この、ほかの男だったんです」

「どんな男か、見当つかなかった？」

「ええ」ブリジットの返事はちょっとあいまいだった。

「レーサーでラジスロース・マリノスキーって名の男じゃなかったでしょうな？」

ブリジットはあっけにとられた様子でデイビーを見ていた。

「じゃ、知ってるんじゃありませんか？」

「では、そうなんですね？」

「ええ、そう思います。エルヴァイラは新聞から切り抜いた彼の写真を持ってました。ストッキングの下にかくして」

「でも、それはただの、いわゆるピンナップ・ヒーローとしてではなかったんですか?」

「ええ、もちろんそうかもしれないけど、でも、そうじゃないと思いました」

「こちらへ来てからも彼女、その彼と会ってるんですかね、知りませんか?」

「さあ、知らないわ。だって、エルヴァイラがイタリアからこちらへ帰ってきてからは、何をしてるのかあたしよく知らないんですもの」

「エルヴァイラはロンドンの歯医者のところへ出てきてたんですがね」とデイビーがブリジットから話を引きだそうとして、「いや、彼女はそういっていた。そして歯医者へは行かずに、あなたのところへ来ている。メルフォード夫人のほうへは電話で、昔の家庭教師のところへ行くなどという話をしてるんです」

ブリジットはクスクスと笑った。

「ほんとうのことじゃないですな。そうでしょう?」とデイビー主任警部も微笑を含んで、「ほんとうはどこへ行ってたんですかね?」

ブリジットはちょっとためらっていたが、「アイルランドに行ったんです」

「あたしには話してくれないんです。何か調べることがあるんだって、そういってました」

「アイルランドへ行った？　なんのため？」

「よくは知らないんです。ある場所の名前をいってました。ボリーなんとかでした。ボリーゴーランだったかと思うんですけど」

「アイルランドのどこへ行ったのか、知りませんか？」

「ケンジントン空港で見送ったんですもの。リンガス航空で行ったんですよ」

「なるほど。彼女がアイルランドへ行ったことはたしかでしょうね？」

「次の日です」

「帰ってきたのはいつですか？」

「ええ」

「やはり飛行機で？」

「ええ……そうだと思います！」

「たしかに飛行機で帰ってきたんですね？」

「いいえ。買ってなかったわ。あたし、おぼえてます」

「帰りの券も買っていましたかね？」

「じゃ、何か別の方法で帰ってきたかもしれないですね、そうでしょう？」

「ええ、そうかもしれませんね」

「たとえば、特急〈アイリッシュ・メイル〉で帰ってきたかもしれませんよね？」

「そんなことはいってなかったわ」

「しかし、飛行機で帰るともいっていなかったんでしょう、どうです？」

「ええ」とブリジットもうなずいて、「でも、どうして飛行機ではなく、汽車とか船で帰ってこなくちゃならないのかしら？」

「彼女が知りたいと思っていたことを調べあげることができたとして、泊まるところがなかったとすると、〈ナイト・メイル〉で帰るのがてっとりばやいと考えたでしょうね」

「そうね、そう思ったでしょうね」

デイビーはちょっとにこりとして、

「今どきの若い女の人はですね、飛行機以外でどこかへ行こうとは思わないでしょう？」

「ええ、思いませんね」

「いずれにせよ、彼女はアイルランドからイングランドへ帰ってきたと。それから、どんなことがあったんです？　あなたのところに来たとか、電話をかけてきたとか？」

「電話をかけてきたわ」

「どんな時刻に？」

「朝のうちでした。あ、そう、十一時か十二時ごろだったわ」

「で、どんなことをいいました？」

「うまくいってるかしらとききました」

「それで、うまくいっていましたか？」

「いいえ、うまくいってなかったの。というのは、メルフォード夫人から電話がかかってきて、うちのママがそれに出ちゃったもんだからぐあいの悪いことになって、あたしなんていったらいいかわからなくなったんです。そしたらエルヴァイラはこのオンズロー・スクエアへ来るのはよして、いとこのミルドレッドに電話して、何かうまいことといってごまかすんだっていってました」

「あなたが思い出すことは、もうそれだけ？」

「ええ、これで全部です」とブリジットはいったが、まだ取っておきが少しあった。ボラード氏とブレスレットのことがある。これだけはデイビー主任警部にも話すまいと思った。おやじさんのほうでは、何かまだ隠し事があるとよくわかっていた。それが自分の捜査と関係なければいいと思う。さらにきいてみた。

「あなたのお友だちは、たしかに誰かを、それとも何かをおそれていると思います？」

「ええ、思います」

「彼女はそのことを口に出していったことがありますかね。それとも、あなたからいいだしたことは？」

「ええ、はっきりきいてみたんですよ。はじめはそんなことないっていってましたけど、やがてこわいことがあるって認めました。『彼女、危険にさらされてるんです』とブリジットがはげしい調子でつづける。「彼女、危険にさらされてるんです。それが自分でもわかってるの。でも、あたしにはどういうわけだか、どうしてだか、何もわからないんです」

「あなたがそう確信するわけは、あの朝、つまり彼女がアイルランドから帰ってきたあの朝に関係があるからじゃないかな？」

「ええ、そうなんです。あたしが彼女に危険が迫っているって感じたのは、あの朝なんです」

「つまり、彼女が特急〈アイリッシュ・メイル〉で帰ってきたかもしれない、その朝のことですな？」

「列車で帰ってきたなんて、あたし思わないわ。なぜエルヴァイラにおききにならないの？」

「今にききますけれどね。でも、この点にあまり注意をひきたくないんでね、今のところは。もしかすると、彼女をもっと危険におとしいれることにならないとも限らないし」

ブリジットは目を丸くして、

「どういうことなんですか？」

「あなたはおぼえていないでしょうがね、ブリジットさん、その夜というかその早朝、〈アイリッシュ・メイル〉が襲われたんですからね」

「すると、エルヴァイラがその列車に乗っていたのに、あたしにはひとこともその話をしなかったってことですか？」

「どうもそんなことはありそうにないでしょう。しかしね、彼女は何かあるいは何者かを見かけたのかもしれないし、それとも〈アイリッシュ・メイル〉に関連して何かあったのかもしれない。たとえば、誰か知っている人を見かけたために、そのせいで危険に直面することになったとか」

「え！」とブリジットはいって、ちょっと考えて、「すると……つまり彼女の知ってる誰かが、あの強盗事件に関係してるってことですか」

デイビー主任警部は席を立って、

「さて、これでおしまいかな……もう何も話してくださることはないですかね？　その日かそれともその前日、エルヴァイラはどこへも行かなかったかな？」

またしてもボラード氏とボンド街の店のことがブリジットの目の前に浮かんできた。

「いいえ、行ってません」ブリジットがいった。

「どうもわたしには、まだ何か話してもらっていないような気がしてならないな」とデイビー主任警部がいった。

ブリジットは、このひとすじのチャンスをうまくつかんだ。

「あ、忘れてたわ。そうだわ、彼女、弁護士だかなんだかのところへ行きました。弁護士で財産管理人のところへ、何か調べに」

「あ、財産管理人の弁護士のところへね。名前は知らないだろうね？」

「エジャトンです……フォーブズ・エジャトンなんとかって、もっとほかの名がたくさんついてるの。でも、これ、まちがってないと思います」

「あ、そう。エルヴァイラは何か調べたいといっていたんですな？」

「自分にはどれくらいお金があるのか、それが知りたいっていってました」ブリジットがいう。

デイビー主任警部の眉根がつり上がった。

「そう！　それはおもしろい。どうして彼女自身知らなかったのかな？」

「それはね、誰も彼女にお金のことなんか話してくれたことがないからですって。みんなは、ほんとにどれくらい彼女にお金があるのか知らせるのは、彼女のためによくないと思ってたらしいの」

「ところが、彼女はそれをどうしても知りたがっていた、とこういうわけですね？」

「そうなんです。大事なことだから知りたがってたんだと思います」

「どうもありがとう」とデイビー主任警部がいった。「ほんとにいろいろ協力していただいて」

第二十三章

リチャード・エジャトンはもう一度自分の目の前の公用の名刺を見て、それから主任警部の顔を見上げ、

「妙な話ですね」といった。

「そうなんです」とデイビー主任警部。「たいへん妙な話なんです」

「霧の中のバートラム・ホテルか」とエジャトンがいった。「そう、昨夜はひどい霧でしたね。霧の中だといろんなことが起きるんでしょう？　ひったくりなどといったことが……ハンドバッグなんかの」

「そういうことではないのです」とおやじさんがいう。「ミス・ブレイクから何かひったくろうとしたやつがいたなどということじゃありません」

「どこから発砲して来たんですかね？」

「霧のため正確にはわかっておりません。彼女自身もわからなかったのです。しかし、

われわれとしては、これが一番自然だと思うんですが、問題の人物は地下室入口のところに立っていたと考えています」

「彼女に向かって二発、弾が発射されたといわれましたね？」

「ええ。一発目ははずれ、そこへホテルの玄関に立っていたドアマンが駆けつけて彼女をうしろにかばった直後に第二弾が来たわけです」

「で、代わりにそのドアマンが射たれたというわけですね？」

「そうです」

「たいそう勇敢な男ですね」

「ええ、勇敢な男でした」とデイビー主任警部。「軍隊時代の成績も優秀なんです。アイルランド人でして」

「名前は？」

「ゴーマン。マイケル・ゴーマンです」

「マイケル・ゴーマンですか」とエジャトンはちょっと眉根を寄せていたが、「いや、ちがうな」といった。「ちょっと思いあたることがあるような名前だと思ったんですが」

「まあどこにもよくある名前ですからね。とにかく、この男がお嬢さんの命を救ったわけです」

「ところで主任警部、どういったご用件でわたしのところへみえたんです？」

「ちょっとした情報がほしいんですがね。わたしどもとしましては、殺人未遂の被害者について常に充分な情報を得ておきたいのです」

「あ、当然、当然ですな。しかし、実際のところ、エルヴァイラとは彼女が子供のころ以来、二度ばかり会ったきりなんですからね」

「一週間ばかり前、彼女がやって来た時、あなたは会ってますね？」

「ええ、そのとおりですがね。いったい何が知りたいんです？　彼女の個人的な事柄……友だちは誰々かとか、ボーイフレンドのこととか、恋人同士のけんかのこととかいった種類のことでしたら、彼女をイタリアから連れて帰ってきたカーペンター夫人か、彼女が今いっしょに住んでいるサセックスのメルフォード夫人のどちらかへおいでになったほうがよろしいでしょう」

「メルフォード夫人には、もう会いました」

「そう」

「だめでした。ぜんぜんだめでした。わたしとしてはブレイク嬢の個人的なことをそれほど知りたいわけではないのですが、とにかく、直接彼女にも会い、彼女もまたできるだけのことを話してくれた、といいましょうか、話したいことだけは話してくれたようです……」

エジャトンの眉がぴくりと動いたところからみて、デイビーは〝話したいことだけ〟ということばがよかったんだなと思う。

「ミス・ブレイクはひどく何かをおそれ悩み、自分の命がねらわれていると思いこんでいるらしいんですが、あなたのところへ来た時にも、そんなふうな感じだったでしょうか？」

「いや」とエジャトンはゆっくりいった。「いや、そんな様子はありませんでしたね。もっとも、ひとつふたつどうも変だなと思われるようなことをいっていましたね」

「たとえば？」

「自分が急死するようなことがもしあったら、誰が一番利益を受けることになるだろうか、それが知りたいなどというのです」

「あ、そんなこともあろうかと彼女考えていたわけなんですな？　自分が急死するなどと。なかなか興味あることです」

「何か考えているらしいんですがね、それが何なのかは知るすべもありません。それから、いったい自分はどれくらいのお金を持っているのだろうか……いや、二十一歳になったらどれくらいのお金を持つことになるだろうか、とそんなこともきいておりました。このほうは、まあわからん話でもありませんがね」

「莫大なお金なんでしょうね？」

「ええ、たいへん巨額の財産です」

「彼女がそれを知りたがったのは、どういうわけかおわかりになりませんか？」

「お金のことですか？」

「ええ。それと、その財産を誰が相続するかということですね」

「わたしにはわかりかねますね」とエジャトンがいった。「まったくわかりません。それからもうひとつ、彼女は結婚問題も持ち出しましたね……」

「これは特定の男がいるなという印象は受けられたのでしょうか？」

「証拠はありませんけれどね……しかし、そう、そんなふうに思いましたね。これはどこかにボーイフレンドなどがいるなと感じましたね。たいていはそんなところですからな！　ラスコム……あのラスコム大佐ですよ、彼女の後見人になっている、彼などまったくボーイフレンドのことなんか知らない様子でしてね。まあ、あのデリク・ラスコムにしてみれば無理もありますまい。裏にそんな男がいて、しかも好ましからざる人物らしいということを話しますと、ひどくあわてておりましたよ」

「まったく好ましくない男ですよ」とデイビー主任警部がいった。

「あ、すると、その男のことをごぞんじなんですね？」

「これは推測ですが、まずはずれてはいないと思います。ラジスロース・マリノスキーです」

「レーサーの？　そうですか！　ハンサムな冒険家の。こういう男に女は弱いんですな。しかし、どうやってエルヴァイラとつながりができたんでしょうね。二人の生活の軌道がどこで交わったのか、とんと見当がつきませんね……ただ……そうだ、たしかこの男は一、二カ月前にローマに行っていたようでしたね。たぶん、ローマでエルヴァイラと出会ったんでしょう」

「ありそうなことですな。それとも、母親を介してこの男に会ったのかもしれませんね」

「なに、ベスを介してですか？　そんなことはまずありえそうにないでしょう」

デイビー主任警部はせき払いをして、

「セジウィック夫人とマリノスキーはたいへん親しい間柄だという話なんですけれどね」

「ええ、そういうゴシップはわたしも知っておりますよ。ほんとかもしれないし、そうでないかもしれない。二人は親しい間柄でしょう……二人の生活スタイルが二人をよくいっしょにすることになりましょうからね。ベスにはもちろんいろいろな情事がありましたが、しかし、これはおぼえておいていただきたいが、彼女は決して淫乱タイプの女じゃありません。よく人は軽々しく女性に対してそんなことをいいますが、ベスに関する限り、そんなことはありません。とにかくわたしの知っている限りでは、ベスとその娘はお互い実際によく知り合ってもいないはずです」

「それはセジウィック夫人からわたしも聞きました。あなたもそれと同意見ですな？」

エジャトンがうなずいてみせた。

「その他に、ミス・ブレイクの親戚にはどんな人がおられますか？」

「親戚といえる人は、まったくありません。母親の二人の兄弟は戦死……そして、エルヴァイラはコーニストンの一人っ子なんです。それからメルフォード夫人ですが、これはエルヴァイラが〝いとこのミルドレッド〟と呼んではいますが、ほんとはラスコム大佐のいとこなんです。ラスコムはたいへんまじめで古風なやりかたで、エルヴァイラの世話をしてきたわけですが……なかなか男手では……困難なことで」

「さきほど、ミス・ブレイクが結婚の話を持ち出したといっておられましたが？　まさか、すでに結婚している可能性はありませんでしょうな……」

「まだ成年に達していないですからね……後見人と財産管理人の同意が必要なんですよ」

「法律的には、そうですね。しかし、必ずしも成年まで待つ人ばかりではありませんからな」とおやじさんがいった。

「わかっております。まことに遺憾なことです。いろんなめんどうな手続きをへて、裁判所の指定する後見人をつけるぐらいしかできませんからね。しかも、そんなことをしてもなおかつ充分じゃありません」

「そして一度結婚をしてしまえば、もうどうしようもありませんからな」とおやじさん。

「仮に彼女が結婚しているとして、突然急死したら、遺産はその夫が相続することになるでしょうね？」

「そのような結婚などまったく考えられないことです。エルヴァイラは非常に注意ぶかく世話をされておりますので……」ここでエジャトンは、デイビー主任警部の皮肉な微笑を感じて、ことばを切ってしまった。

どのように細心の注意を払って世話をされていようと、エルヴァイラは最も好ましからざる人物ラジスロース・マリノスキーとちゃんと知り合いになっているらしいのだ。

エジャトンは歯ぎれ悪く、「エルヴァイラの母が駆け落ちをしたことは事実です」といった。

「彼女の母親なら、そう……駆け落ちぐらいはやるでしょう……しかし、ミス・ブレイクはタイプがちがいますね。彼女もわが道を往くでしょうが、やりかたはちがうと思いますな」

「そうすると、あなたのお考えでは……」

「いや、わたしはまだ何も考えてはおりません」とデイビー主任警部がいった。

第二十四章

ラジスロース・マリノスキーはふたりの警官の顔をまじまじとのぞいて、笑い声をあげた。

「こいつはすごくおもしろい！　なんだい、フクロウみたいなしかつめらしい顔して。こんなとこへぼくを呼びつけて、何か聞こうってのが、ばかばかしいよ。ぼくのどこがいけないんですか、なんにもありゃしない」

「われわれとしては、捜査にあなたの協力をいただけるものと考えております」とデイビー主任警部が紋切り型によどみなくいった。「あなたの車は、メルセデス・オットー、登録ナンバーはFAN２２６６ですね」

「そんな車を持ってちゃいけないのかな？」

「そんなことはありませんな。ただ正確なナンバーについてちょっとあいまいな点がありましてね。あなたの車がM７号線を走っていた時には、ナンバーがちがっておりましたね」

「そんなばかな。どこかほかの車だったんだろう」

「同じ型の車はそうたくさんはありません。現在あるその型の車を調べあげました」

「あなたがたはね、交通課のいうことを全部信じてるんだろう！　まったくお笑いだ！　いったいどこにある、そんな車？」

「警察があなたの車をとめてあなたの免許証を見せてもらった場所は、ベッダムトンからあまり遠くないところでした。ちょうど、例の〈アイリッシュ・メイル〉強盗事件の夜です」

「こいつはいよいよおもしろいじゃないか」とラジスロース・マリノスキーがいった。

「拳銃をお持ちですね？」

「持ってるよ。リボルバーとオートマティック。ちゃんと許可証も持ってる」

「そうですか。二梃とも今もお持ちでしょうね？」

「持ってる」

「マリノスキーさん、すでにわたしは警告いたしましたよ」

「その名も高き警告か！　あなたのいわれることはすべて記録され、裁判においてあなたの不利に使用されます、か」

「そのとおりの文句ではありませんがね」とおやじさんがおだやかにいう。「使用する、はそのとおりです。不利に、はちがいます。あなたの供述を訂正される考えはありませんか？」

「いや、ない」

「それから、弁護士をここへ呼ぶ必要もないとおっしゃるんですね？」

「弁護士はきらいだ」

「そういう人もおりますな。現在、拳銃はどこにありますか？」

「どこにあるかは、よく知ってるんだろう、主任警部。小さいほうは、ぼくの車、メルセデス・オットー、登録ナンバーはさっきもいったとおりFAN266のポケットに入れてある。リボルバーのほうは部屋の引きだしの中だ」

「部屋の引きだしの中のは、たしかにそのとおりなんですがね」とおやじさん、「もう一つの拳銃は、車の中にはありませんな」

「いや、ある。左側のポケットに入れてある」

おやじさんは首を横にふりながら、「もとはそこにあったのかもしれません。今はありません。これがそれですか、マリノスキーさん？」

と小型のオートマティックをテーブル越しに押しやった。ラジスロース・マリノスキ

ーはひどく驚いた様子で、それを取りあげると、

「あ、そう。これだ。きみだったのか、これをぼくの車から取っていったのは？」

「いや」とおやじさん。「あなたの車から取ってきたのではありません。車の中にあったのではない。別のところで発見したものです」

「どこで？」

「ポンド街のある地下室の入口でみつかったんですがね……ごぞんじのように、このポンド街はパーク・レーンの近くです。この通りを歩いていた人……といいますか、おそらくは走っていた人が落としたものと思われます」

ラジスロース・マリノスキーは肩をすぼめてみせて、「そんなこととはまったく関係ないね……そんなところに置いたおぼえはない。一日か二日前には、たしかに車の中にあったんだ。年中たしかめているわけじゃないからね。そこにあるものだと思ってるよ、誰だって」

「マリノスキーさん、実はこの拳銃が、十一月二十六日の夜、マイケル・ゴーマン射殺に使われたことをごぞんじでしょうか？」

「マイケル・ゴーマン？　マイケル・ゴーマンなんて男は知らんな」

「バートラム・ホテルのドアマンです」

「あ、あの射殺された男か。新聞で読んだな。それで、ぼくの拳銃がその男の射殺に使われたというのかね？　ナンセンスだ！」

「ナンセンスではありません。弾道鑑識班の鑑定です。あなたも銃器については充分にごぞんじのはずですから、この鑑定が信頼できることもおわかりのことと思う」

「ぼくをはめようとしてるね。警察のやることはちゃんとわかってるんだ！」

「この国の警察はそれより少しはましだとごぞんじのはずです、マリノスキーさん」

「つまり、ぼくがマイケル・ゴーマンを射殺したとでもいいたいのかね？」

「いや、ただあなたの供述をお願いしているだけです。まだ何も告発しているわけではありません」

「だけど、そう思ってるんだろう――このぼくがあのおかしな制服の男を射殺したんだとね。いったい、なんでぼくがあんな男を射殺しなきゃならんのかね？　金を借りていたわけでもなし、うらみを持っていたわけでもない」

「狙われたのはある若い女性だったのです。ゴーマンは彼女を守るために駆けつけて、第二弾をその胸に受けたわけです」

「若い女性？」

「あなたもごぞんじと思いますがね。ミス・エルヴァイラ・ブレイクです」

「誰かがエルヴァイラをぼくの拳銃で射とうとしたっていうのか？」

とても信じられないといった調子だった。

「争いごとでもあれば、そんなこともあり得ますな」

「つまりぼくがエルヴァイラとけんかして、彼女を射ったと？　とんでもない！　結婚しようと思ってる女を、どうして射ったりする？」

「それもあなたの供述の一部ですな？　ミス・ブレイクと結婚するつもりだと？」

ほんの瞬間、ラジスロースはためらいをみせた。そのあと、肩をすぼめてみせながら、いった。

「彼女、まだ若すぎるんでね。ちょっと問題が残ってるんだ」

「彼女はあなたと結婚の約束をした。が、あとで……その気持ちを変えてしまった。彼女は誰かをおそれていたんですがね、それはあなたじゃないんですかね、マリノスキーさん？」

「しかし、どうしてこのぼくが彼女の死を望むんだ？　ぼくが彼女を愛していて結婚しようと思っているかもしれないし、その気がないなら結婚する必要はないんだから。まったくこんなはっきりした話はない。いったいどこに、ぼくが彼女を殺す必要があるんだ？」

「彼女を殺したいような近しい関係の人間はいくらもおりませんからな」とデイビー主任警部はちょっとことばを切ってから、何気ないふうで、「いうまでもないですが、彼女の母親がおりますけれど」といった。

「なんだって！」とマリノスキーはとびあがるように立ちあがって、「ベスが？　ベスが自分の娘を殺す？　いかれちまったのか！　なんでベスがエルヴァイラを殺さなくちゃならないいんだ？」

「考えられる理由は、一番近い親族として、巨額の遺産相続ができるかもしれないからら」

「ベスが？　ベスが金のために人殺しを？　彼女にはアメリカ人の前夫からもらった金がたっぷりあるんだ。充分すぎるぐらいのね」

「充分な金と巨額の財産とは同じじゃありませんからな」とおやじさんがいった。「巨万の富のためには殺人をする人もありますしね、子供を殺す母親もありますし、また母親を殺す子供だってあるんですからね」

「よく聞くがいい、あんたは狂ってる！」

「あなたはミス・ブレイクと結婚するかもしれないといわれた。もうすでに結婚しておられるんでしょうか？　とすると、あなたが巨額の財産を相続することになるんですがね」

「よくまあそんなバカなことがいえるね！　いや、ぼくはエルヴァイラとは結婚してはいない。あの子はきれいだよ。ぼくは好きだ。そして彼女のほうはぼくを愛してる。そう、それは認める。彼女とはイタリアで出会ったんだ。いろいろと二人で楽しんだよ……だけど、それだけの話さ。それ以上のことはなし。わかる？」

「そうですかね？　たった今、あなたはね、マリノスキーさん、彼女は自分が結婚しようと思ってる女だと、はっきりいわれましたね」

「あ、それは」

「ええ、それです。それはほんとうのことでしょう？」

「ぼくがそんなことをいったのは……そういえば聞こえがいいからなんで。あんたらときたら、まったく……みせかけだけは慎み深いんだけれど……」

「それでは説明にならないと思うんですがね」

「あんたは何ひとつ理解しようとしない。あの母親とぼくは……恋人同士なんだ……そういうことばを使いたくないんだが……そういいたくないために、ぼくとあの娘が婚約してるといったんだ。このほうがたいへん英国風で、自然に聞こえる」

「わたしにはよけいこじつけのように聞こえますな。あなたはけっこうお金に困っておられるんじゃないんですか、マリノスキーさん？」

「まったくね、主任警部さん、ぼくはいつも金に困ってるんだ。どうも情けないことに」

「それなのにあなたは何カ月か前、えらく気前よくお金を使い散らしておられたようですがね」

「あ、あれはちょっといい目が出たんでね。ぼくはギャンブラーなんだ。これは認めるよ」

「なるほど、それは信じやすいですな。その〝いい目〟はどこで出たんですか？」

「それはいえない。いえないことはわかってるじゃないか」

「わたしのほうでもわかっている」

「聞きたいことはそれだけ？」

「今のところは、そうですな。この拳銃があなたのものだということを認められただけでも、たいへん有益でした」

「どうもわからないな……どう考えても変なんだが……」とことばを切って手をさしのべ、「それ、返してください」

「残念ですが、これは当分お預りしておかなければならんのです。今、預り証を書いてさしあげます」

預り証を書いて、マリノスキーに渡した。

マリノスキーはドアをたたきつけるようにして出ていった。

「怒りっぽいやつだな」とおやじさんがいった。

「例の偽造ナンバーとベッダムトンの件については、あまり強く責めませんでしたね、主任？」

「うん。やつを動揺させておけばいいんだよ。しかし、あまり動揺しなかったかな。ま、やつにしばらく心配の種を与えたことにはなる。そして、たしかに心配にはなっているよ」

「副総監が、用がすみしだい、主任に会いたいといってます」

デイビー主任警部はうなずくと、ロナルド卿の部屋へと向かった。

「やあ、おやじさん、どうかね、進展してるかね？」

「はい。ぐあいよく進んでおります……だいぶたくさんの魚が網にかかっております。大部分はザコですが。しかし、だんだんと大物へ近づいてはおります。万事、手順どおりで……」

「なかなかやっとるね」と副総監がいった。

第二十五章

1

ミス・マープルがパディントン駅で列車から降りると、彼女を待ち受けているデイビー主任警部の大柄な姿が見えた。

「ようこそ」とデイビー主任警部はミス・マープルのひじを支えてやって駅の改札口を通り、待っている車のところへ案内した。運転手がドアを開けてくれ、ミス・マープルが乗りこむと、あとからデイビー主任警部も乗りこんで車は走りだした。

「わたしをどこへ連れておいでになるんです、主任さん?」

「バートラム・ホテルです」

「おやおや、またバートラム・ホテルへ逆もどりですか? なぜでしょう?」

「公式な返事はこうです――あなたがわれわれ警察の捜査にご協力願えると考えるから

であります」

「なんですか、聞いたような文句ですが、不吉な感じもしますね？　よく逮捕の前ぶれのことがありますね、そうじゃないんですか？」

「いいえ、あなたを逮捕しようというんじゃありませんよ、マープルさん」とおやじさんはにこりとして、「あなたにはアリバイがあります」

ミス・マープルはこのことばを黙ってかみしめていた。それから、「わかりました」といった。

二人は黙りこんだままバートラム・ホテルへと車を走らせる。二人が入っていくと、ミス・ゴーリンジがデスクから目を上げて見たが、デイビー主任警部はミス・マープルをまっすぐエレベーターのほうへと案内した。

「二階」

エレベーターが上昇し、停止して、おやじさんが廊下を先に歩いていった。

デイビー主任警部が一八号室のドアを開けると、ミス・マープルがいった——

「これはわたしが泊まっていた部屋ですね」

「そうです」おやじさんがいった。

ミス・マープルは安楽いすに腰をおろした。

「ここはとても居心地のよろしいお部屋なんですよ」とあたりを見まわしながら軽いため息まじりに感想を述べた。

「このホテルでは、居心地をよくするということをほんとに心がけてるようですな」とおやじさんも同意を表わした。

「主任さん、お疲れのように見えますけれど」とミス・マープルが思いがけないことをいった。

「少しあちこち行かなくちゃならなかったもんですからね。今も、ちょうどアイルランドから帰ってきたばかりなんです」

「そうですか。ボリーゴーランからですね？」

「いったいなんだってまた、ボリーゴーランのことを知ってるんだ？　いやこれはことばが悪くて失礼……ごめんなさい」

ミス・マープルは笑って勘弁した。

「マイケル・ゴーマンがその土地の出身だという話を、たまたまあなたにしたんじゃないんですかな？」

「いいえ、そうではありませんね」ミス・マープルがいった。

「それじゃどうして……ぶしつけな質問で失礼ですが、どうしてあなたはごぞんじで？」

「それなんですけれどね」とミス・マープル、「どうもたいへん言いにくいことなんですけれど、ちょっとその偶然に、聞きかじったことでしてね……」

「あ、なるほど」

「決して盗み聞きしていたわけではないんですよ。誰でも出入り自由の部屋の中でのことで……少なくとも法律的に公開の室内でのことなんですからね。ほんと正直申しあげれば、わたしは、ひとさまのお話を聞くのが楽しみでしてね。どなたでもそうでしょう。ことに年をとって、あまり外を歩きまわらなくなりますとね。自分の近くでひとさまが話をしておられると、つい聞いてしまいます」

「まあそれはごく自然なことでしょうね」とおやじさんがいった。

「ある程度はですね」とミス・マープルがいう。「お話をなさってる方々が声を小さくなさらないのでしたら、当然、ほかの人の耳にもはいることを覚悟されてると思ってもかまわないでしょうね。でも、物事というものは、いうまでもなく発展するものでしてね。時によっては、それが公開の室内であっても、話をしている当人たちが、ほかに人のいることに気づかないような場合があります。そうなると、こちらはどうしたものか決心を迫られることになりますね。立ちあがって咳をするとか、それとも静かにじっとして、気づかれないようにしているかですね。どちらにしても、ぐあいの悪いものです」

デイビー主任警部は自分の時計をちらと見て、

「ええと、実はもっとお話をお聞きしたいんですが……もうペニファザー牧師が到着されるころなんで、出迎えに行かなくちゃならんのです。かまわんでしょうか？」

ミス・マープルはいっこうにかまいませんよといった。デイビー主任警部は部屋を出ていった。

2

ペニファザー牧師はスウィングドアを通ってバートラム・ホテルのラウンジへとはいって来た。牧師はちょっと眉間にしわをよせて、今日のバートラム・ホテルの様子がちょっとちがうような気がするのはなぜだろうと思った。どこかにペンキの塗り直しがしてあるとか、修理でもされているのだろうか？　首をふる。そんなことではないが、どうも何かがちがう。そのちがうところというのが、身長百八十センチほどで青い目と黒い髪のドアマンと、身長百六十センチぐらいでなで肩、薄トビ色の髪を帽子からはみ出させているドアマンとのちがいであることに、牧師は気がつかなかった。ただ、何かがちがっていると思っただけだ。いつもの、ぼんやりした様子でデスクへと近づいていった。ミス・ゴーリンジがそこにいて、あいさつをする。

「ペニファザー先生。ようこそ、いらっしゃいませ。お荷物を取りにおいででしょうか？　すっかりまとめてございますけれども。ちょっとお知らせいただければ、どちらへでもこちらからお届けいたしましたのに」

「ありがとう、どうもありがとう。いつもどうもご親切にありがとう、ゴーリンジさん。しかし、どうせ今日はロンドンへ出てこなきゃならなかったもんですからね、ついでに立ち寄って荷物を受け取ろうと思ったんですよ」

「わたくしどもでも先生のことをたいへんご心配申しあげておりました」とミス・ゴーリンジがいう。「先生のお出かけ先がわかりませんでしたので。どなたにもわかりませんでしたからね。自動車事故におあいになったとか？」

「そうなんですよ。このごろの人は、どうも少し車のスピードを出しすぎますからね。たいへん危険です。もっとも、事故のことはあまりよくおぼえておらんのですがね。頭をやられたらしいのです。医者の話では脳震盪だそうですよ。まあしかし、人間、年をとってきますと、どうも記憶のほうがね……」とペニファザー牧師は情なさそうに首をふりながら、「ところで、あなたはいかがで、ゴーリンジさん？」

「ええ、もうたいへん元気にやっておりますので」ミス・ゴーリンジが答えた。

その時、ペニファザー牧師は、このミス・ゴーリンジも何かちがっているなと思った。牧師は彼女をのぞきこむようにして、いったいどこがちがっているのか分析にかかった。髪形かな？　いや、いつものとおりだ。ちょっといつもよりよけいに縮れているくらいである。黒い服に大きなロケット、それにカメオのブローチ。みんないつもどおりである。だが、どこかがちがう。ちょっとやせたのかな？　それとも……それは……そうだ、何か心配そうな様子なのだ。ペニファザー牧師は人が心配そうな顔つきをしているのにはあまり気がついたことがない、というのは牧師はひとの顔色をみるような性《たち》の人ではないのである。ところが今日はその心配そうな様子がペニファザー牧師の目についた。たぶん、ミス・ゴーリンジは長年の間、客に対してまったく同じようないつも変わらぬ表情しか見せたことがないからであろう。

「あなた、身体のぐあいでも悪いのかな？」と牧師が心配そうにきいた。「なにかちょっとやせられたようで」

「いえ、ホテルにはいろいろと心配なことがございましてね」

「いや、ごもっともごもっとも。わしが行方不明になったせいでなければよろしいが？」

「いいえ」とミス・ゴーリンジ。「先生のことも、もちろんホテルといたしましては心配をしておりましたけれど、先生がご無事とわかりますと、もう……」彼女はここでことばを切ってから、「いえ、その心配と申しますのは……あの、先生は新聞でお読みにならなかったのかと存じますけれど。わたくしどものドアマンのゴーマンが殺されたのでございます」

「ああ、そう、今思い出しましたよ。新聞に出ていたのをたしかに見ました……ここで人殺しがあったそうで」

ミス・ゴーリンジは、この人殺しという露骨なことばに身ぶるいをした。黒い服全体にその身ぶるいが伝わった。

「恐ろしいことです。ほんとに恐ろしいことで。こんなことは今まで一度もこのバートラム・ホテルにはなかったんです。このホテルは、殺人事件などがある、そんなホテルとはちがいますから」

「いや、ごもっともごもっとも」とペニファザー牧師が早口にいった。「いや、まったくそのとおりで。このホテルで、そんなことが起きようなどとはまったく考えも及ばんことでしたな」

「でも、ホテルの中でなくてようございました」とミス・ゴーリンジはこの点に気づいて、少し元気をとりもどした。「ホテルの外の道路で起きたことなんですから」

「そう、あなたにはまったく何のかかわりもないことですからね」とペニファザー牧師が慰めるようにいった。

だが、それも的を射たことばではなかった。

「でもやはり、バートラム・ホテルと関係のあることなんです。警察がいろいろなことを聞きにやってまいりますんですよ、射たれたのがここのドアマンだったのですから、しかたがないですけれど」

「それでは、おもてにいたのは新しい男だったんですな。どうも何やらちょっとホテルの様子が変わったなと思っておったんですよ」

「そうなんです。こんどのドアマンが満足に仕事のできる男かどうですか。今までのようにこのホテルにぴったりではないと思います。でも、とにかく早急にドアマンをおかなくてはなりませんものですから」

「今、事件のことを思い出しましたよ」とペニファザー牧師は一週間前に新聞で読んだおぼろげな記憶を呼びおこしながら、「しかし、射たれたのはたしか若い女性だと思っておりましたが」

「セジウィック夫人のお嬢さんのことでございましょう？　先生もごらんになったはずですよ、後見人のラスコム大佐といっしょにこのホテルにいらしたんですから。霧の中にかくれていた何者かが襲ったようです。きっとお嬢さんのバッグでもひったくるつもりだったのでしょうが。ともかく、お嬢さんをねらって一発。そうしますとゴーマンが……この男はもと軍人で、ほんとに勇敢な人だったものですから、飛びだしていってお嬢さんの前に身を挺しまして、射たれてしまったというわけです、かわいそうに」

「なんとも悲しいことで、まったくなんともどうも」とペニファザー牧師も頭をふりふりいった。

「それからがたいへんなんでございます」とミス・ゴーリンジが不満を訴えた。「警察の人が絶えず出たり入ったりでしょう。それも当然のことかもしれませんけれど、このホテルではほんとに困るんです。もっとも、デイビー主任警部とワデル部長刑事はなかなか見かけのりっぱなお方なんですけれどね。私服でスタイルもおよろしいし、よく映画に出てくるようなレインコートにブーツなんかじゃありませんわ。普通の人とあまり変わりません」

「ま……そうですな」とペニファザー牧師がいった。

「先生は入院なさいましたんでしょうか？」ミス・ゴーリンジがきいた。

「いや、たいへんに親切な人がありまして……野菜作りをされてるらしいんですがね……わしのことを助けてくれ、その細君がよく看病してくれて、元気をとりもどしたというわけなんです。ほんとに感謝のしようもありませんよ。まだほんとに人間らしい親切というものがあるんだなと思うと、ほんとに気持ちのいいことです。ね、そうじゃありませんか？」

ミス・ゴーリンジもそのとおりですといって、「それにしましても、犯罪の増加はどうでございましょう」とつけくわえた。「銀行強盗や列車強盗、待ち伏せ強盗など、みんな若い男女がやりますでしょう」と、顔を見上げて、「あ、デイビー主任警部が二階からおりてみえました。きっと先生にもお話があるんじゃないんでしょうか」

「わしに話があるわけがないんですがね」とペニファザー牧師は当惑顔に、「もう一度会ってるんですから、チャドミンスターで。わしが役に立つようなことがしゃべれなかったものだから、あの人はたいへん失望しておられたようでしたよ」

「そうだったのでございますか？」

ペニファザー牧師は残念そうに首をふりながら、

「何も思い出すことができんのですよ。事故があったのはベッダムトンというところの近くだったらしいんだが、いったい、そんなところでわしが何をしていたのか、これがさっぱりわからんのです。主任警部さんは、しきりになぜそんなところへ行っていたのかときいておりましたがね、正直の話、わからんのですよ。まことにどうも、へんな話でしょう？　どうやら近くの鉄道駅からある教区へ向けて車をとばしていたらしいと、警部さんのほうでは思っているらしいんですがね」

「そういうことかもしれませんですね」とミス・ゴーリンジがいった。

「いや、そんなことは考えられませんよ」とペニファザー牧師、「だって、そうでしょう、まったく知らない土地ですよ、いったい、なんで車などとばさなければならないというんですか？」

デイビー主任警部がそばへやって来て、

「あ、こちらへみえてたんですか、先生。いかがですか、もうすっかり気分はなおりましたかな？」

「ええ、もうすっかり大丈夫ですな」とペニファザー牧師がいった。「しかし、まだどうも頭痛がするような気がしてなりませんけれどね。あまり何かやらないほうがいいといわれております。それにしても、おぼえてなくちゃならんようなことがどうもおぼえられませんでね。医者がいうには、もとどおりにはならんだろうとのことで」

「いや、しかし、希望を捨ててはいけませんよ」とデイビー主任警部はペニファザー牧師をフロントデスクのところから連れ出しながら、「ひとつ、先生にやっていただきたいちょっとした実験があるんです」といった。「いかがでしょう、ご協力願えませんか？」

3

デイビー主任警部が一八号室のドアを開けた時、ミス・マープルはまだ窓のそばの安楽いすに腰をおろしていた。

「今日は通りのほうに人が多いですね」とミス・マープルがいう。「いつもより多いわ」

「まあ、ここの道は、バークレー・スクエアとシェパード・マーケットへ出る抜け道なんですから」

「いえ、通行の人たちばかりじゃありません。いろんなことをやってる人たちのことです……道路修理工や、電話工事の小型トラック……肉の貨物車とか、個人の車が二台ばかり……」

「それで、失礼ですが、そのことからどんなことを推理なさいます？」

「何か推理したなどとは、申しておりませんのですよ」

おやじさんはミス・マープルの顔をあらためてみてから、

「ひとつご協力をお願いしたいんですけれどね」といった。

「ええ、申すまでもございませんよ。それでここへ参ったんですもの。どんなことをしたらよろしいんでしょうか？」

「あなたが十一月十九日の夜になさったこととまったく同じことをやっていただきたいんです。あなたは眠っておられた……目をさまされた……たぶん何か普通でない音で目をさまされた。電灯をつけて時計を見て、ベッドから出て、ドアを開けて表をのぞいた。こういうことをもう一度くり返してやっていただけますか？」

「ええ、ええ」といってミス・マープルはいすから立ちあがるとベッドのほうへ行く。

「あ、ちょっと待ってください」

とデイビー主任警部はとなりの部屋との境の壁のところへ行って、とんとんと叩いた。

「もう少し強くおやりにならないと聞こえませんよ」とミス・マープル。「この建物はがっちりしてますからね」

主任警部は拳の力をさらに強めて叩きながら、「さあ、それじゃ、始めてください」

「ペニファザー先生には十かぞえるようにいってあるんですよ」と時計を見て、

ミス・マープルは電灯にさわり、時計を見るかっこうをしてから起きあがると、ドアのほうへ歩き、ドアを開けて外をのぞいた。ちょうどその時、右手の部屋からペニファザー牧師が出てきて階段口のほうへ歩きだした。ペニファザー牧師は階段口に達すると、階下へと降りはじめる。ミス・マープルはそれを見てかすかに息をのんだ。そして、向きなおる。

「どうでした？」デイビー主任警部がきいた。

「わたしがあの晩見かけた男は、ペニファザー先生じゃありませんでしたね」ミス・マープルがいった。「今のがペニファザー先生でしたらね」

「しかし、あなたはそのようにいわれたようでしたが……」

「ええ、そう申しました。その男はペニファザー先生に似ておりました。髪といい、服といい、何もかもそっくりでした。でも、歩き方がちがいます。あの時の男は……きっともっと若い男にちがいありませんね。どうもすみません、ほんとにすみません。まちがったことを申しまして。でも、あの晩、わたしが見かけた男はペニファザー先生ではありません。これにまちがいありません」

「こんどこそたしかでしょうね、マープルさん?」

「はい」といってもう一度つけくわえた。「申しわけありません、まちがったことをいってしまって」

「いや、あなたはほとんどまちがっていなかったんですよ。ペニファザー牧師はあの夜実際にホテルへ帰ってきているのです。誰も先生が帰ってきたところを見ていないんですが……これは特別とりたてていうほどのことではありません。真夜中すぎに帰ってきたんですから。先生は階段をあがって、このとなりの部屋のドアを開けてはいっていった。そして、そこで先生が何を見、それとも何が起きたのか、それはわからない。というのは、先生は何もおぼえていないか、話してくれないからですね。何か先生の記憶を呼び起こすような方法があればいいんですがね……」

「ドイツ語でいう、ほら、なんとかいうのがございますでしょう」とミス・マープルが何か思いついたようにいった。

「どういうドイツ語です?」

「おやおや、今、度忘れして出てきませんのですけれどね……」

ドアにノックがあった。

「はいってもよろしいですかな？」とペニファザー牧師だった。そしてはいって来て、

「どうでした、うまくいきましたかね？」

「ええ、たいへんうまくいきました」とおやじさんがいう。「今、マープルさんに話していたところで……マープルさんはごぞんじですね？」

「ああ、ええ」とペニファザー牧師はいったが、知っているのかいないのか、ちょっとあいまいなふうであった。

「今、あなたの行動を追跡した話をマープルさんにしていたところです。あなたはあの夜、真夜中すぎにホテルへもどって来られた。階段をあがって、自分の部屋のドアを開けてはいって……」

そこでミス・マープルが突然大きな声を出した。

「あ、今思い出しましたよ。さっき申しましたドイツ語。ドッペルゲンガー（生き写しの人）」

こんどはペニファザー牧師が大きな声をあげた。「そう、そうだ！　なんで忘れていたんでしょう？　まったくあなたのいわれるとおり。あの映画《ジェリコの砦》を見たあと、ここへもどって来て、二階へあがり、自分の部屋のドアを開けたんですが……たいへんなものを見たんです、こちらを向いたいすに、このわし自身が腰かけているのをはっきり見たんです。今、マープルさんがいわれたドッペルゲンガーですね。なんとも、

奇怪なことで！　それから……ええと待ってくださいよ……」と目をあげて、考えていた。

「それから」とおやじさんがいった。「やつらはあなたを見て、それこそ魂が消しとぶほど驚いて……やつらは、あなたが何事もなくルツェルンに着いているものとばかり思っていたんです……で、誰かがあなたの頭を強打したというわけです」

第二十六章

ペニファザー牧師は大英博物館へタクシーで出かけていった。ミス・マープルはデイビー主任警部にラウンジへと連れていってもらい、そこに落ちついた。ちょっと十分ばかり待っていていただけますか？　ええどうぞ。ミス・マープルは落ちついてまわりを見まわし、考える機会を歓迎する。

バートラム・ホテル。数多くの思い出がある……過去が現在と溶けあっている。ミス・マープルはフランスの警句を思い出していた——〝変われば変わるほど同じことになる〟——その語句を逆にしてみる。——〝同じであればあるほど、物は変わる〟——どちらも真理だ、とミス・マープルは思う。

彼女は悲しい気がした——バートラム・ホテルのことが、そして自分自身のことが。いったいデイビー主任警部はこの次にはどんなことを期待してるのだろうと考える。何か主任には決意の興奮が感じられる。その意図がついに完成に近づきつつある。今やデイビー主任警部の総反撃の時だ。

バートラム・ホテルの生活はいつものとおりにつづけられている。いや、とミス・マープルは判断する――いつものとおりではない。ちがっているところがある、けれど、どこにそのちがいがあるのか、はっきりとはわからない。裏にひそんでいる不安なのかもしれない。

「お支度はよろしいですか?」主任警部がやさしくいった。

「こんどは、どこへ連れていかれるおつもりですか?」

「こんどはセジウィック夫人をごいっしょに訪ねます」

「あの方、このホテルに泊まっていらっしゃるんですか?」

「ええ。娘さんといっしょに」

ミス・マープルは立ちあがった。まわりをちらと見まわして、つぶやいた――「かわいそうなバートラム・ホテル」

「どういう意味ですか?」

「おわかりになってるはずですよ」

「まあ――あなたの見方からすれば、どうやらわかる気がします」

「芸術作品がこわされる時は、悲しいものです」

「このホテルを芸術作品とおっしゃるわけですか？」

「そのとおりです。あなたもでしょう」

「おっしゃる意味はわかります」おやじさんが認めた。

「ちょうど花壇にスイカズラがひどくはびこった時みたいなものですね。どうすることもできません……ただもうそっくり掘りおこしてしまうだけ」

「わたしは園芸のことはあまりわかりません。しかし腐敗を取りのぞいてしまうというたとえ話ならわかりますな」

二人はエレベーターであがって、廊下を通り、セジウィック夫人とその娘が泊まっている角のスイートへと向かった。

デイビー主任警部がドアをノックすると、どうぞという声がし、主任は、うしろにミス・マープルを従えて中へはいった。

ベス・セジウィックは窓ぎわで背もたれの高いいすに腰かけていた。読んでもいない本をひざの上においている。

「あら、またあなただったのね、主任警部さん」ベスの目はデイビー越しにそのうしろのミス・マープルを見て、ちょっと驚いた様子であった。

「こちら、マープルさんです」とデイビー主任警部が説明した。「マープルさん……こちらセジウィック夫人です」

「前にお目にかかりましたね」とベス・セジウィックがいった。「いつでしたか、セリナ・ヘイジーとごいっしょでしたね？　どうぞ、おかけください」とつけくわえて、こんどはデイビー主任警部に向かって、「エルヴァイラを狙撃した男の新しい情報でもありましたか？」

「いや、情報というほどのものはありません」

「情報など、とてもつかめないんじゃないですか。あんな霧の中では、ひとり歩きの女をねらう兇漢だらけですからね」

「そのとおりなんです」とおやじさん。「ところで、お嬢さんはいかがでしょうか？」

「ああ、エルヴァイラならもうすっかり大丈夫ですよ」

「ここにごいっしょにおられるんでしょうか？」

「ええ。後見人のラスコム大佐に電話しときました。よろこんであたしにあの子をおまかせするっていうんです」と突然笑いだして、「あのおじいさんたら、いつも母娘再会の場面ばかりを勧めるの！」

「それがあたり前なんじゃありませんか」おやじさんがいった。

「そんなことありませんね。いえ、ま、今のところは、そう、たいへんけっこうなことだと思ってるわ」と窓から外を見ながら、声の調子を変えた。「あたしの友人の……ラジスロース・マリノスキーを逮捕なさったそうね。なんの罪で?」

「逮捕ではありません」デイビー主任警部が訂正した。「わたくしどもの捜査にご協力願っているだけです」

「あたしの弁護士を、世話をするようさし向けておきました」

「たいへんけっこうです」とおやじさんは賛成の様子で、「警察と問題を起こしたら、弁護士を頼むのが最も賢明です。でないと、まちがったことなどしゃべってしまいますからな」

「完全に無実でも?」

「おそらくそんな場合はよけいに弁護士が必要でしょうね」おやじさんがいった。

「あなたって、相当な皮肉屋ね? どんなことであの人を訊問してるんです? こんなことをきいていいのかしら、それともいけない?」

「まず、われわれが知りたいことは、マイケル・ゴーマンが死んだ夜の彼の正確な行動です」

ベス・セジウィックは、きっとなってすわり直すと、

「まさか、ラジスロースがエルヴァイラを狙撃したなどというばかばかしいことを考え

てるんじゃない？　二人はお互い顔も知らないのよ」

「やったのかもしれませんよ。角をまがったところに彼の車がありましたからね」

「ばかばかしい」とセジウィック夫人が強くいった。

「先夜の狙撃事件で、あなたはどれくらいびっくりされました、セジウィック夫人？」

　夫人はちょっと驚いた様子で、

「当然、自分の娘が危うく命拾いをしたんですからびっくりしましたよ。いったい、あなた、何を考えてらっしゃるんです？」

「いや、わたしがいっているのはその話じゃないんです。わたしがいっているのは、マイケル・ゴーマンの死で、あなたはどれほどびっくりされたかときいてるんです」

「たいへん気の毒だと思ってるわ。勇敢な人でした、あの人は」

「それだけでしょうか？」

「それ以上何を言えというんです？」

「あなたはあの男を知っておられますね、そうじゃないですか？」

「もちろん知ってます。このホテルで働いていたんですもの」

「それ以上に知っておられたと思うんですが、ちがいますか？」

「それはどういうこと？」

「いや、セジウィック夫人、彼はあなたのご主人だったんじゃないですか？」

夫人はしばし返答をしなかった。が、動揺や驚きの様子はみせなかった。

「あなたはいろんなことをごぞんじのようね、主任警部さん？」と夫人はため息をつくと、いすの背によりかかった。「もう、そうね……長いこと彼とは会ってなかった。二十年……二十年以上かな。すると、ある日、窓から外を見ていて、突然ミッキーをみつけたの」

「向こうでもあなたのことがわかったんですか？」

「まったく驚いたことに、両方お互いにわかりましたね」とベス・セジウィックがいった。「あたしたち、いっしょにいたのはわずか一週間ほどよ。すぐにあたしの家の者に捕まってしまって、ミッキーには手切金が支払われ、あたしは恥さらしにも家へ連れもどされたの」

夫人はため息をついて、

「彼と駆け落ちした時、あたしはまだまるで若かった。なんにも知らなかった。ただもうロマンチックな考えだけしかないバカ娘だった。彼はあたしのヒーローだった。それも彼が乗馬が上手だというだけのことで。彼は恐れを知らない男でした。ハンサムで陽気で、アイルランド訛りが愛嬌でした。あたしのほうから彼との駆け落ちをすすめたと思うの！　彼のほうでは、そんなことを考えていたのかどうかわからない！　とにかくあたしは無我夢中で彼に首ったけでした！」と夫人は首をふって、「その恋は長くはつづかなかった……最初の二十四時間で、あたしすっかり夢がさめちゃった。彼は大酒飲みで、下品で粗暴でした。家の者がやって来てあたしを連れもどした時、実はありがたい気がしたものです。それからは二度と彼のことを聞く気にも、会う気にもなりませんでしたね」

「ご家族は、あなたが彼と結婚していることを知っていたんですか？」

「いいえ」

「あなたから話さなかったんですか？」

「自分が結婚しているなどとは考えていなかったんですよ」

「それは、どういうことなんです？」

「あたしたちはボリーゴーランで結婚したんですけど、あたしの家の者がやって来ると、ミッキーがあたしのところへ来て、あの結婚は見せかけのごまかしだったというのです。友だちと相談して、でっちあげたんだというのでした。彼ならそんなこともやりかねない、とあたしも思ったものです。どうしてこんなことを彼がいったのか、手切金がほしかったせいなのか、それとも未成年のあたしと結婚したことで法を侵したのがこわかったのか、それはわかりません。とにかく、その時は彼のことばがほんとうだと信じて疑いませんでした……その時は」

「そして、あとでは？」

夫人は考えこんでいるふうだったが、「それはずっとあと……ええ、もう何年もたってからのことなんですが、あたしも少しは世の中のことがわかるようになっていたし、法律のことも少しはわかるようになっていて、突然思いあたったんです、あたしはあのミッキー・ゴーマンと結婚してることになってるんじゃないかしらって！」

「そうしますと、実際、あなたがコーニストン卿と結婚された時には、重婚の罪を犯しておられたわけですね」

「そして、ジョニー・セジウィックと結婚した時も、それからまたアメリカ人の夫リッジウェイ・ベッカーと結婚した時も」とデイビー主任警部を見ながら、ほんとにおもしろいといわんばかりに笑って、

「あんまり重婚ばかりで、ほんとにおかしいくらい」といった。

「離婚手続をなさることを考えなかったんですか？」

夫人は肩をすぼめてみせて、「みんな、ばかばかしい夢みたいなんですもの。わざわざ古傷をかき出すこともないでしょう？　でも、もちろんジョニーには話しました」と

この名を口にした夫人の声は、やわらかくやさしさをおびていた。

「で、ジョニー・セジウィックさんはなんといわれました?」

「そんなこと、気になんかしませんでした。ジョニーもあたしも、法律に忠実じゃなかったものですから」

「重婚は処罰されることになっておりますがね、セジウィック夫人」

夫人は主任を見て笑いだした。

「もう何年も何年も前、アイルランドで起きたあることとなんて、いったい誰が問題にしますか? 万事もうすんだことなんですよ。ミッキーは手切金をもらって、どこかへ行ってしまってるんです。おわかりにならない? ほんのちょっとしたばかな出来事にすぎなかったのよ。忘れてしまいたい出来事。いろんな……あたしの人生の取るに足りないいろんなことといっしょに、頭から葬り去っていたんです」

「ところが」とおやじさんが落ちついた声で、「十一月のある日、マイケル・ゴーマンが現われて、あなたを脅迫した?」

「冗談じゃないわ! 誰があたしのこと脅迫したなんていったんです?」

ゆっくりと、おやじさんの目が、おとなしくきちんと姿勢よく腰かけている老婦人へと向いた。

「あなたなの」とベス・セジウィックがミス・マープルをにらみつけて、「いったい、あなたはなんでそんなことを知ってるの？」

責めたてるというよりも、それが知りたいといった口調だった。

「このホテルの安楽いすは、たいへん背もたれが高くできてますのでね」とミス・マープルがいった。「たいへんすわりぐあいもよろしいです。わたしは、その安楽いすのひとつに、書き物部屋の暖炉の前で、すわっておりました。ある朝、出かける前、ちょっとひと休みしておりましたんです。そこへあなたが、手紙を書きにはいって来られた。この部屋には誰もほかにはいないものと思っておられたようですね。そんなわけで……あなたとそのゴーマンという男との会話を聞いてしまったわけなんです」

「ひとの話を？」

「あたりまえでしょう」とミス・マープル。「聞いてはいけませんか？　あそこは出入り自由の部屋なんですよ。あなたが窓を開けて、外にいる男に呼びかけた時、そのお話が秘密のことになろうなどとは思いもしませんでした」

ベスはミス・マープルをちょっとにらみつけていたが、やがてゆっくりとうなずいてみせて、

「まさに公明正大ね。ええ、わかりました。でも、とにかくあなたはご自分の聞かれた

ことを、かんちがいしている。ミッキーはあたしのことを脅迫していない。そんなことを考えてはいたかもしれないけど……そんなことを持ちだす前に、あたしのほうから警告して追い返したの！」と夫人はまた微笑を見せる。これがこの人の顔を魅力的にする。「あたしのほうからおどして追い返したんですよ」

「ええ」とミス・マープルも同意して、「そうなすったようでしたね。彼を射つとまでいっておられましたね。たいへん失礼ないい方かもしれませんけれど……まったくうまく片づけられましたね」

ベス・セジウィックがおもしろそうに眉をあげていた。

「でも、あなたのお話を聞いていたのは、わたしひとりだけではなかったんですけれどね」とミス・マープルがつづけた。

「おやおや！　するとホテル中の人みんなで聞いていたとでも？」

「もうひとつの安楽いすにも、人がいたんですよ」

「誰が？」

ミス・マープルは口をつぐんでしまった。デイビー主任警部のほうを、嘆願せんばかりの目つきで見た。その目つきはこういっていた――「どうしてもいわなければならないんでしたら、あなたからおっしゃってください。わたしにはとてもできません……」

「もうひとつのいすにいたのは、あなたのお嬢さんだったのです」とデイビー主任警部がいった。

「まさか!」と叫び声だった。「まさか、そんな。エルヴァイラがいたなんて! ええ、わかりました……わかりました。あの子がどんなふうに思ったことか……」

「お嬢さんははからずも耳にしたことをたいへんなことだと思って、わざわざアイルランドまで真相をさぐりに出かけていったんです。真相を発見するのは、わけもないことでした」

もう一度ベス・セジウィックは、小さな声で、「まさか、そんなこと……」それから、「かわいそうに、あの子……このあたしには、いまだに一言もきいたことがないわ。あの子は自分の胸ひとつにしまってるんです。あたしにひとこと話してくれれば、何もかも説明してあげられたのに……そんなことまったくなんでもないってことをみせてあげられたのに」

「しかし、その点ではお嬢さんはあなたと意見が合ったろうとは考えられませんな」とデイビー主任警部がいった。「変なもんでしてね」と思い出でも話すような、雑談風につづけた。ちょうど老農夫が自分の家畜と土地の話でもするようなふうに、「長年、いろいろと失敗を重ねたあげくに、やっとわかってきたことがあります……あんまり物事が単純明快な時には、それを信用してはいけないということですね。単純明快に見えることは、どうかすると真実ではないことがあります。先夜の殺人事件もちょうどそんなものです。何者かが一人の娘さんをねらい射ちして、的がはずれたのだとその娘さんはいう。ドアマンが彼女を助けにとんで来て、第二弾を受けて死んだと。これはみんなほんとうかもしれない。娘さんにはそんなふうに見えたのでしょう。ところが、そう見えた裏にある事実は、だいぶちがっているのかもしれない。

ただ今あなたは、セジウィック夫人、たいへんはげしい調子で、ラジスロース・マリノスキーがあなたのお嬢さんの命をねらうような理由がないではないかとおっしゃいましたね。そのとおりです。そんな理由はなさそうです。あの人は、女とけんかでもしたら、それこそナイフを取り出すが早いかズブリとやるような青年です。しかし、地下室の入口にひそんで待ち伏せし、冷酷無残に女を射殺するような人とは思えない。ですが、誰か別の人を射とうとしたんだと考えたらどうでしょう。悲鳴と銃声……ところが実際にあったことといえば、マイケル・ゴーマンが死んでいたということです。これが実際に計画されたことだったと考えてみましょう。マリノスキーは実に綿密な計画をたてます。霧の夜を選んで地下室の入口に身をひそめ、あなたのお嬢さんがやって来るのを待っている。お嬢さんがやって来ることは彼にはわかっている——というのは、彼がそういうふうに仕組んでおいたからなんです。彼は一発目を射ちます。銃弾がお嬢さんの近くにはまったく行かないように注意して射つけれども、お嬢さんのほうでは自分がねらわれたと思うにちがいない。お嬢さんは悲鳴をあげる。その銃声と悲鳴とを聞きつけたホテルのドアマンが通りを駆けてくる。そこで、マリノスキーは自分がねらっている相手を射つ。マイケル・ゴーマンを」

「そんなこと、これっぽっちも信じません！　いったいぜんたい、どういうわけでラジスロースがミッキー・ゴーマンを射殺する必要があるんです？」

「ちょっとしたゆすりかなんかのことでしょうね」とおやじさんがいった。

「とおっしゃると、ミッキーがラジスロースをゆすっていたとでも？　なんのことでです？」

「たぶん」とおやじさんがいう。「バートラム・ホテルで行なわれていることについてでしょう。マイケル・ゴーマンは何かいろいろと知っていたようですね」

「バートラム・ホテルで行なわれていることって、なんでしょう？　どういう意味なんです、それは？」

「実に巧妙なたくらみです」とおやじさんがいった。「計画も万全、実行も見事です。しかし、何事も永遠につづくということはありませんな。ここにおられるマープルさんが先日、わたしにきかれました。このホテルはどこか変ですねって。そう、その答えを今いたしましょう。このバートラム・ホテルは、この数年来、最上最大の犯罪組織の本部になっているのですよ」

第二十七章

およそ一分かそこらの沈黙があった。それからミス・マープルが口を切った。

「なんておもしろいお話なんでしょう」と話好きな調子でいった。

ベス・セジウィックはミス・マープルのほうに向きなおると、「あなたは、少しも驚いていらっしゃらないみたいね」

「驚いてなんかいませんよ。ちっとも。この世の中には道理に合わないおかしなことがいくらもあるものですからね。ほんとにしてはあんまりできすぎてますものね……わたしの申している意味がわかりますかしら。お芝居の世界でいう、すばらしい演出ですね。でも、やっぱり演出は演出でしたね……ほんものではありません。

それに、こまかなことがいろいろありましたね——友人とか知り合いとかいって、それがあとでまちがいとわかったり」

「よくあることですな」とデイビー主任警部がいった。「しかし、あまりにもしばしばそんなことがあった。そうでしょう、マープルさん？」

「ええ」とミス・マープルが同調して、「セリナ・ヘイジーさんのようなお方はよくこのようなまちがいをなさいますよ。でも、まだほかにも同じまちがいをする人たちが大勢いましたからね。いやでも、気がつきます」

「この方はいろいろと気のつく人でしてね」とデイビー主任警部がセジウィック夫人に向かって、ミス・マープルのことを芸達者な自分の愛犬みたいにいった。

ベス・セジウィックは主任警部のほうへきっと向きなおると、

「ここがある犯罪組織の本部だなんておっしゃったのは、どういう意味なんです？　あたしにいわせていただきますなら、バートラム・ホテルは世界中でも最高にりっぱなホテルですけれどね」

「まったくです」とおやじさんがいった。「そういうふうに仕立てあげられたのです。大金と時間と頭脳をかけて、今のような状態に作りあげられた。ほんものとにせものが実に巧みに混ぜ合わされてます。この見せものを興行するすばらしい俳優兼プロデューサーとして、あなた方はヘンリーという人物を手に入れている。また、あのハンフリーズというまことにもっともらしい人物も手に入れている。この国ではまだ前科こそないけれど、外国では相当あやしげなホテルの経営に関係している。またこのホテルでいろいろな役どころを演じているたいへんりっぱな性格俳優たちもいる。お望みなら申しあげるが、全体の舞台装置の見事さには感嘆せざるを得ませんな。おかげで、この国はえらい損害をこうむっております。また、警視庁捜査課や地方警察に、絶え間のない頭痛の種を与えている。われわれがやっとどうやらある事件の手がかりをつかみかけると……別にほかのこととはまったく関係のないただの小さな事件にすぎないことがわかる。それでもわれわれは飽きることなく、ここで一片、あちらで一片というふうに捜査を進めてきた。ただちに取り替えられるようになっている車のナンバー・プレートを一束もかくしてある車庫とか。いろんな小型トラックを扱う商会とか——家具運搬用、肉屋用、食料品店用、それににせの郵便車までも用意してあった。また、レーシングカーを使ってレーサーが思いもよらないような距離を思いもかけないような短時間に走破して、その行きつく先には古ぼけたモーリス・オクスフォードをガタガタと走らせている牧師がいるといったこと。野菜作りの農家を用意しておいて、必要とあれば救急の役をし、また腕ききの医者とも連絡をとっている。こうしたことを全部今並べたてる必要もないだろう。その他いろいろときりがない。これが舞台装置の半分。あとの半分はバートラム・ホテルへやって来る外国人の旅行者。大部分がアメリカからの旅行者か英国自治領からの人。まったく不審点のない富裕な人たちで、非常にぜいたくな荷物をたくさん持ってきて、そのたくさんの荷物をこの国へおいて行く。みんな同じようにみえるが、そうではない。金持ちの旅行者がフランスに着く。税関ではその人たちがお金を持ちこんでくれると思えば、よけいなめんどうはかけないことにしている。しかし、あまり同じ旅行者を何度も送りこまない。くり返しはばれるもとになりますからな。そのどれも容易にしっぽがつかめないし、関連があることもわからない。が、しまいには全部がひとつにちゃんと関連するようになるはずです。やっとわれわれはその糸口をつかんだ。たとえば、キャボット一家……」

「キャボットさんたちが、どうしたっていうの？」ベスがきつい調子できいた。

「ごぞんじですか、あの一家？　ほんとにいいアメリカ人一家だった。ほんとにいい人たちだった。去年もここへやって来たし、今年もまたやって来ている。しかし三度はやって来ない。同じ仕事では誰も二度以上は決してやって来ないことになってる。そう、われわれはあの一家がカレーに着いてすぐに逮捕しましたよ。一家が持ち運んでいた例の衣裳ケース、実によくできていましたね。三十万ポンド以上のお金がきちんとかくされていましたよ。ベッダムトン列車強盗事件の被害金ですな。もちろん、これはまだ大海の中の一滴です。

ひとついわせてもらいましょう——これら全体の総本部が、このバートラム・ホテルなんです！　従業員の半数が仲間。泊まり客の一部も仲間。泊まり客の一部は自称の身分が本当だが、あるものはそうではない。たとえば、ほんもののキャボット一家は現在ユカタン半島を旅行中。それから、ある人物になりすます仕事がある。たとえば、ラドグローブ判事。よく知られた顔で、ダンゴ鼻にいぼがひとつある。なりすますのはやさしいことだ。ペニファザー牧師もそう。おとなしい田舎牧師で、白髪頭、有名なうっかり屋。眼鏡の上からのぞくしぐさといい、この人のくせをまねるぐらい、ちょっとした性格俳優にとってはわけのないことだ」

「でも、そんなことをして、どうしようというんですの？」とベスがきいた。

「本気できかれるんですか？　明白じゃありませんかね？　ラドグローブ判事を銀行強盗の現場近くで見かけた人があった。それを認めて知らせてくれた人がある。われわれはそれを捜査する。まったくの誤認ということがわかった。判事は犯行時刻にはほかのところにいた。しかし、これが場合によっては〝故意の誤認〟といわれているやつだとわかるまでには、相当な時間がかかってしまう。彼に似ている人があったからといって、誰がめいわくをするわけでもない。そしてまた特にほんとに似ているわけでもない。変装をぬいで、演技をやめればそれで終わり。ただ、混乱を残すだけだ。ある時など、犯行現場近くで、高等裁判所の判事や助祭長、海軍提督、陸軍少将などが目撃されたなどということさえあった。

ベッダムトン列車強盗事件以後、その強奪された金がロンドンへ着くまでに少なくとも四台の車が関係している。マリノスキーが運転したレーシングカーも一役買っているし、偽装の金属製有蓋トラック、海軍提督の乗った旧型のダイムラー、それに白髪頭の老牧師のモーリス・オクスフォード。万事見事に計画され、見事に実施されている。

ところが、ある日、犯罪団にとってちょっと運の悪いことがあった。あのぼんやり者のおいぼれ牧師ペニファザーが一日まちがえて飛行機に乗りに行って、飛行場から追い返され、クロムウェル・ロードをぶらぶら歩いて、映画を見て、真夜中すぎにこのホテルへ帰ってきた。ポケットに鍵を持っていたから自室のドアを開けてはいっていったが、なんとショックなことに、こちら向きにいすに腰かけていたのは彼自身の姿をした男だった！　犯罪団の連中も、無事ルツェルンに行っているはずの、ほんもののペニファザー牧師が、ひょっこりはいって来ようなどとは夢にも思っていないことだった！　牧師のにせものの男が、自分の役を演じるため、ちょうどベッダムトンへ出がけようとしているところへ、そのほんものがはいって来たというわけ。どうしたらいいものかわからなかったが、仲間の一人がすばやく反射的な行動をとった。たぶん、ハンフリーズだと思う。老牧師は頭を強打されて、意識不明になる。きっとこのことでは誰かが怒ったにちがいない。ひどく怒った。しかし老牧師を調べてみると、意識を失っているだけでやがて回復することがわかると、彼らは計画をつづけた。にせのペニファザー牧師は部屋を出、ホテルを出て、リレー競技の中での自分の持ち役を演ずべく活動の舞台へと車をとばす。ほんものののペニファザー牧師を彼らがどうしたかは、わかっていない。ただ推測をするだけです。たぶん牧師もその夜おそく、車で野菜作りの農家へ移されたのだろう。この農家は列車強盗の場所からそう離れておらず、また医者が来るのにも都合がいいところ。こうしておけば、ペニファザー牧師が現場近くにいたという目撃報告でもはいれば、万事話が合うことにもなる。おそらく、これに関係した連中は、牧師が意識を回復して、少なくとも三日間の記憶を失っているということがわかるまでは、気が気ではなかったことだろう」

「牧師さんを殺してしまうつもりじゃなかったでしょうかね?」とミス・マープルがきいた。

「いや」おやじさんがいう。「おそらく殺しはしなかったでしょうね。そういうことのないように、何者かが指図していたと思われます。ずっと経過をみていると、この大芝居を仕切っている人物が何者かは知らないですがね、とにかく殺人だけは避けていることが明白なんです」

「なかなか風変わりでおもしろいみたい」とベス・セジウィックがいった。「いえ、すごく風変わりでおもしろいわ！　そして、今の長ったらしいばかばかしいお話と、ラジスロース・マリノスキーがいったいどんな関係なのか、そんな証拠なんかひとつもお持ちじゃないと思うけど」

「ラジスロース・マリノスキーに対する証拠はいくらでも持っておりますよ」とおやじさんがいった。「彼は不注意でしたね。このホテルにいてはいけない時に、ここにいたりしている。その第一の場合は、あなたのお嬢さんに連絡にやって来ている。二人は暗号をあらかじめきめていた」

「そんなばかな！　娘は彼を知らないとあなたに言ってたではありませんか」

「そう言ったかもしれないですがね、それはほんとのことじゃない。お嬢さんは彼と恋愛関係がある。自分と結婚してほしいと願っている」

「そんなこと信じられません！」

「あなたがごぞんじないだけのことです」とデイビー主任警部が指摘する。「マリノスキーという男は自分の秘密やあなたのごぞんじないお嬢さんのことを全部打ち明けてしゃべるような男じゃありません。これはあなたにもおわかりのはずですね。あなたは、マリノスキーがバートラム・ホテルへやって来たことがわかると、腹を立てられましたね、そうじゃなかったでしょうか」

「なんであたしが怒らなくちゃならないの?」

「というのは、あなたがこの大芝居の頭脳だからです」とおやじさんがいった。「あなたとヘンリーだ。財政面はホフマン兄弟が担当している。大陸の諸銀行と取引を持つといったすべての手配はこの二人がやっているが、組織のボス、組織を動かし、計画をたてるのは、セジウィック夫人、あなたの頭脳だ」

ベスはデイビー主任警部を見て笑いだした。「あたし、こんなばかばかしい話って聞いたこともないわ!」

「いやいや、ちっともばかばかしいことはありませんよ。あなたには頭脳と勇気と度胸とがある。あなたは今までほとんどどんなことでも手がけてきた――こんどはひとつ、犯罪にも手を出してみようかと考えた。犯罪には刺激がある。危険も多い。お金にひかれてのことではなく、おもしろさのためにやったのでしょう。だが、あなたは殺人や不当な暴力にはがまんならなかった。人を殺すこともなし、残忍な暴力をふるうこともなく、必要とあれば冷静に頭を働かせるだけ。あなたという人は、たいへんに興味深い女性だ。ほんとに興味深い、数少ない大犯罪者の一人だ」

数分間、沈黙がつづいた。それからベス・セジウィックが立ちあがると、

「頭がおかしいんじゃない」といって、電話へ手をのばした。

「弁護士へご連絡ですか？　けっこうでしょう、あまりよけいなことをしゃべってしまわないうちにね」

ベスは受話器をがしゃんともとへもどして、

「考えが変わりました。あたし弁護士がきらい……どうぞ、あなたのお好きなように。ええ、あたしがこの芝居を打ったんです。おもしろいからやったのだと今あなたがいったけど、そのとおり。あらゆる瞬間、楽しんでたわ。銀行、列車や郵便局、いわゆる現金輸送車などからお金をかすめ取るの、とてもおもしろかった！　計画をたて、それを決定するのもおもしろかった。すごくおもしろかった。くり返しが多いと危ないって？　今あなた、そうおっしゃったわね？　そのとおりのようね。苦労もあったけど見返りも充分だったこともほんと！　でも、ラジスロース・マリノスキーがマイケル・ゴーマンを射ったというのは、ちがいます！　彼はそんなことしてません！　あたし、が、やったの！」

ベスはいきなり、興奮した高笑いをして、

「ゴーマンがやったこと、脅迫したことなんかどうだっていいの……射ってやるからといってやった……ミス・マープルが聞いていたでしょう……そのとおり、あたしは射ったのよ。あなたがおっしゃったラジスロースがしたことのほとんどは、あたしがやった。あたしは地下室の入口にかくれていた。エルヴァイラが通りかかった時、一発目はただあてなしに発砲して、エルヴァイラが悲鳴をあげ、ミッキー・ゴーマンが駆けつけてくるのにねらいをつけて射ってやった！　あたしは、当然、ホテルの全部の出入口の鍵を持っている。で、地下室の入口のドアからはいって、自分の部屋へもどった。あなたがあの拳銃をラジスロースのものだとかぎつけ、彼を疑うなどとは考えてもいなかった。彼の車から、わからないように盗み出しといたのに。あの人に容疑がかかろうなんて考えていなかった」

ベスはくるりとミス・マープルのほうへ向きなおると、「あなたは、今あたしがいったことの証人よ、おぼえといて。あたしがゴーマンを殺した」

「ということを申し立てるのは、あなたがマリノスキーを愛しているからのことなんでしょう」とデイビーが口をそえた。

「ちがいます」と鋭くいいかえした。「あたしはあの人のよい友だちというだけのこと。ああ、でもまあ恋人同士とはいえるかもしれないけど、あたしはあの人を愛してなんかいない。あたしは一生のうちで、ただ一人の人しか愛していない……それはジョン・セジウィック」その名を口にした時のベスの声はおだやかになっていた。

「それでも、ラジスロースはあたしの友だち。彼がやりもしなかったことで刑務所へ送られては困るわ。あたしがゴーマンを殺したの。このとおり申し立てているし、ミス・マープルも聞いているし……さあ、デイビー主任警部……」と興奮して声が高くなり、大声に笑いだした。「できるものなら、捕まえてみるがいい」

ベスは手をのばし、重い電話機で窓をたたき破ると、おやじさんが立ちあがるすきも与えず、窓の外へ飛びだして、せまい胸壁の上をすばやく伝いはじめた。デイビー主任警部はその巨軀にも似ず、とっさに別の窓へとんでいくと窓を押しあけた。同時にポケットから呼子を取り出して吹きならした。

ミス・マープルもちょっとおくれて、やっこらと立ちあがるとデイビー主任警部のところへ駆け寄る。いっしょにバートラム・ホテル正面の壁面をのぞく。

「あの人落ちてしまいますよ。排水管伝いに上へのぼっていきます」とミス・マープルが金切声をあげた。「でも、なぜ、上へ逃げるんでしょう?」

「屋根へのぼるんだ。それしか逃げ道がないことをよく知ってる。やあ、見なさい、あれを。まるで、ネコがのぼっていくようだ。壁にへばりついたハエみたい。なんという冒険をするのかな!」

ミス・マープルは目をなかば閉じて、つぶやくように、「あの人、落ちてしまう。や

た。

二人が見つめていた女性が、視界から消えた。おやじさんは部屋の中へ少し身をひい

めなさい……」

ミス・マープルがきく、

「あなたも、出ていって捕まえるとか……」

おやじさんは首を横にふって、「この大きな身体じゃ、どうしようもありませんよ。こういう時に備えて部下を配置してあるんです。部下たちにまかせておけばちゃんとやってくれます。数分後にはわかることです……彼女なら、部下たち全部をだしぬいて逃げられるかもしれません！　あの女は千人に一人の人物ですからね」とデイビーはため息をついた。「最もむちゃくちゃな一人です。いつの時代にも何人かはああいうのがいますね。おとなしくさせることもできないし、社会へ連れもどして法と秩序のある生活をさせることもできない。ああいう人は、自分だけの道を行くよりしかたがない。ああいう人が聖者だった場合は、感染症患者の世話とかをしたり、それともジャングルで殉難したりすることでしょう。悪人だった場合は、話にも聞きたくないような極悪非道をやることでしょう。そして、また、ある場合には、ただむちゃくちゃなだけのこともある。思うに、そういう人間は別の時代に生まれてくればよかったんですな——誰も彼も

自分の利益のためだけに、気の向くままに戦っていい時代にですね。いつも冒険や危険が身辺にあって、その危険を他にも押しつける。こういう世界が向いている。こんな世界ではじめて生きていけるでしょう。今のこの世界では、だめです」

「これからあの人がしそうなこと、あなたにはわかっているんですか?」

「いや、よくはわかっておりませんがね。つまり、そこがあの女の才能でしてね、予期しないことをやる。あの女は、こういうこともあろうかと考えていたでしょう。どういうことになるか、あの人は知っていた。だから、わたしたちの様子を見ながらすわっていて……うまく話を進めながら……考えをめぐらしていた。考えをめぐらし、計画をねっていた。つまり……ああ……」と主任警部はそこでことばを切った——突然、車のものすごい排気音と、車輪のきしむはげしい音、そしてレーシングカーの大型エンジンの爆音が響いてきたのだ。主任警部は外をのぞいてみて、「やりやがった。自分の車へたどりついたぞ」

さらに車輪のきしむ音がして、街角をその車がほとんど片側の二車輪だけでまがってきた。ものすごい排気音とともに、美しい白い魔物のように通りを突っ走っていった。

「あれじゃ、人を殺しかねないな」とおやじさんがいった。「いや、何人もひき殺すかもしれない……自分のほうは死なずに」

「そうでしょうかね」とミス・マープルがいった。

「もちろん、運転の腕がいい。すごい腕前です……おっと、今のは危ない！」警笛を鳴らしながら、車の音がだんだん遠ざかっていった。悲鳴やら、叫び声や、ブレーキのきしむ音、警笛を鳴らし停止する音、そしてしまいに、タイヤのきしむものすごい音と排気音と……

「とうとう衝突だ」とおやじさんがいった。

じっと立ちつくして待っていた。大きな、がまん強そうな身体に似つかわしい辛抱強さで。ミス・マープルも、だまってそばに立っていた。すると、まるでリレー競技のように、道路に沿ってことばが伝わってきた。反対側の歩道にいた男がデイビー主任警部に向かって、手で何か大急ぎの合図をした。

「やっぱり彼女、やっちまった」とおやじさんが重苦しくいった。「死んだ！　公園の柵に百キロ以上のスピードでぶつかった。二、三ちょっとした接触事故が起きただけで、ほかに負傷者はない。りっぱな運転ぶりです。そう、彼女は死にましたよ」と部屋の中へもどって、重々しい様子で、「しかし、話だけは先にしておいてくれました。あなたもお聞きになりましたね」

「ええ、たしかに聞きました」ちょっとことばを切って、「もちろん、あれはほんとじゃありませんね」とミス・マープルは静かにいった。

おやじさんがミス・マープルを見て、「彼女のいったこと、信じないんですか？」

「あなたは？」

「信じません」とおやじさん。「あれはほんとの話ではありません。うまく話のつじつまが合うように考えてあるだけで、ほんとじゃありませんね。マイケル・ゴーマンを射殺したのは彼女じゃありません。誰がやったか、あなたごぞんじでしょう？」

「ええ、知ってます」ミス・マープルがいった。「あの娘です」

「ああ！　いつごろからそういうふうに考えられました？」

「ずっとあやしいと思ってましたわ」とミス・マープルがいう。

「わたしもそうでしたな」とおやじさんがいった。「あの夜、あの娘はひどくびくびくしてました。それに、いっていたうそもまずいうそでした。しかし、はじめは動機がわからなかった」

「わたしにもそれがよくわかりませんでした」とミス・マープルがいう。「自分の母親が二重結婚をしていることを彼女は発見したわけですが、それだけのことで、一少女が殺人などするでしょうかね？　今の娘はそんなことしやしません。どうも、これにはお金の面があると思うんですけれど？」

「そうですよ、お金なんだ」とデイビー主任警部がいった。「彼女の父親は、彼女に莫大な財産を残しています。彼女の母親がマイケル・ゴーマンと結婚していることを知った時、コーニストンとの結婚は非合法なものだとわかったわけです。このことが、どんなことを意味するか。彼女はコーニストンの娘ではあるが法律上は認められない子供であるから、財産も彼女へは来ないものと考えた。ところが、それはまちがいなんですね。われわれのほうで、以前にこれと同じような事件を扱ったことがあるんです。遺言書の内容によるんです。コーニストンは、彼女を指名して、はっきりと彼女に遺産を譲っているんです。彼女は遺言書のことは知っていたのだが、このことを知らなかったのです。それに、彼女は現金がほしかった」

「なんでそんなにお金が必要だったんでしょう?」

デイビー主任警部は、きびしい調子で、「ラジスロース・マリノスキーを買うためです。この男は、彼女にお金があれば結婚するだろうけれど、お金のない彼女とは結婚しないだろう。この娘さんも、ばかではありませんからね。そのことがよくわかっていた。しかし、ともかくどんなことがあっても、彼と結婚したい。ほんとに、ぞっこんというわけです」

「わたしにもわかっておりました」とミス・マープルが説明する。「あの日のバターシ

―公園でのあの娘さんの顔でわかりました……」

「お金さえあればあの男を手に入れることができる。そしてお金がなければあの男を失ってしまう――彼女はそう思ったわけですね」とおやじさん。「そこで、冷酷無残な殺人を計画した。いうまでもなく、地下室の入口などに身をひそめていたわけではない。誰もあそこにいたものはないのです。彼女は柵のそばに立っていて一発発砲して悲鳴をあげる。すると、マイケル・ゴーマンがホテルのほうから駆けつけてくる。それを至近距離から射つ。さらに彼女は悲鳴をあげる。彼女は冷静でした。ラジスロースを罪におとしいれるなどとは考えていなかった。彼の拳銃を盗んだのは、ほかに拳銃を手に入れるいい方法がなかったからのことで、それが彼を犯行の容疑者にし、またあの夜あの付近に彼がいようなどとは夢にも思わなかった。彼女は、霧を利用した追いはぎか何かの仕業にされてしまうものと思ったんですね。そう、彼女は冷静でした。しかし、その夜、あとになって、こわくなってきた！　そして、母親がそのことを心配して……」

「それで……あなたはどうなさるおつもりですか？」

「あの娘の犯行ということはわかっとるんですがね」とおやじさんがいった。「証拠がないのです。初犯の幸運というやつですかね……法律も一度だけなら人をかんだ犬も許してやるという精神……それを人間の場合にもあてはめられましょうかね。世なれた弁護士なら、いわゆるお涙ちょうだいものの大芝居も打てます……まだまだ若気のいたりの娘、不幸な生い立ち……そして、美しいときてますからね」

「そうですね」とミス・マープルもいった。「えてして、魔王の子には美人が多いものです……そして、月桂樹のように栄えますかしらね」

「しかしですね、おそらくそこまではいかないですむでしょう……証拠もありません……よろしいですか……あなたは証人として喚問される……彼女の母親がいったことの証人として……母親の犯行自供の証人としてですね」

「わかってますよ。あの人はわたしに念を押していっておりましたものね？　あの人は、自分の娘を自由にするために死を選んだのですね。死にぎわの願いごととして、わたしにあのことを念を押したわけです……」

となりの寝室との境のドアが開いた。エルヴァイラ・ブレイクがそこからはいって来た。淡青色の長すぎそのドレスを着ている。金髪が顔の両わきへと垂れている。イタリア古代絵画の中の天使のようであった。二人をかわるがわる見て、それからいった——

「車が衝突する音がして、みんなが大声をだしているようでしたけど……事故だったんでしょうか？」

「ブレイクさん、たいへんお気の毒なことを申しあげなければなりません」デイビー主任警部が形式ばっていった。「あなたのお母さんがなくなられました」

　エルヴァイラはちょっと息をのんで、「まあ、そんな」といった。何かちょっと抗議するような調子であった。

「あなたのお母さんは、逃走をはかる前に……」とデイビー主任警部がいった。「そう、まさに逃走でした……マイケル・ゴーマン殺害を自供されました」

「あの……母がいったんですか……あれは母だったと……」

「そうです」とおやじさんがいう。「そういわれました。何かほかにいいたいことでもありますか？」

　エルヴァイラは長いことデイビー主任警部を見ていた。ほんのかすかに首を横にふってみせて、

「いいえ、別にいいたいことはありません」

　そして、くるりと向きなおると部屋から出ていった。

　ミス・マープルがいった。「このまま彼女を見のがすおつもりですか？」

　しばしの間があってから、おやじさんは、テーブルをゴツンとひとつ叩いた。

「いや」とうなるような声でいった。「いや、絶対そんなことはしない！」

　ミス・マープルはゆっくりと厳粛にうなずいてみせながら、いった。

「神よ、かの娘の魂にあわれみを垂れさせたまえ」

ライバルは『ラバー・ソウル』

ミステリ評論家
佳多山　大地

〝まあしかし、ポップ・シンガーとか流行歌手とか例の髪を長くしたビートルズとか何とかいった連中に夢中になるよりはましだろう〟と思う。ラスコム大佐の今の若い者についての考えは時代おくれであった。

——本書「第三章」より

ミス・ジェーン・マープルが活躍する長篇としては、本書『バートラム・ホテルにて』は終わりから三番目の作にあたります。英国出版業界のジングル・ベル——《クリスマスにはクリスティーを》に応えた女史が一九六五年の年末商戦に送り出した本書の真のライバルは、小説と音楽と畑はちがえど、ビートルズの『ラバー・ソウル』だったと言うべきでしょう。同年十二月三日に発売されたビートルズ通算六枚目のアルバムは、ファンのあいだでも最高傑作に推す声が少なくない一枚であり、英国内の予約だけで五十万枚を超えるセールスを記録しました。「ビートルズはキリストより有名」というジョン・レノンの発言が物議をかもしたのもこの頃で、信仰心の篤かったクリスティー女史がさぞかし眉根を顰《しか》めただろうことは想像に難くありません。としても女史は、本書の登場人物の一人ラスコム大佐に仮託してビートルズに夢中の若者たちを腐す場面はあるものの、これに続く地の文をみれば、同じ表現者として「例の髪を長くした」四人組を決して低く評価していたわけではないように思えます。

ともあれ、ビートルズをクリスティーと並べてみることで、あらためて女史の尽きせぬ才気が知れようというものです。ビートルズのメンバーがこの世に生を享けたのは一九四〇年前後のことですから、とうにその時期クリスティーは、国民的作家として揺るぎない地位を築いていました。そして七〇年四月、ポール・マッカートニーの脱退表明をもって国民的バンドがついに終焉を迎えたあとも、なお女史はポアロ物の新作を上梓し、ミス・マープルを難事件に遭遇させる物語を書き継いだのです。

クリスティーが永久《とわ》の眠りについたのは一九七六年のこと。その四年後の十二月八日、ジョン・レノンはニューヨークの住まいであるダコタ・ハウスのアーチ道で凶弾に斃れました。このとき、妻のヨーコに頭をかき抱かれたジョンに真っ先に駆け寄ったダコタのドアマンは、警察が到着するのを待たずに外へ飛び出して、犯人のアメリカ人青年マーク・チャップマンを捜し出しました。くだんの犯人の名はビートルズファンならずとも多くの人の記憶に残っているでしょうが、なおかつクリスティーファンである自分には勇敢なダコタのドアマンの名も忘れ難いものになっています。すでにポアロ亡き時代、ジョン・レノン射殺犯を捕らえた彼の名は、ジェイ・ヘイスティングズでしたから。

――さて、ドアマンといえば本書では、射殺される被害者の役どころを割りふられています。ミス・マープルが滞在する古風なバートラム・ホテルはロンドンで最も伝統あるホテルのひとつ〈ブラウンズ〉をモデルにしたものですが、この貴族のお屋敷のような高級ホテルで泊まり客の老牧師の謎めいた失踪事件に引き続き発生したのが、若い相続人エルヴァイラ・ブレイク嬢が霧けぶるホテル近くの路上で何者かにピストルで狙撃たれた事件です。幸い一発目の弾はそれたものの、銃声を耳にして駆けつけたバートラム・ホテルのドアマンがブレイク嬢の盾となって二発目の凶弾を浴びてしまいます。まもなく巨万の財産を相続する娘を亡き者にすべくたくらんだ犯人は誰なのか？　観察眼鋭いミス・マープルはスコットランド・ヤードの辣腕主任警部に協力して、一連の事件の真相究明に乗り出しますが……。

熱心なクリスティーファンにとって、本書は衝撃的な内容を含んでいます。作品の肝となるところだけに迂遠な物言いをしますが、ミス・マープルが娘時代に来たときとほとんど変わらぬ印象を覚えるバートラム・ホテルとは、まさしく時代の変化とは無縁のノスタルジックなヴィレッジ・ミステリ的空間――グランド・ホテル形式のセント・メアリ・ミード村――と言えましょうが、長き年月にわたり、かの世界の中心に居続けた名探偵役自身、その舞台装置がそこはかとなく醸し出す〝ウソ臭さ〟をはっきりと認知するに至るのです（老嬢は事件の真相を悟るのに、「変れば変るほど同じことになる」というフランスの警句をチェスタトンばりに逆立ちさせて――「同じであればあるほど、物は変る」もまた真なりと喝破します。察するに、クリスティーが本書の下敷きにしたのは、偉大な先達チェスタトンの『詩人と狂人たち』だったかもしれません）。

さても本書は、論理的な詰め筋にいささかルーズなところもありますが、二転三転する女相続人射殺未遂事件（ドアマン殺し）の意外な真相と、狙撃犯のあまりにも独善的な動機に目を剝《む》かずにはいられません。幕切れの後味の悪さは、マープル物の中でも本書を異色のものにしていますし、それはミス・マープルの心地よい居場所であった〝古き佳《よ》き〟英国をバートラム・ホテルの〝舞台裏〟と二重写しにして象徴的に断念したのであると推し量らねばならないでしょうか。

訳者略歴　1906年生，1930年青山学院商科卒，2000年没，作家，翻訳家
訳書『アガサ・クリスティー自伝』クリスティー，『チャイナ・オレンジの秘密』クイーン（以上早川書房刊）他多数

Agatha Christie

バートラム・ホテルにて

〈クリスティー文庫 44〉

二〇〇四年七月十五日　発行
二〇二一年七月十五日　八刷
（定価はカバーに表示してあります）

著　者　アガサ・クリスティー
訳　者　乾《いぬい》信《しん》一《いち》郎《ろう》
発行者　早川　浩
発行所　株式会社　早川書房

郵便番号一〇一 - 〇〇四六
東京都千代田区神田多町二ノ二
電話　〇三 - 三二五二 - 三一一一
振替　〇〇一六〇 - 三 - 四七七九九
https://www.hayakawa-online.co.jp

乱丁・落丁本は小社制作部宛お送り下さい。
送料小社負担にてお取りかえいたします。

印刷・信毎書籍印刷株式会社　製本・株式会社明光社
Printed and bound in Japan
ISBN978-4-15-130044-8 C0197

本書は活字が大きく読みやすい〈トールサイズ〉です。